新蒙元十四皇朝

二 金帳帝國

許慕羲 著

目錄

目錄

第二十七回　威震西域

窩闊台汗聞得札蘭丁擾亂西域，不勝憤怒，以酒杯擲地。立刻停止筵飲，調兵派將，命綽兒馬罕，率三萬精兵前往征討。綽兒馬罕奉命起行，暫緩不表。

單說西域地方，當蒙古征伐金人的時候，已經擾亂不靖了。那倡亂的人，便是札蘭丁。札蘭丁自在印度河泅水逃生，沿路招集潰卒，掠取衣食，奔往克什米爾。等到成吉思汗班師回國，札蘭丁向北渡河，佔據義拉克、呼羅克、馬三德蘭，又逐去阿特爾佩占部酋鄂里貝克，奪其妻蔑爾克，據為己有。又北侵

欽察、阿速等部，不意凱辣脫人乘札蘭丁率兵外出，侵入阿特爾佩占，大肆擄掠，並將蔑爾克也劫了去。

札蘭丁聞報大怒，回兵圍攻凱辣脫城，城主阿釋阿甫，因其兄謨阿雜姆歿於達馬斯克，前往承嗣兄位，安撫人民，留其妻湯姆塔守城，遂為札蘭丁攻破其城。湯姆塔竟為所獲，諧令侍寢。阿釋阿甫聞得城池被陷，妻子被擄，便邀集羅馬國王開庫拔脫、埃及國王喀密爾，聯合了人馬來攻。札蘭丁殺得大敗虧輸，攜了湯姆塔，回歸本部。

阿釋阿甫便遣人向札蘭丁說道：「蒙古乃是你的殺父仇人，你應該竭力抵禦，我們素為唇齒，不可互併，此後當罷兵息民，各不侵犯。」札蘭丁竟從其議，引兵而北，大為騷擾。蒙古那時正在用兵南征，無暇顧及西方，所以遷延下來。

札蘭丁正在猖獗之時，忽報蒙古將綽兒馬罕領三萬人馬前來征討。恰值天氣嚴寒。札蘭丁剛在酣呼暢飲，得了軍報，絕不在意地說道：「天氣寒冷至此，敵人也是血肉之軀，何能驟進？」仍舊酣飲如故，飲至大醉，倒頭而臥。

到得次日，蒙古前哨已至，重重疊疊的軍報到來，方把札蘭丁的宿醒驚醒，跳身起來，如何還能抵擋？只得撇下湯姆塔，跨馬逃走。湯姆塔便開城投降蒙古。

札蘭丁逃在路上，意欲往羅馬去乞師禦敵，蒙古早已追上，札蘭丁逃入庫爾忒山內，被土人捉住，一刀殺死。綽兒馬罕平了札蘭丁，令人報捷。窩闊台大為獎諭，命他留鎮西域，蕩平各部，綽兒馬罕利用湯姆塔，說降各部部酋，命他率領各部入朝。窩闊台厚加撫慰，並諭綽兒馬罕，將所有侵地盡行退還，每歲除應貢歲幣外，不得額外苛斂，因此裏海、黑海一帶，盡皆歸服。

獨有欽察尚是倔強不服，窩闊台欲往征討，乃起大兵十五萬，令拔都為統帥，速不台為先鋒，皇子貴由、皇侄蒙哥為二隊，引繼出發。

那拔都乃朮赤次子，與其兄鄂爾達甚為友愛。朮赤被刺而死，鄂爾達自以才能不及拔都，情願讓位於弟，因此拔都得以嗣立，拔都在薩萊接到朝令，立刻整備人馬器械，等人馬到齊，即便出發，速不台為前部，逢山開路，遇水搭橋，一路行至不里阿里城，蒙古人馬奮力攻打，遂拔其城，進抵欽察。

欽察別部酋八赤蠻，屢次恃強抵抗，與速不台相持不下，蒙哥等引兵大進，方始敗退。蒙哥揮軍兜圍，八赤蠻潰圍逃走，分兵搜捕，未能就獲。後來

獲得一名老媼，追問八赤蠻下落，知道他逃往海中。蒙哥率軍窮追，至寬甸吉思海，在一海島裡面，將八赤蠻連同他的妻子一齊獲住，遂即斬首。

大軍攻入俄羅斯，直抵額里齊城。城主幼里，一面向首邦求救，一面同了兒婦出城迎戰。蒙古陣中，金鼓齊鳴，速不台一馬馳出，見對陣主將身旁，有個少年西婦跨馬而立，生得身長面白，鶴背蜂腰，眉目如畫。速不台見了，不禁神魂俱蕩，揮兵猛進，欲將西婦擒來。幼里不能抵敵，敗入城中。

速不台一心記念西婦，恨不得立刻攻破其城，以遂心願。指麾部眾，夤夜圍城。城內待援不至，兵民慌亂，竟被蒙古軍攻毀一角，蜂擁而入，將幼里之子擒住，幼里退守土闉，仍復堅守。

速不台審問幼里之子，始知少年西婦乃是他妻子，對他說道：「你能將妻子喚出，我便饒你性命。」

幼里之子要顧性命，只得經至土闉，叫喚他的妻子。不多一會，那個少年西婦，已竟立在闉上，俯身下視，向她的丈夫說道：「你既被獲，叫我何為？此城已破，你應與城俱亡，我亦當殉夫而死，此外並無他法。」

速不台立馬陣前，聽了這話，便揚鞭說道：「你若肯出闉謁我，我即保全你夫婦的性命，並且使你得著無窮的快樂。」西婦不待言畢，早已柳眉倒豎，杏眼圓睜，嬌聲喝道：「狗韃奴！你當我什麼人看待，他人由你欺侮，我卻不能，便是死了，也要化為厲鬼，殺盡韃奴，以洩我恨！」

速不台聽她如此毀罵，心下大怒，舉手一刀，將她的丈夫殺死在土闥下面。那西婦見了，一聲哀呼，聳身從樓上躍下，撲塌一聲，竟作了墜樓的綠珠，跌得腦漿迸裂，一道靈魂追隨她的丈夫去了。幼里見兒子、媳婦一同身亡，遂即自刎。速不台因未得西婦，心內忿恨，下令屠城，竟把城內兵民不分老幼，盡行殺卻。為了一個婦人，摧殘全城生靈，真可算得一樁慘事了！

速不台屠城已畢，進兵攻取克羅姆訥城，城主羅曼出兵迎敵，一戰而歿。俄羅斯首邦部酋攸利第二，命其子務賽服訥特引兵來援，又被蒙古軍殺得大敗而逃。速不台長驅直入至莫斯科。

城中不意兵至，守具未備，一鼓攻入，將攸利第二的長孫擒住，進逼首邦都城。攸利第二命其子與部將木思提思拉甫守城，自往錫第河，召集各部抵禦蒙古。速不台兵臨城下，驅攸利第二的長孫招降。城內不肯出降，速不台又將他殺死。攻圍兩日，城不能守，攸利第二之子巷戰而亡，妃嬪和合城紳富，遁

入禮拜堂拒守。堂頗堅固，高與雲齊，速不台喝令縱火焚燒，一剎那間，烈焰飛騰，牆垣盡赤，堂內之人，盡皆變成燒烤。

速不台焚毀了禮拜堂，又分數道，略取附近諸部，再合兵赴錫第河。攸利第二已會集人馬，前來接仗，被蒙古軍兩路包抄，團團圍住，大刀闊斧，一陣亂殺。攸利第二知不能敵，潰圍欲出。忽然一箭飛來，射個正著，撞下馬來，喪了性命。

蒙古兵再向北進，前面盡是林木，高可翳天，更兼徑路迂曲。道途泥濘，步騎皆不得進，遂即折回，轉入西南，進取禿里思哥城。城主瓦夕里，頗具智勇，聞得蒙古前來侵擾，早已修城浚濠，繕治樓堞，城上安排著強弓毒箭，預備廝殺。

蒙古兵方才到來，瓦夕里帶了人馬衝殺出城，一聲吆喝，弓弩齊施，箭頭都敷著毒藥，射在身上，見血即亡。速不台的兵馬被他一鼓射退。蒙哥繼至，亦復傷亡不少，便築起長圍，意欲令其自困。哪知圍了一月有餘，城內甚是從容，絲毫沒有慌張的形狀。蒙哥便要退兵他往，速不台不從，督軍進攻，城上矢石齊下，把蒙古軍射死無數。速不台連忙鳴金收兵，已傷損了一二千人，只得與蒙哥商議，一面往大營乞援，一面揮兵而退。

瓦夕里出城追趕，蒙古兵如飛一般，退至百里以外。瓦夕里追了一陣，也就收兵回城。過了兩日，蒙古的援軍已至，拔都未曾親來，令合丹不里引兵援應。速不台得了援軍，重又將城圍住，瓦夕里仍舊堅守。

誰料蒙古軍當瓦夕里追趕的時候，已經改了裝束，混入城內。只因瓦夕里防守嚴密，無從下手，到了三日之後，瓦夕里精神疲倦，城守漸懈，混入城內的奸細縱火開城，放入大軍。瓦夕里知已中計，連忙逃走，弓弦響處，身中一箭，滾鞍下馬。蒙古兵上前擒拿，瓦夕里知難倖免，投溝渠而死。速不台因此次攻城，人馬死亡不小，傳令屠城洩憤。可憐城內人民，殺得雞犬不留。

屠城已畢，兵赴欽察。此時霍脫思罕已經回部，聞得蒙古兵至，哪裡敢來迎敵，立即棄了城池，逃入馬加部中。速不台平了撒爾柯思、阿速等部，拔滅怯思城，兵至高加索西北，休養一月，復略南俄。

南俄首邦的都城，名喚物拉的迷爾，自攸利第二戰敗身死，計掖甫城主稚洛斯拉甫，遂入首都為酋長。扯爾尼哥城主米海勒，又佔據了計掖甫城。蒙古兵來，先攻破了扯爾尼哥，米海勒逃往波蘭，部將狄米脫里獻城投降，拔都免

其死罪。狄米脫里即勸拔都西征，速不台道：「他怕俺們蹂躪此處，所以勸我西行。」

拔都道：「霍脫思罕逃入馬加，米海勒逃往波蘭，我正要聲罪致討。當下議定，速不台兵進波蘭，拔都自趨馬加。速不台之子名喚兀良合台，驍勇異常，請為先鋒，速不台許之，浩浩蕩蕩殺入波蘭。

波蘭共有四部，一部名撇洛赤克，酋長康拉忒；一部名克拉克，酋長波勒司拉弗哀。一部名伯勒斯洛，酋長亨力希；一部名拉低貝爾，酋長米夕司拉弗哀。蒙古兵先攻克拉克部，波勒司拉弗哀抵敵不住，即行逃去。進取拉低貝爾部，米夕司拉弗哀亦棄城而遁。

伯勒斯洛部酋亨力希，聞得兩部潰散的消息，忙會集各部前來拒戰。部下共有三萬人馬，分為五隊：第一隊日耳曼人，第二、第三隊皆波蘭人，第四隊又是日耳曼人，亨力希自率第五隊。第一隊日耳曼人，與蒙古前鋒相遇於勒基逆赤城。兀良合台見敵軍漫山遍野而來，知道不可輕敵，一面飛報速不台，一面揮軍倒退而走。

日耳曼人只道蒙古軍怯敵，奮勇追來。兀良合台略與接戰，又復退走。日耳曼人以為蒙古兵很是無用，長驅追殺。蒙古軍如風馳電掣一般，只管奔走。行了數十里路，哪知速不台一支人馬接得兀良合台飛報，早已在此埋伏。放過了日耳曼人，突然一聲胡哨，從後掩殺將來。

日耳曼人忽遇伏兵，雖然驚疑，尚還支持得住，忙把後隊調作前隊，與速不台廝殺。不料兀良合台又復揮軍殺回，把日耳曼人圍入垓心，殺得全軍覆沒。

速不台父子獲了勝仗，重又前進。恰值第二、第三兩隊波蘭軍到來，兀良合台乘著一股銳氣，率領鐵騎馳突而前，把波蘭軍衝作數段，波蘭軍向後敗退。第四隊日耳曼人已經到來，其時天已昏黑，分辨不清是哪邊的人馬，兩下撞著，自相廝殺起來，等得招呼明白，蒙古軍早又殺來。第四隊日耳曼人聞得第一隊日耳曼人全軍覆沒，早已嚇得亡魂喪膽，遇見蒙古軍，不待接戰，便紛紛自亂，奔潰而逃。

那亨力希引了第五隊正在前進，忽報前隊戰沒，吃了一驚，方要退去，蒙古軍四面逼來，只得勉力支持。無如部中得了前隊敗耗，如何還敢抵抗，加以蒙古軍乘著戰勝之威，十分勇猛，不止片刻，已是七零八落，潰散幾盡。亨

力希情知不妙，欲思逃走，手中的刀慢了一慢，被兀良合台砍下馬來，取了首級，懸於大纛上面。一時之間，萬眾奔潰，五軍齊沒，只剩了撇洛赤克部酋康拉忒一人，早已逃得不知去向。速不台大獲全勝，四路分略，繞向東南，接應拔都去了。

那拔都引兵往征馬加，先遣使前去叫他獻出霍脫思罕，從速投降，免得兵連禍接，徒傷生靈。馬加部長名喚恢憐，收容了霍脫思罕，得了四萬戶人民。正在興高采烈，十分慶幸，如何肯降蒙古？遂即拒絕使人，命將士守住隘口，伐木塞斷路徑。

拔都令部眾斬木開道，揮兵直入。馬加守軍望風而遁，恢憐方才惶懼起來，下令徵兵。兵猶未集，蒙古軍已達城下。天主教士烏孤領自恃勇猛，不待恢憐的將令，盡率教徒開城出戰，被蒙古軍逼入泥淖之中，將所有救徒盡行殺死，只剩得烏孤領一人，逃歸城內。城中人民頓時大嘩起來，都歸咎恢憐不應納降啟釁，致召敵兵。恢憐不得已將霍脫思罕處死，令人往告拔都，拔都不肯退軍。馬加的人馬已是漸集，恢憐便來攻擊蒙古。

拔都不曾防備，竟被恢憐攻破陣角，殺死許多人馬。恢憐乘勝追來，拔都不能抵禦。正在危急的時候，忽然東北角上閃出一彪人馬，金鼓齊鳴，衝殺前來。拔都疑是敵軍，叫苦不迭，及至認清旗纛，方知是速不台父子，心下大喜，立即揮軍殺回。恢憐見拔都得了援軍，亦即收兵回去。拔都與速不台會合，屯下營寨。

到了次日，速不台親往查視形勢，回營對拔都說道：「這裡有條河，叫做作漷寧河，上流的水很是淺固，可以徒涉。河的那邊，便是馬加城。我們何不如此如此，使他腹背受敵呢？」

拔都連連點頭道：「此計甚妙！」速不台便連夜去結筏。

次日天明，拔都引了人馬，直赴上流，佯作渡河之勢，恢憐忙率兵由浮橋渡河，前來攔截，蒙古兵便來爭奪浮橋。恢憐指揮兵眾，亂箭齊放，蒙古兵爭撲數次，皆為亂箭射退。此時惱了拔都手下的猛將八哈禿，左手執盾，右手持刀，奮勇進撲。恢憐見他十分勇猛，也覺吃驚，忙令眾軍，齊心抵禦，只把弓箭射去。

八哈禿猛進不退，率了敢死士百人撲至橋邊，身上之箭已如蝟集，敢死士早死了三十餘人。八哈禿支持不住，大喊一聲，噴血而亡。拔都見八哈禿身

死，又悲又怒，咬牙切齒道：「我不拔馬加城為八哈禿報仇，誓不退兵。」遂親冒矢石，力戰不退。

恢憐正在相持，忽然陣後喊聲大起，自己的人馬紛紛擾亂，不覺吃了一驚。

第二十八回　奸佞得志

馬加部酋恢憐，正與拔都死力掙扎，不意陣後忽然大亂，人馬紛亂倒地，連忙回顧，乃是速不台結好木筏，從下流偷偷渡過，竟來截擊恢憐後隊。恢憐的部眾驀地被擊，頓時大亂。拔都又從前面掩殺過來，兩下夾攻，首尾掩襲，馬加的兵士如何能夠抵擋，不是死於刀下，便是墜入河中，淹沒而亡。

恢憐見勢不佳，拼命殺條血路，衝突而出，後面又有兀良合台一軍阻住，不能回城，只得拍馬落荒逃命去了。

拔都與速不台殺奔城下，城中無主，只得開門迎降。

拔都進城之後，心中甚為不樂，憤憤說道：「這一仗，速不台誤約遲到，以致喪我猛將八哈禿。」

速不台忙分辯道：「當計議之時，約定下午發兵，你清晨已經發兵，我木筏還未結成，如何能夠渡河掩襲？這『誤約遲到』四字，我不任受。」

諸將見二人語言枘鑿，從旁解勸道：「現在已得馬加城，不必再提前事了。」

拔都方才沒有話說，與速不台分兵追趕恢憐。聞得他已逃往奧斯，便跟蹤追躡，所過之地，縱兵焚掠。歐羅巴洲，全境大震。

原來波蘭、馬加都在東歐境內。馬加便是現在的匈牙利，馬加之北，便是奧斯，即今之奧地利。這奧斯與馬加或分或合，如今已合做一國，故又稱為奧斯馬加。奧斯馬加之西，便是德意志聯邦，那日耳曼、捏迷思皆是德意志聯邦的一部分。

當日蒙古兵勢如破竹。捏迷思諸部民欲荷擔遠遁，以避其鋒，蒙古的威聲大震。拔都、速不台正擬節節進取，忽地接到窩闊台班師的詔命。因為高麗抗命，殺死使臣，有事於東方，所以暫罷西征，拔都等只得遵命班師。

那高麗為什麼要殺死蒙古使臣呢？原來高麗國在蒙古的東方，本來歸附於宋，遼邦興盛，屢次侵及高麗，高麗不能抵禦，因此歸屬於遼。金興遼亡，又屬於金。及蒙古攻金的時候，有故遼遺族乘機佔據遼東，進侵高麗，盡陷其北方之地。蒙古將哈真，掃平故遼遺族，盡返所侵地於高麗，高麗乃屬蒙古。

此時高麗王㬚嗣位，不知利害，一味夜郎自大，歲貢不至蒙古。窩闊台遣使徵貢，高麗王㬚絕使臣，使臣與他爭辯。高麗王發起怒來，竟將使臣殺死。這個消息到了和林，窩闊台如何按捺得住？一面詔罷西征，一面命撒里塔為大將，往征高麗。高麗聞得蒙古兵來，忙招集軍馬，前來迎戰。

試想高麗不過海東小國，向來役屬於人，怎能與銳氣方張的蒙古對抗？弄得屢戰屢敗，高麗的都城也為撒里塔攻破。高麗王㬚攜了家屬，逃匿於江華島，遣使謝罪，情願增加歲幣。撒里塔報告和林，請命定奪。

也是高麗的幸運，宋朝又用了趙範、趙葵恢復三鎮，扼守兩河之議，兵取汴京。窩闊台因南方有事，無暇東顧，便允了高麗的請求，命他遣子為質。高麗王㬚只得奉命，因此保存了國土，不至滅亡。

但是南宋又怎樣地攻取汴京呢？只因趙範、趙葵意欲收復三鎮，奏請朝命。宋臣皆言非計，朝廷不從。命趙葵統淮西兵五萬，會同全子才進取汴京。汴京都尉李伯淵與崔立有隙，聞得宋朝兵至，誘殺崔立，繫其屍於馬尾，出徇軍前道：「崔立是否當殺？」軍民齊聲道：「將他寸磔，還不足以蔽辜。」遂斬下首級，祭祀金哀宗，又把屍首陳列市上，軍民爭相臠切，片刻而盡。

宋兵入汴，以糧餉不濟，屯兵半月，經趙葵再三催促，始進至洛陽城。城中僅有窮民三百餘戶，宋兵糧食又盡，竟至採蒿和麵而食。蒙古兵突然而至，楊誼之軍方才散坐為炊，倉猝無備，全軍奔潰。蒙古帥札拉呼，兵薄洛陽，徐敏子出城迎戰，士卒皆饑餓累日，如何能夠抵敵？只得率兵東旋。趙葵、全子才在汴，所復州郡盡是空城。史嵩之又無糧草接濟，蒙古兵至，決河水灌城，宋軍淹死無數，趙葵乃引兵而歸。蒙古使王檝至宋，嚴責背盟負約，宋無以應，從此灌河一帶，遂無寧日。

窩闊台降了高麗，又敗宋師，甚為高興。只因連年征討，至此略覺清暇，便欲整理內政，乃定期校閱禁軍。所有宿衛，俱令到齊，仍照成吉思汗的舊制，命其各守執掌。又因舊日百姓自從成吉思汗締造開創，備受艱辛，尚無恩澤下逮，從此須令他們安寧快樂，便頒出幾條命令來。

哪幾條命令呢？

一，蒙古以牧養為本，務令蕃息，凡百姓有馬百匹者，輸牝馬一頭；有牛百頭者，輸犉牛一頭；有羊百隻者，輸羚羊一頭。人民有窮乏者，仍按時接濟。

二，諸王駙馬聚會時，往往向百姓科斂，以後當永遠捐除。令千戶內，每年出騾馬並牧養之人，人馬以時，常川交替。

三，償賜之金帛器械倉庫等常守的人，一概放歸。令萬戶、千戶、百戶內，出人看守，亦以時交替。

四，百姓無居室的，分與地方，紮營居住。由千戶內出人掌管，務令均勻。

五，川勒地方，先因無水，致為野獸窟宅，無人居住。現當生齒日繁，可令百姓分散居住，派察乃、畏吾兒台前往踏看，多紮營盤，多穿水井，使人民任便移居。

六，凡奉使往來，沿民居經過，既慮遲延復滋騷擾，可令千戶供給人馬，算定路程。遇有緊急事情，均按驛站進行，不得再沿民居經過。

這幾道命令頒佈之後，百姓歡聲雷動。

窩闊台又因幅員廣大，不能聯絡，驛站之制，不可不備。因此所立驛站，從和林起為首站，直達波斯。又從俄羅斯起，至伊犁為二站。俱命懿親管理，不難朝發夕至，其間毫無阻隔。

四方來往之使，居則有館舍，行則有供張，饑渴則有飲食，梯航畢集，萬宇會同。又因沙漠之地，得水甚難，行旅之際，人馬往往渴死，皆依著泉脈，近者數里，遠者數十里，即置一井，以便汲飲。且因各地屯田鎮守，相距既遠，徵調頻繁，命就各處男子十五歲以上者，盡檢為兵。十人為一牌，設牌頭領之，按時操練，上馬則備戰，下馬則屯聚牧養，既無招集遺散之勞，又得守望相助之益。

這幾件政事，總算因時制宜，辦理得井井有條，倘若能夠始終不懈，竭力振作，窩闊台非但是蒙古的賢君，便是中國古時所稱的聖明之主也不過如此了。

無如窩闊台本非賢明之人，初即位時，已經現出荒淫的本相。幸得夏公主斷臂拒幸，也遂皇后的一番正言規勉，他的天良尚未盡喪。一時之間，愧怍交迸，萌了悔恨之心，所以奮然而起，欲繼成吉思汗之志，出師滅金。金邦既滅，接連著又復西征，數年之間鞍馬勞頓，無暇逸樂。現在外面的聲威已立，內裡的政治亦已就緒，少不得要自暇自逸，把勵精圖治的心一齊消滅，改變做荒淫無度，徵歌選色了。

窩闊台放縱之心既萌，便有一個侍臣乘機蠱惑，使他大興土木，徵求美色了。這個侍臣是誰呢？就是奧都剌合蠻。這奧都剌合蠻本是回回國人，當年成吉思汗征討回疆，窩闊台隨軍進討，擄獲了這個奧都剌合蠻，見他心性敏慧，語言便捷，遂留在帳下，作為親隨。

奧都剌合蠻本是個奸詐小人，便在窩闊台跟前屈意承迎，萬事皆能先意順旨，因此很得窩闊台的歡心，竟倚之為左右手，大有一日不可離他之勢。到了窩闊台即位之時，藩邸舊臣，一一加恩，擢升官職，奧都剌合蠻自然也在其內。窩闊台因他心思細密，善於榷莫，授為監稅官，嗣又擢掌諸路課稅。

奧都剌合蠻職司課稅，全國財政皆在他一人的掌握，自然十分富足，金寶

充盈了。他便大肆運動手段，賄囑宮娥內監，在窩闊台面前獻諛貢佞。這些宮娥內監皆是唯利是圖的，得了奧都刺合蠻的賄賂，當然為了盡力，日日在窩闊台之前稱譽奧都刺合蠻如何有才，如何忠心。窩闊台本來信任他的，再經眾人的揄揚，便格外地寵眷起來，一任他出入宮禁，任為心腹。

奧都刺合蠻既得出入宮禁，便要進一步運動后妃了。他知道窩闊台的六位皇后之中，唯第六后乃馬真氏，貌既超群，才又出眾，窩闊台最為寵幸。乃馬真氏也恃著寵眷干預外政，權勢十分烜赫。奧都刺合蠻便極力的奉迎乃馬真，因此乃馬真也很喜愛他，久而久之，兩人眉來眼去，不免幹出些曖昧事情來。

乃馬真既與奧都刺合蠻有了私情，兩人好似一人的樣子，在暗中播弄朝權。甚至於公開賄賂，賣買官爵。朝中大臣，如耶律楚材等莫不側目。但因奧都刺合蠻既得窩闊台的信任，又有乃馬真在內中援助，無人敢揭他的短處，只得由他去肆行無忌。

奧都刺合蠻見朝臣皆懼怕自己的威勢，更是毫無顧忌，要想弄權，但因窩闊台的初政很是清明，心內未免忌憚三分。要想把酒色二字來迷惑了他，自己方好於中取事。無奈窩闊台這幾年來信任耶律楚材，勵精圖治，無隙可乘。現在諸事平靖，窩闊台未免驕矜起來。驕心一生，肆心自然跟隨而起。奧都剌合蠻察言觀色，知道事機已至，但尚不敢過分嘗試，只在暗中慢慢地引誘。

一日，窩闊台飲酒沉醉之際，偶然說起和林地方僅有射獵的地方，並無宮觀可以遊覽，一暢心懷，也是一件缺憾的事情。奧都剌合蠻得了這個機會，如何還肯拋棄，忙上前說道：「主子為一國之君，要什麼便可以有什麼，區區宮觀，有何難處，只要下道諭旨，建築幾座，以備遊覽就是了。」

窩闊台道：「我也很想建築一座宮殿，唯恐大臣們諫阻，所以沒有舉動。」

奧都剌合蠻道：「主子身為人君，言出如令，難道倒要受臣下的箝制麼？就是有大臣諫阻，主子只推說和林城卑濠淺，宮室仄狹，不足以壯觀瞻而臨四方，借著建築都城的名目，便可以對付他們了。」

窩闊台道：「此言也是，但建築宮殿，須要有人能夠指揮工匠，佈置得宜，方可遊覽。倘若胸中沒有丘壑，胡亂造成，東一座宮，西一座殿，不能聯貫一氣，也就無味了，這個人才卻不易得呢。」

奧都剌合蠻忙道：「臣雖不才，建築之事倒還略有經驗，願擔任這個職

務，以報主子。」一面說，一面從袖中取出一本圖樣來，陳於窩闊台，道：「這是當初宋徽宗造萬壽山的圖樣，主子只要按照這個圖樣建築就是了。」

窩闊台接過一看，見上面樓閣重重，亭榭池沼，迴廊復道，十分富麗，不禁大喜道：「我還沒有動念，你已將圖樣預備好了，可見忠心為主的人，處處皆能為主人操勞。這建築的一件事情，除你以外，也沒有他人可以勝任的了。」當下傳諭，將各路課稅催徵前來，並命諸路起民伕十萬，建築和林城。加奧都剌合蠻為大都護，督率工匠，速行動工，限期告峻，違命者治以國法。奧都剌合蠻奉了諭旨，自去分頭進行。

這建築都城的消息傳了出去，耶律楚材得知，頭一個出面諫阻。無如窩闊台已著了奧都剌合蠻的魔術，任你如何諫阻，也不見從。耶律楚材只得嘆息而出，接著就有都元帥史天雄、張柔上本諫阻，窩闊台也都置之不理，日日在宮中擁著乃馬真氏，飲酒作樂，竟至通宵達旦，歡飲不休。一切政事和群臣的章奏，盡由乃馬真氏代為發落，窩闊台優遊醉鄉，一事不問。

耶律楚材見了這般行徑，不禁嘆道：「主上初政何等清明，如今落在女子小人手中，竟至怠荒到如此地步！我為先帝舊臣豈可坐視？但六皇后的勢力已成，倘若侵犯了她，必有不測之禍。況我乃外姓之臣，也不便議論宮闈。唯有先勸主上節飲。如能不致沉醉，自然清明在躬，可不為群小所惑了。」

想定主意，懷著一個酒槽鐵口，前去見窩闊台。窩闊台正在飲得十分高興，見了耶律楚材，便道：「妙哉！妙哉！我一人獨酌甚是無味，得你前來，可以陪我飲酒，更覺暢快了。」

耶律楚材端拱說道：「老臣入宮，正因主子日夜飲酒，恐傷身體，所以前來諫阻，如何肯陪主子飲酒？」

窩闊台聽了，興味索然，低頭不語。

耶律楚材便從懷中取出酒槽鐵口，陳於窩闊台，道：「主子請看，此物乃是鐵鑄的，因為日日經酒剝蝕，尚至如此，何況人的五臟如何禁得起日日飲酒呢？還請節飲為是。」

窩闊台連連點頭道：「你的話很是有理！」即命左右賜以金帛，旌其能言。耶律楚材謝恩而退，窩闊台便命罷飲。

哪知屏酒未及一日，心內覺得十分難受，竟至徬徨無主，長吁短嘆，沒有已時。

左右見他如此，便進言道：「人生貴適意，主子何必自尋苦惱，主子只要略略節飲，不至沉醉，便於身體無礙了。何用滴酒不聞，戒除到如此地步呢？」

窩闊台道：「此言亦是，我但少為飲些就是了。」左右聞言，又復斟將上來。

窩闊台眉開顏笑，口中說道：「好酒！好酒！我且少飲一杯。」哪知一杯一杯復一杯，飲到沉酣的時候，只喊酒來，如何還肯停止。從此又復洪飲如故了。

那奧都剌合蠻奉命建築宮殿，起了十萬民伕宵夜興工，督促得不勝嚴厲。役伕稍一怠慢，鞭笞立下，無論嚴風烈日之中，大雨酷暑之時，也一刻不准休息。奧都剌合蠻還恐工程遲延，夜間秉燭興築，火光照耀如同白晝。那些民伕都是血肉之軀，並非銅澆鐵鑄之人，哪裡禁受得起這樣辛苦逼迫，因此倒斃相繼，屍骸載道。十萬民伕，已慘斃了八萬有餘，工程還未及半。

奧都剌合蠻又行文諸路，征取民伕。郡縣長吏奉到行文，派遣胥役各路徵集。始而召募，繼而苛派，弄得人民家室流離，骨肉分散，又起了二十萬民伕前往工作。

等到宮殿築成，又因沒有花木泉石點綴其間，便擬鑿地引水，造成一池。那和林地方乃是漠北，除了河道水以外，盡是沙土，不易得水。奧都剌合蠻想了個法兒，沿路開鑿溝渠，把河水曲折引來，築成池沼。

為了這一座池，又不知葬送了若干民伕。池既開成，又要設法弄取花木了。

第二十九回　喇嘛傳道

奧都剌合蠻鑿池引水之後，又因沒有山石樹木，不足以資遊覽，便模仿宋徽宗花石綱的辦法，派人四處搜岩剔藪，索隱窮幽。凡人民家中有一木一石，略可賞玩，即令健卒直入其室，用黃封表識，指為貢品。即經指定，即須小心護視，靜俟搬運，稍一不謹，便加以重罰。到了發運的時候，又必撤屋毀牆，闢一康莊大道，恭舁而出。人民偶有違言，鞭撻交下，慘不可言。

因此民家若有一草一木，共指為不祥，爭先毀去；不幸漏洩風聲，為採訪使所偵悉，硬說他私毀貢物，勒令交出。既經毀去，如何還能復完？只得賄賂

採訪之人以圖免禍，富家巨室往往破產，窮民則賣兒鬻女，以供所需。可憐那些人民，弄得衣不蔽體，食不充饑。冤苦達於極點，無門可訴，懸樑投河而亡者不可勝計。

奧都剌合蠻又訪得汴京有一座太湖石，乃是宋徽宗時，朱勔由太湖中採取而來，徽宗置之萬歲山上。後來金兵侵汴，李綱守城，即運此石堵塞城門，是以棄置汴京郊外，無人過問。他即陳明窩闊台，擬從汴京移取而來。

此石高廣約有數丈，汴京官吏奉到此諭，只得用大舟裝運，水陸牽挽，鑿城斷橋，毀堤折岸，不知經歷幾多艱辛，始能運到和林。一路之上，役伕勞斃，民居損害不可殫述。奧都剌合蠻得了此石，疊成奇峰，工程總算告竣，計核時間，已經歷七年之久了。欣欣然去告知窩闊台，請駕臨幸。

窩闊台立即前往，遊覽一周，見那宮殿建築得金碧輝煌，崔巍煥麗，真個是珊瑚為柱，碧玉為梁，紋窗雕欄，窮極工麗。比到秦之阿房，隋之迷樓，竟是不相上下。及至宮外眺覽，又見鑿池為海，引泉為湖，鶴莊鹿砦，文禽奇獸，孔雀翡翠，數以千計嘉卉名花，類聚成群；怪石幽岩，巧奪天工。窩闊台瞻眺一周，不勝喜悅，很稱讚奧都剌合蠻的才幹，賞賜了許多金帛。當由窩闊台題取宮殿名稱。正面的一座宮，名為萬安宮，正殿名為建格根察罕殿。最前的一座大殿，高入雲霄，嵯峨雄傑，取名迎駕殿。其餘亭臺樓閣，也都由窩闊台賜以嘉名。

但是有宮殿，沒有美女，空落落的又覺沒有興味。當下奧都剌合蠻復迎合意旨，請窩闊台挑選美女，教導歌舞，分貯各處，以備臨幸。窩闊台大喜，立刻下詔廣採美女，貯入金屋。

無如朔漠地方的女子，大都皮膚粗黑，姿態生硬，絕無婀娜輕盈之致。雖然選了不少的宮娥，住在這樣畫棟雕牆、珠欄玉檻的宮殿裡，甚不相稱。窩闊台因此很感不快。

奧都剌合蠻又出主意道：「主子現在撫有山東、河北諸郡，中原土地大概已入版圖，所未得者，不過兩淮、四川、閩廣各路。聞得中原女子都是天生佳麗，何不派使前去挑選，以充後宮呢？」

窩闊台如夢方覺，恍然大悟道：「非汝言，我幾忘之矣。」遂命人往山東、河北等路大刮民女。諸路人民大受其擾，有錢的富戶人家生了女兒，欲求免選，少不得納賄運動，保全其女；那貧戶人家，沒有錢的只須略具一二分姿

色，便硬生生逼迫了去。

甚至已嫁之婦、許字之女，亦遭波及，可憐兩河、山東等地，屢遭兵災，苦不堪言。還要加上搜刮民女的一番騷擾，直弄得人人皺眉，個個嗟吁，只恨沒有地洞可以鑽入躲藏。因此骨肉分離，逃亡載道，慘苦之狀目不忍睹。那些採訪使選取足額，一起一起回到和林。

窩闊台命將美女撥入萬安宮內，分居各處。頃刻之間，樓閣亭台都住滿了螓首蛾眉，無異花天錦地。窩闊台見了，滿心大悅，遂命正宮皇后孛剌合真居於昭陽院，二皇后昂灰居於迎暉院，三皇后乇里吉忽帖尼居於鳳儀院，四皇后禿納告納居於清和院；五皇后業里居於九華院，六皇后乃馬真居於凝香院。其餘諸妃嬪亦各分院安插，窩闊台每日往各處遊行，皇后妃嬪爭先迎駕，唯恐主子臨幸他院，自己失了恩寵。因此各個想出新奇的法兒來，以邀窩闊台一顧為榮。甚至一餚之費，動至數百金，一筵之費，動至數萬金。

窩闊台除了沉酣酒色以外，又復喜歡畋獵，臂鷹攜犬，追飛逐走，認為生平第一快事。惟恐各種野獸去往旁的地方，便命奧都剌合蠻建圍築寨，將天生的野獸盡圈於內，不令逸出。和林城左近三十里，不准人民入內畋獵。蒙古人民皆以遊牧射獵為生，現在將野獸盡行築牆圍圈，人民不能擅自獵取，失了資生之具，非但百姓們怨讟繁興，就是諸王駙馬，以及朝臣將帥，不能任意射獵，亦復深感不快。只是懼怕窩闊台的罪責，不敢多言罷了。

奧都剌合蠻自建築宮殿之後，事事迎合意旨，窩闊台愈加信任，將所有朝政，盡皆託付於六皇后乃馬真氏管理。乃馬真氏見窩闊台日夜均在醉鄉，其膽愈大，其行愈悖。竟與奧都剌合蠻儼如夫婦，起居相共，行坐不離，內侍宮人皆是二人的心腹，一任他們肆無忌憚，隨意取樂，也無人敢說一聲不是。

奧都剌合蠻雖然在宮廷內外滿布黨羽，不怕什麼，但是自己總是人臣，和乃真氏的私情，窩闊台雖被暫時瞞過，唯恐終有戳穿的一日。他知道窩闊台最是迷信，便引了一個喇嘛，叫做托嗟的，來到宮闈裡面，引導窩闊台崇尚佛法。

這喇嘛的名稱，便是高僧的意思，其教即是印度的佛教，漸漸地傳至吐蕃，便創起一種喇嘛教來。那時喇嘛的勢力日漸興盛，蔓延到了蒙古。

蒙古的人民大都是沒有知識的，對於喇嘛尊敬異常。窩闊台得了這個托嗟，十分尊崇，封他為國師。凡是喇嘛教徒，都由國家供養。遇有朝政大事或

是出兵之類，必先問過國師，以守吉凶。

奧都剌合蠻與托𡄍本來十分要好，深恐自己和乃馬真六皇后的私情敗露出來，便叫托𡄍去蠱惑窩闊台，使他沉迷不醒。

事有湊巧，恰從吐蕃來了一個大喇嘛，自稱是西方佛子不凡，因為東土人民孽障過重，都要淪入無間地獄，萬劫不能超生。我佛慈悲，因此降生人世，救渡凡人。據他說：具有絕大神通，法術高深，能夠使人更改性情。倘若施展起來，剛強的可變為溫柔，懦弱的立刻可以剛強，真是靈驗不過。

還有一種秘術，可以一夜之間御十個女子，不覺疲倦。據說這個法兒，乃是古時彭祖所傳，到了周朝的莊子，演習此法，遂成仙人。後來漢朝的淮南王崇信釋道，盡心研究，便白日飛升，雞犬皆仙，真個有返老還童，長生不死的能力。

這個大喇嘛名字叫做卜底休，托𡄍把他引進宮來，窩闊台聞得他有如此的法力，心下大喜，便要跟隨他學習長生不死之法。卜底休即將御女之術傳授於他。窩闊台學習了一會，自己相信很明白了，要試驗御女的要術，將宮中的美女選了一百二十名，每夜十人，輪流著作為試驗品，果然覺得精神倍增，通宵達旦地鏖戰，也不疲乏。此時御女法已很靈驗，直把個卜底休當作活佛看待。

卜底休又對窩闊台道：「宮內的女子，都是些凡胎俗骨，要求神仙長生不死之術，非找尋真有仙根的女子，不能收效。」

窩闊台道：「如何便是真有仙根的女子？俺是凡人，不能認識，須要活佛指示。」

卜底休拍著胸脯說道：「主子放心！待俺放出慧眼，前去訪尋，自有仙女可以充主子的下陳。」

過了一日，卜底休偶然瞧見宮中的回婦法特瑪，不覺肅然起敬道：「現有神仙在這裡，如何要往旁的地方去尋找呢？不是俺今天瞧見了，幾乎當面錯過。」遂即一把拉了法特瑪，來至窩闊台面前道：「她便是真有仙根的人，久已在著主子宮中，如何還不知道呢？」

窩闊台一看，乃是法特瑪，心內有些不能相信。原來這法特瑪，本是西域的回婦，生得面目黧黑，黃髮蓬鬆，兩道掃帚眉，一雙招風耳，掀鼻翻唇，皮粗肉厚。身如板門，蓮船盈尺，那種形狀，突然相遇，直疑她是十八層地獄中逃出來的冤鬼，令人見了不寒而慄，自然畏懼。她還不知羞恥，搽著滿臉的脂

粉，戴著滿頭的花朵。搔首弄姿，顧影自憐，以為容貌絕世，美豔動人。

窩闊台隨征回疆，成吉思汗略得俘虜，分賜諸王。窩闊台得了法特瑪，攜將回來，命她充作役使。這法特瑪面貌雖然醜陋，性情卻很是奸猾。因與奧都刺合蠻同屬回人，兩下聯成首尾，因此乃馬真氏也很信任她，慢慢地抬舉起來，居然很有勢力。

這時窩闊台見卜底休說她真是神仙，心內雖甚詫異，卻又不敢不信，便向法特瑪問道：「你果然懂得法術麼？為什麼平常時候並不說起，要待國師辨認出來呢？」

法特瑪見窩闊台垂青詢問，十分得意，更加扭扭揑揑，做出不勝風騷的樣子，把破竹槓一般的喉嚨，逼得極尖極脆地答道：「主子難道不聽得人家說麼？真人不露相，露相不真人。我前生本是散花天女，偶因小過，謫墮人間，輔助真命天子，修煉長生不死的秘法。但真命天子不能認出我的本來面目，我也不肯自炫本領，須要待他屈己訪求，始可吐露真情。因此深自韜晦，化成凡人的面貌，非具有慧眼的人，不能認識。今天被國師說破，使我不能隱瞞。也是主子積世修煉，生有仙緣，又複崇奉佛教，尊敬喇嘛，所以國師說明我的本來，使主子得成仙果，這真是萬劫難逢的機會了。」

窩闊台聽了她一番無根無據之言，信以為真，肅然起敬道：「我是俗眼凡胎，不識神仙，屈你居於役使之列，真是罪過，還望仙人念我無知，不記前事，傳授我的秘密法術。」

法特瑪將頸項一扭，掀開了大嘴，嘻嘻笑道：「主子要想成仙，並不煩難。不過仙家的秘術，只能意會，不能口授。主子今天晚上，可預備香案，請國師建起壇來，我便將秘術授傳給主子。」窩闊台此時十分相信，忙命左右預備香案，建設壇場。

到了晚上，先由卜底休領了十多個喇嘛，來至寧安殿。法壇之前，供設了佛像。一時之間，燈燭輝煌，香花繽紛，十分莊嚴。十多個喇嘛一齊喃喃地不知誦些什麼，魚磬交作，鐃鈸叮噹，沿著法壇亂舞亂跳。窩闊台坐在一旁，被魚磬鐃鈸擾得頭昏眼花，也不知他鬧的什麼玩意，卻又不見那回婦法特瑪前來傳授秘法，只得耐定了性，在那裡守候。

停了一會，忽然笙簫齊奏，那些刺嘛的鐘鼓法磬更加敲得起勁，和著笙簫細樂的聲音纏成一片，聒耳喧天。在這熱鬧聲中，只見一個女人，披了紅衣，

頭戴高帽，扮成怪形怪狀，一步一扭來至壇前面。窩闊台不知何人，心內好生疑惑。待她走近前來，方才認出是法特瑪。

只見法特瑪走上壇去，連翻幾個觔斗，突然跳將起來，把上下身的衣服完全脫去，露出一身泥土也似的黑肉，用塊青布圍在腰間，略略遮蔽了羞處，隨手將頭上一尺餘長的高帽摘下，取過一塊紅綾，將頭包了，又是一路觔斗，翻至佛像之前。右手仗劍，左手念訣，口裡呢呢喃喃，念誦個不住。念誦了一刻工夫，忽然東跳西舞。舞了一會，遂即退入後壇，鐃、鈸、笙、簫也就阻止。息了片刻，眾聲又起，法特瑪又出來翻觔斗跳舞。這樣搗了三次鬼，突然大喊一聲，壇前的鐘、磬、鐃、鈸、笙、簫等聲音，即時寂然。只見爐中一縷香煙，直衝霄漢，那些喇嘛一齊誦起佛號。

法特瑪向窩闊台道：「神仙要降臨了，主子快打掃淨室，就可以傳道的了。」窩闊台聽了，也不知她怎樣地傳道，只得命人收拾淨室，諸事都依照辦理。法特瑪微微一笑，便走下壇來，攙定窩闊台的手，道：「我與主子淨室中傳道去罷。」窩闊台隨了法特瑪入了淨室，吩咐左右侍從，不准入內，只在門外侍候。

那些宮人內監，聽得說是傳道，不知是怎樣的奧妙法術，心內都十分羨慕。以為一經傳道，即可以立刻升天，成了仙人，遨遊十洲三島，安享無窮之福。因此人人都想窺視竊聽，或者可以得著一點好處，也未可知。無奈窩闊台聽了法特瑪的話，說是凡胎俗骨的人不可入內，有礙傳道，便命眾人在門外靜候，不得入內。眾人奉命，如何敢違，只得靜悄悄地站立門外，鴉鵲無聲地候著。

有幾個伶巧的宮人，便輕輕地暫至窗櫺前面，欲向隙中窺探。哪知外明裡暗，瞧不見什麼東西，便將耳朵附在窗上，靜靜地偷聽。

初時並不聽得什麼聲息，停了半刻，方聽得床榻顫動，帳鉤叮咚之聲。接連過了一會，又添了二人唧唧噥噥，似乎心內暢快不過，口中禁不住發出一種哼聲來，表示愉快的樣子。最後只聞得法特瑪妖聲怪氣的，又似乎笑，又似喘的，喊個不息，窩闊台卻如吳牛喘月一般，吼聲如雷。二人的聲音，一遞一唱，直鬧到半夜，還未停止。

那幾個宮人聽了這樣聲音，也不知他們傳的什麼道，要顯出那種聲音來。大家都你瞧著我，我瞧著你，靜靜地守候著。

到得天色將明的時候，又聽得窩闊台在裡面嗤嗤地笑了一陣，說道：「今天真快樂極了！早知道你有這樣的工夫，我已和你取樂多時了。」

第三十回　皇后臨朝

只聽得法特瑪回言道：「這是神仙的秘術，豈容易輕授於人？要不是國師再三向我說項，今天也不肯和主子到淨室內現身說法的。主子只要相信我，這樣的和我練習三個月，大功就可以告成，不難脫卻凡胎，上升天堂了。」

窩闊台道：「有這樣的快樂，這樣的興趣，莫說為此可以成仙，就是沒有成仙的指望，我也捨不得離開你了。」說罷這話，只聽得窩闊台與法特瑪又浪聲怪氣地哼哼不已了。

二人在淨室裡面，自夜間三更時分，直鬧到次日日中，方才攜手出外。

當日窩闊台便納法特瑪為妃，朝夕不離地跟著她練習長生不老的秘術，指望三月之後可以成仙。哪知仙沒有練成，倒練出病來了，立即召太醫診視，醫生皆言六脈已絕，不可救治。六皇后乃馬真氏方才著急起來，忙召耶律楚材入內，商議大事。

耶律楚材答道：「臣以太乙數推之，主子的祿命未盡，只因任用非人，賣官鬻爵，囚繫的人多是無辜，所以上干天怒，特降災眚。古人有一言而熒惑退舍，挽回天心的，何不頒詔大赦，以邀天眷？」

乃馬真氏便欲下詔大赦。楚材道：「非得主子的命令不可。」恰值窩闊台汗略略蘇醒，乃馬真氏遂以楚材之言上陳，請下詔肆赦。窩闊台已經不能言語，唯點首許可。是夜醫生復診，言六脈復生，正是宣布赦書的時候，翌日即癒。

耶律楚材奏道：「主子此後，萬萬不可出獵，一經馳騁，唯恐舊疾復發，無術挽回。」窩闊台要保全性命，倒也依從楚材的話，靜養了幾十天。

轉眼之間，又交隆冬，草木枯萎，正可乘時出獵。耶律楚材聞之，急忙諫道：「臣以太乙數推之，萬萬不可出獵。」

窩闊台躊躇不決，左右侍從道：「冬狩乃是舊制，豈可廢置？況主子已經痊癒，不騎射何以為樂？耶律楚材書生之見，太乙數亦未必完全應驗，主子何用顧慮呢？」

窩闊台遂出獵五日，回至諤特古呼蘭山，在行帳裡面歡呼暢飲，直至深夜，飲猶未已。次日遲明，尚無聲音，左右揭帳視之，已經不能說話，連忙用軟輿抬回。及抵宮中，已是薨逝。

六皇后乃馬真氏忙與耶律楚材商議道：「皇子貴由隨軍西征，尚未回國，這承嗣問題，應該如何處置？」

耶律楚材道：「此事非外姓臣子所敢預聞。」

乃馬真氏道：「先帝在日，曾令皇孫失烈門為嗣，但失烈門年紀太小，嗣子貴由又在軍中，此事卻很難定議。」

耶律楚材道：「先帝既有遺命，理宜遵行。」

此言未畢，忽於班部中閃出一人，說：「皇孫年幼，嗣子未返，何不請母后稱制呢？」

耶律楚材視之，乃是奧都剌合蠻，便道：「稱制一層，我朝並無此例，還

須審慎為上。」

乃馬真氏笑道：「事有經權，暫時稱制，又有何妨？」楚材方欲再諫，奧都剌合蠻早以手按劍，厲聲說道：「母后稱制，乃是常例，如有違言，即懷異心，立即斬首。」

耶律楚材見了這樣情形，知道他們暗中已經商議定妥，不過防著自己是二朝老臣，恐有異言，因此故意詢問，將自己壓倒，便不愁旁的臣子再有爭議。料想他們既已做成圈套，就是諫阻，也不過徒費口舌，非但不能挽回，反恐自己的性命也不能保全，只得退了下來，默默無言。

乃馬真氏見耶律楚材已被壓倒，料知旁的臣子必無異言，遂即稱起制來。命耶律楚材辦理大喪，尊窩闊台為太宗皇帝，殯於起輦谷。總計窩闊台在位十三年，享壽五十六歲。

既歿之後，遂由六皇后乃馬真氏臨朝稱制。第一樁事情，便是擢奧都剌合蠻為相國，無論國家大小政務，都由他處置。從此奧都剌合蠻愈加放縱起來，居然宿在宮內，與乃馬真氏儼如夫婦。到了坐朝的時候，乃馬真氏居中坐著，奧都剌合蠻即在御座之旁，另設一座，不過比較御座略略偏些。群臣朝見行禮，他也安然坐著，一動不動地受群臣的朝賀，一切生殺予奪都由他一人吩咐，乃馬真氏如同木偶一般。滿朝臣子，誰敢違拗他的命令？唯有耶律楚材面折廷爭，遇著大事，侃侃辯論，絕不相讓。

一日，乃馬真氏竟將御寶空紙交與奧都剌合蠻，令其遇事自書，耶律楚材勃然說道：「天下者，先帝之天下，朝廷誥敕自有憲章，如何御寶空紙畀於相臣？如此紊亂典章，臣不敢奉詔。」

乃馬真氏也知此舉不甚合理，只得收回成命，但對於耶律楚材，心中很為不快。

過不到幾天，又有旨意，凡奧都剌合蠻有所建白，令史必書於冊，如不為書，即斷其手。耶律楚材又進諫道：「國之典故，先帝悉委老臣，於令史何與？事若合理，自然應當奉行。如不合理，死且不避，何況斷手呢？」

乃馬真氏不禁發怒，楚材還是斤斤爭辯。乃馬真氏遂大聲喝令退出，耶律楚材也大聲說道：「老臣事太祖太宗，三十餘年，無負於國，皇后豈能以無罪殺臣麼？」說罷，疾趨而出。

奧都剌合蠻在旁說道：「無禮至此，何不加罪？」

乃馬真氏說：「他是先朝勳舊，我不能不加以優容，今日恕他，日後再說。」耶律楚材從此稱疾不朝。乃馬真氏見他不來上朝，也樂得耳根清淨，免受絮聒，因此絕不問及。

誰知東方有急報到來，說是帖木格大王起兵前來了。原來成吉思汗的兄弟輩中一齊亡故，唯有帖木格尚還健在，分封東方，因朝中權奸竊柄，皇后臨朝，心中大為不快，遂即帶了人馬向西進發。

乃馬真氏得了此報，不禁大吃一驚，忙召奧都剌合蠻商議。奧都剌合蠻也沒了主意，只得說道：「東方兵來，可戰則戰，不可戰則守，即行西遷就是了。」

乃馬真氏道：「帖木格大王英雄無敵，戰時萬萬不能取勝，『守』之一字，也不妥當，都中人馬甚少，如何能夠守得？還是西遷罷。」說畢此言，暗中命宿衛預備甲冑，以便西遷。

乃馬真氏雖然預備西遷，心內未免徬徨不寧，猛然想起了耶律楚材，命人飛騎往召。

耶律楚材既至，乃馬真氏將西遷的主意告訴了他。耶律楚材道：「都城乃天下根本，根本一動，天下必亂，萬萬不可西行。」

乃馬真氏道：「既不西行，東方兵來，怎樣抵禦呢？」

耶律楚材道：「帖木格大王乃是國家尊親，他引兵前來，不過因為朝政紊亂，紀綱不振的緣故，想必沒有他意。現在皇子貴由帶領西征人馬已經凱旋，不久便達和林，何不命帖木格大王之子前去傳諭，只說皇后稱制乃一時權宜之計，皇子回都便行即位，他自然沒有異言，退兵回去了。」

乃馬真氏道：「他的兒子還在都內麼？」

耶律楚材道：「他子住在都內已有多時。」

乃馬真氏道：「你可速傳我命，令他子前往諭知。」

耶律楚材退了出來，即去照行。

帖木格行至中路，經其子傳諭，便道：「我此來不過視喪，並無他意，既然皇后臨朝稱制乃是權宜之計，皇子貴由凱旋之後，便行正位，我還有什麼話說？你可回去申明，我即收兵歸去。」

乃馬真氏聞得帖木格大王已經回兵，心內雖然放寬，但外鎮諸王心懷不服，終非久計，等到皇子貴由回都，便欲立他為汗。奧都剌合蠻與法特瑪二人

深恐新君即位，不能保持恩寵，力持不可，乃馬真氏又為所惑，遂將此議擱置起來。耶律楚材再三勸她，速立皇子貴由為汗。乃馬真氏推說：「要等拔都回國議定，以免後言。」偏生那拔都因皇后稱制，心下憤憤不平，雖有詔書促他還都，只是推病不來。奧都剌合蠻乘勢佈置心腹，聯結黨羽，權勢益盛。

耶律楚材見他這般情形，深恐遷延下去，不復可制，因此憂慮成疾，竟至一病不起，溘然而逝。乃馬真氏雖然恨著耶律楚材竭力箝制，使自己不能為所欲為，因他正直無私，遇事敢言，倒也頗為敬憚。聽得他已病死，深哀加悼，賻贈甚厚。

奧都剌合蠻很不為然，向乃馬真氏道：「楚材歷事二朝，在相位日久，天下貢賦半入其家，如何還要厚加賻贈？」乃馬真氏聽了此言，也不免疑心起來，命近臣瑪爾結前往察視，只有琴玩十餘，乃古今書畫、金石遺文數千卷，此外並無他物，身後的景況真是蕭條不堪。

瑪爾結見了，也不禁讚嘆道：「這個樣子，方不愧是國家的元勳宰相呢！」回到宮中，據實奏聞，乃馬真氏也深為嗟嘆。

楚材字晉卿，故遼東丹王托雲八世孫。其父履，以學行事，金世宗特見信任，終於尚書右丞。楚材生三歲，其父即歿。母楊氏，教之學。及長，博及群書，旁通天文、地理、律曆、術數及釋老醫卜之術，下筆為文，動輒數千言，有如宿構。

金國之制，宰相之子可以試補省掾。楚材欲試進士科，金章宗命如舊例，垂詢疑獄數事。楚材對答如流，同試之人皆不能及，遂闢為掾，後為開州同知。金宣宗遷汴，成吉思汗攻下燕京，聞其名，特詔召之。楚材身長八尺，美髯宏聲，成吉思汗知為偉器，向他說道：「遼金世仇，我已為汝雪之。」

楚材道：「臣父祖嘗委身事金，既為之臣，敢以為仇麼？」成吉思汗聞言，頗為稱許。置之左右，以備顧問，呼之為烏爾圖薩哈勒，而不名。烏爾圖薩哈勒者，蒙古語，猶言長髯人也。

成吉思汗嘗為窩闊台言道：「耶律楚材乃天賜我國之良輔，日後宜重任之。」窩闊台即位，果見信任。

值諸王大集，相共宴飲，窩闊台親執御觴以賜楚材，道：「我之所以推誠任卿者，先帝命也，非卿則中原無今日。我之所以得安枕者，亦卿之力也。」其見重如此。

及乃馬真氏臨朝稱制，權奸用事，將亂社稷。楚材日夜憂慮，竟至病歿。至順元年，始追封為廣寧王，贈太師，予諡文正。

耶律楚材既死，朝中沒有老成正直之臣，奧都剌合蠻更加肆無忌憚，生殺予奪皆由其專擅而行，並不稟白乃馬真氏。乃馬真氏為其所制，不能隨意施展，心內也覺抑抑不樂，又見朝政日非，禍亂將生，不禁十分著急，卻又沒有法想。直到稱制的第四年，遂即鬱積生病，頗為沉重。乃馬真氏也不和奧都剌合蠻商議，亟亟召集諸王，開庫里爾泰會議，立皇子貴由為大汗。

貴由即位之後，明知奧都剌合蠻專權驕恣，紊亂朝綱，有心要宣布他的罪狀，加以誅戮，卻因乃馬真氏尚在，不得不顧全母后的場面，所以忍耐著未嘗驟發。

奧都剌合蠻見貴由汗仍加任用，並且賞賜有加。他只道貴由汗懼怕自己的威勢，不敢奈何他，愈加放縱起來，日夜在宮裡陪伴著乃馬真氏歡呼暢飲。並將窩闊台寵幸過的美女，私自取回家中任意取樂，外面只說是乃馬真氏賜給他的，也沒人敢說他的不是。

只有皇弟庫騰，見他這般行為，憤不能平，常在貴由汗跟前，陳說奧都剌合巒如何專權，如何驕橫，若不速加顯戮，後必為害。貴由汗聽了庫騰的言語，雖然心內很以為然，總因關礙著乃馬真氏，只得含容下去。

哪知庫騰對貴由汗的一番話語，早有奧都剌合巒的心腹打聽得清清楚楚，一字不遺地去報告了奧都剌合巒。奧都剌合巒怒發如雷道：「我因他是先帝之子，凡事皆推尊著他，不和他為難。他得步進步，竟想到老虎頭上來搔癢。我若放過了他，他必不肯放過我，如今沒有旁的方法，只有說他謀為不軌，請主子把他拿下治罪。」

法特瑪聽了，連連搖頭道：「此計未為盡善，說他謀為不軌，必定要有證據，你的證據何在？」

奧都剌合巒一聽，果然不錯。庫騰平素小心謹慎，絕無可以指點之處，說他謀反，果然沒人相信，但除了此事以外，又無法可以制他的死命，一時想不出主意，反呆在那裡，一聲不響。

法特瑪見他這般模樣，不禁笑道：「你平日神機百出，賽過三國時的諸葛亮，今天也有為難的事情麼？」

奧都剌合巒道：「庫騰不除，將來必為我們之害。今日在主子跟前說我的

壞話，日後就能說你的壞話。你可有什麼法子，可以處治他麼？」

法特瑪道：「庫騰和主子是兄弟，主子的為人，又很重親情，你無憑無據地說他謀為不軌，非但不能害他，恐怕主子反要疑心你謀陷親王，離間骨肉了，這事如何行得。我有個主意在此，可以不動聲色，取了庫騰性命，絕無一人知道，豈不很好麼？」

奧都剌合蠻忙道：「你有什麼主意，何不說來大家斟酌一下呢？」

法特瑪道：「當初你令我跟隨卜底休學習秘法迷惑先帝的時候，卜底休曾傳我咒詛禁魘之法，這個法兒，乃是喇嘛教中最狠最毒的法兒，倘若施展起來，任憑是銅澆鐵鑄的漢子，也不過三日工夫便沒有性命了。現在卜底休雖已回去，好在符咒我已學得，盡可把來試驗一下。」

奧都剌合蠻大喜道：「既有此法，那是最妙的了，但不知施展這個法兒，要用些什麼東西。此事須要秘密進行，你在宮禁裡面不便置辦，可告訴了我，備辦齊全了送給你。」

法特瑪道：「行使這個法兒，全仗符咒的作用，並不要置辦什麼東西。但有一樁最要緊的事情，那庫騰的生辰八字須要設法弄來，其餘便不用什麼了。」

奧都剌合蠻道：「這個容易得很，庫騰的生辰八字，她必然知道的。」說道，伸出一個大姆指道：「待我向她探聽了，再來告訴你罷。」

法特瑪知道是說的乃馬真氏，便點點頭道：「很好！你快去探聽罷。」奧都剌合蠻便起身往乃馬真氏宮中，去探聽庫騰的生辰八字。

試想奧都剌合蠻與乃馬真氏何等要好，打聽一個生辰八字有甚為難，不過幾句鬼話，已將庫騰的生年月日打聽得清清楚楚，便令法特瑪詛咒起來。

這個法兒，果然十分靈驗，法特瑪在宮中施展咒詛之法，庫騰在外面已是心煩意亂，坐立不寧了。行到第三日上，庫騰忽然發起狂來，舞刀動杖，亂鬧得非常厲害。庫騰的妃子沒有法想，只得把他關鎖起來。

到得數日之後，庫騰已是奄奄一息了。

第三十一回　親王主政

皇弟庫騰忽然舞刀弄杖，發起狂來。他家中的人莫知其故，只得暫時關鎖，一面去奏知貴由汗。貴由汗與庫騰雖非同母所出，兄弟之間卻很友愛，聞得庫騰發狂，甚為著急，忙敕太醫官前往診治。

太醫診視了一會，連連搖頭道：「皇弟六脈和平，毫無疾病，醫官無從用藥。」

庫騰的妃子聽了，忙道：「他狂得如此模樣，怎麼說沒有病呢？」

太醫道：「皇弟實實沒有病症，醫官何敢亂言。」說著，辭別而出。

庫騰的妃子見醫官不肯用藥，丈夫病勢更是有加無已，初時尚舞刀弄杖地胡鬧，現在已倒臥在床，只剩得奄奄一息，心內十分著急。

庫騰有個貼身跟隨的勇士，名叫巴剌圖，生得力大無窮，心思又十分精細，見了這般行徑，便向王妃說道：「俺看王爺的病症，來得很是奇怪，太醫說是無病，莫非有人施行魔術，在暗中捉弄他麼？俺想王爺平素沒有怨家，唯與奧都剌合蠻勢不兩立，常常在主子跟前舉發他的陰私，必是奧都剌合蠻暗中銜恨，使行什麼咒詛之術。俺有個兄弟，在宮中充作內監，深知奧都剌合蠻與法特瑪聯成一氣。從前蠱惑先帝的時候，法特瑪曾跟隨什麼吐蕃大喇嘛卜底休學習了許多符咒。如今王爺忽得奇症，恐是他們兩人在暗中捉弄，待俺託兄弟細細打聽，就有下落了。」

王妃也很以為然，便命巴剌圖留心打聽，哪知到了晚上，庫騰雙眼圓睜，大喊一聲，已是嗚呼哀哉了。

王妃哭得死去活來，巴剌圖直急得暴跳如雷，他也不去料理庫騰的喪事，一直跑去找了他的兄弟，問他法特瑪在宮中做些什麼。

他的兄弟名喚歹巴里，見他突然問及法特瑪，知道必有緣故，反回問他道：「你探聽她做什麼呢？」

巴刺圖道：「我們王爺忽然發狂死了，醫生說他沒有病症，死得很是奇怪。我因奧都刺合蠻深恨我們王爺，恐他施行詭計，暗箭傷人，所以前來問你。」

歹巴里不覺吃驚道：「這幾日，法特瑪每夜施行咒詛的法兒，莫非是陷害你們王爺的麼？怪不得奧都刺合蠻時常鬼鬼祟祟和法特瑪交頭接耳的，不知說些什麼，原來商議的是這件事情。」

巴刺圖聽了，料知歹巴里的話決非虛言，便匆匆地回來，把情由告知王妃。王妃悲憤異常，秘密地進宮，把法特瑪結聯了奧都刺合蠻，施行咒詛，害死庫騰的話，一一奏明。

貴由汗聽了，勃然大怒，立刻命心腹內監，帶了衛士至宮中抄查，果然在法特瑪屋中搜得一個木人，上面寫著庫騰的名字，並生年月日，還有許多硃書符籙，花花綠綠地畫著。貴由汗即命法官審訊，真條實犯，無從抵賴，只得將奧都刺合蠻的陰謀和盤托出。

法官審得了口供，奏明貴由汗，貴由汗大發雷霆，也不能顧全乃馬真氏的

面子了，遂將奧都剌合蠻拿下，與法特瑪一同正法。

乃馬真氏本來臥病在床，聞得奧都剌合蠻與法特瑪的事情敗露，已經伏誅，心內一急，頓時氣絕身亡。貴由汗料理了乃馬真氏的喪事，又追究奧都剌合蠻的罪惡，抄沒了他的家財。將法特瑪的隨從婦女也一齊拿來，裹入氈中，投於河內。

此時宮中只有拖雷的妃子唆魯禾帖尼，尚居住在內。她的為人性情溫淑，不作私弊，乃馬真氏臨朝稱制，她但安居宮內，絕不干預朝政。貴由汗因此深加敬禮，所有內外事宜，都去與她商酌。唆魯禾帖尼也就漸漸地干預起外事來了。

貴由汗雖然在位，因患手足拘攣之病，不常視朝。到了秋間，巡行至葉密爾河，沿路供帳甚盛，賞賜無數。在那裡居住數月，說是西域水土與自己身體相宜，大有戀戀不捨之意。拖雷妃唆魯禾帖尼見貴由汗臨幸西域，不見還朝，只道他與拔都有隙，久住西域，恐有圖他之謀，便差了心腹，連夜去告知拔都。

看官，你道唆魯禾帖尼為何對於拔都這樣關切呢？原來拖雷自代窩闊台死後，窩闊台不負他死歿時的囑託，將唆魯禾帖尼迎入宮內，好好供養，又將他五個兒子另眼看待，視同己子一般，唆魯禾帖尼安居宮中，雖然享受榮華，但是形隻影單，未免寂寞淒涼，不耐冷落。恰值拔都來朝，以猶子之禮謁見唆魯禾帖尼。唆魯禾帖尼見他生得魁梧雄偉，相貌堂堂，又在年輕力壯的時候，心內甚是喜愛，便留住宮中，聊慰岑寂。

蒙古風俗，並沒什麼貞節可言，拔都得蒙唆魯禾帖尼垂愛，自然格外奉承，盡力巴結，因此唆魯禾帖尼與拔都深情繾綣，十分投契。誰知好事多磨，拔都奉了窩闊台命令統師西征，只得別了唆魯禾帖尼，領兵而去。有此一層原因，所以唆魯禾帖尼對於拔都十分關切。

平常時候，貴由汗因隨軍西征，拔都做了統帥，自己反在麾下聽候命令，每每與唆魯禾帖尼說及，便有不平之色。此時久駐西域，唆魯禾帖尼不知他因西方水土適合養病，反疑他懷著前日的嫌隙，有心圖謀拔都，所以打發心腹，連夜趕去報告，叫拔都遇事留心，防要受害。

拔都得了唆魯禾帖尼的密報，立刻啟程東行，打算面見貴由汗，剖明心跡。哪知行到半途，忽得貴由汗棄世的消息，皇后干兀立海迷失也命人來與拔

都商議，要抱了猶子失列門臨朝聽政。拔都心中已經有了主意，此時暫不發表，權且答應下來。海迷失便發喪回都，尊貴由汗為定宗，抱了失列門臨朝。

不料臨朝之後，國內大旱，河水乾涸見底，野草無故自焚，牛馬盡皆死亡，幾乎民不聊生。因此諸王各部都說失列門無福為君，皇后不該臨朝。拔都便在河勒塔克山召集諸王開庫里爾泰大會，擬立新君。

到了會期，唯有朮赤、拖雷的後裔前來赴會。察合台之子也速蒙哥竟不到會。窩闊台的後人也都不肯前來，只有皇后海迷失派了個使臣，名喚巴拉的前來與會。

大家坐定，巴拉首先說道：「當日太宗在時，曾命以皇孫失列門為嗣，諸王各部盡都知道。今由皇后抱失列門聽政，乃是敬遵太宗遺囑，各位當無異議。」

眾人聞言，尚未開口，早有一人大聲說道：「太宗既以皇孫失列門為嗣，何故又立定宗呢？難道定宗之立，也是太宗的遺命麼？」

眾人視之，乃是拖雷之子忽必烈。

眾人都道：「此言很是！既以失列門為嗣，早就應該即位，何必待至今日？」

巴拉爭辯道：「不然，太宗那時，失列門尚幼，國賴長君，是以改立定宗。如今定宗既崩，失列門稍長，自應遵守太宗遺命，仍立失列門為君了。」此言未畢，拖雷第二子末哥早已笑著說道：「太宗遺命本來無人敢違，但六皇后乃馬真氏和在朝諸臣，已違遺囑，此時如何反叫我們遵守呢？」

眾人一齊拍手道：「他們要立誰就立誰，太宗的遺命自然可以不用遵守的。」

巴拉被眾人說得無話可答，早有速不台之子兀良合台說道：「巴拉所說的話，我旁的都不贊成，唯有『國賴長君』這一句話，卻很有道理。我們今日開這個會，也就是為此而開的。如今諸王之中，年長而有威望的，無過於拔都，何不推他承嗣大統呢？」

拔都連連搖頭道：「我國幅員廣大，非有聰明出眾、才略超群，如太祖一樣的人物，不能統馭。我無才無德，如何敢當此大任？諸王中唯蒙哥頗有大略，為人亦復小心謹慎，遇事勇往直前，絕不畏縮，我意不如推他嗣位。」

眾人都道：「王言甚是，就此定議罷。」

蒙哥起立推讓，末哥早已言道：「人心所歸，即是天意所向，國事要緊，哥哥不必再作虛文，謙辭不受了。」

拔都道：「末哥之言，極為有理，我們推立蒙哥，完全為的國家大計，蒙哥也無容推讓了。」

當下會議已定，拔都命其弟伯爾克，率大軍擁護蒙哥東行，自己仍駐西方，以為外援，並傳檄各地，申明立蒙哥為主，宗親中如有不服，或生異議者，國法具在，決不寬貸。

諸王大臣都懼怕拔都的威勢，莫敢異言。擇日即位，諸王各部均來朝賀，唯察合台與窩闊台的子孫不到。

行禮的時候，親王居於右，妃主居於左，末哥、忽必烈等眾兄弟居於前。武班中以忙哥撒兒為領袖，文班中以孛魯合為之首。朝賀之禮既畢，群臣皆有升賞，追尊拖雷為皇帝，廟號睿宗，傳令諸王大臣、文武百官筵宴七日。

正當燕饗之時，有御者克薛桀前來密報，說是來了一輛車兒，行至半途，其轅突然折斷，露出軍器，恐其來意不善，故來報告。蒙哥即命忙哥撒兒前去查問，如果形跡可疑，便即拿了來。

忙哥撒兒奉命而往，不到半日，忙哥撒兒帶領二十人到來，蒙哥問他們從何而來，到此何事。為首的自言名喚按赤台，乃是奉了失列門之命前來朝賀的。另有幾個武士，自稱是也速蒙哥差來的，也是來進獻貢物朝賀的。

蒙哥不動聲色地說道：「承蒙兄弟們的情誼，恰於此時到來，可令他們入席宴飲。」

忙哥撒兒忙道：「他們同伴還不止此數，我命他們留下一半，在途中候著呢。」

蒙哥微微冷笑道：「你何不叫他們一同前來赴筵呢？」忙哥撒兒無言而退。

宴會既畢，蒙哥傳忙哥撒兒暗中吩咐了一番。忙哥撒兒奉了命令，等到夜間，即將二十人拿下，並派兵把留在途中的武士也一齊拿來。

蒙哥次日上朝，命忙哥撒兒嚴刑審問。失列門差來為首的武士受不住嚴刑，放聲大罵，自刎而死。

蒙哥的意思，因自己初即位，不欲多行殺戮，與諸臣商議，諸臣都說不加誅戮無以立威。蒙哥遂將失列門與也速蒙哥所派的武士一概斬首。又檢查知情不報的官吏，也殺了數人。遂即頒令更新政治，並禁止諸王徵求貨財，馳使

擾民，免除耆老丁稅，暨釋道等教徒服役，所有蒙古漢地民戶，均令忽必烈統治。乃乘輦赴和林，查究黨於定宗的臣子，盡行殺戮。又命忙哥撒兒帶兵入宮，將定宗皇后海迷失與失列門生母一齊拿下，嚴加審訊。

可憐一位皇后，一位王妃，都是金枝玉葉般的身體，安富尊榮慣的，忽然被兵士捉拿出宮，弄得蓬頭跣足，狼狽不堪。還要說她有心魘禳，用著各種非刑，逼她承認。試想兩個柔弱女子，如何禁受得起這般慘酷，結果屈打成招，把定宗皇后定了死罪，將失列門生母裹氈投河。失列門和諸兄弟禁錮於摩多齊，不久也就沒了性命。

便是窩闊台汗的第三皇后乞里吉忽帖尼，此時年紀已老，也不准她居住宮內，命其徙於和林西北。凡窩闊台后妃的家資，亦盡行抄沒，賞賜諸王。且遣貝喇往也速蒙哥受封之地，嚴究違命諸臣。這樣一來，察合台、窩闊台的子孫與拖雷的子孫，遂永遠成為仇敵。從此同族鬩牆，始終為患，兵爭數十年，蒙古的元氣由此凋弊，這是後話，按下不表。

且說忽必烈奉了蒙哥汗的命令，總理漢南軍事，在金蓮川地方開府建衙，十分威武。只因佐治乏人，打聽得有個隱士姚樞居住于蘇門地方，具有通今博古之才，內聖外王之學，便備了禮幣，命內史趙璧前去聘請。

那姚樞，字公茂，柳城人氏，後遷洛陽，自少力學不倦。內翰宋九嘉知其有王佐之才，與之偕覲窩闊台，命為燕京行台郎中。時伊羅斡齊為行台，唯事貨賂，銖求無厭，姚樞羞與為伍，遂棄官而去，隱於蘇門地方，讀書鳴琴，若將終身。忽必烈令趙璧賚了聘禮，前來敦請。姚樞見其來意誠懇，也就不復推卻，隨了趙璧來見。

忽必烈和他談論，不勝心服，待以客禮，遇事必諮詢而行。姚樞又薦河內學子許衡，忽必烈乃以姚樞為京兆勸農使，許衡為提學使，輝和爾部人廉希憲為宣撫使，日夕講求治道，體恤民艱。樞、衡、希憲也感激知己，各盡所懷，京兆大治。

當忽必烈奉到統治漢南的詔命，大張筵宴，以饗幕府眾僚，眾人皆奉觴稱賀，獨姚樞坐於席中，默無一語。待至席散，眾人皆出，忽必烈留下姚樞，向他問道：「眾人在席間皆作賀詞，你獨默然而坐，是什麼緣故？」

姚樞道：「如今天下土地之廣，人民之殷，財賦之阜，有如漢地的麼？」

忽必烈道：「似皆不及。」

姚樞道：「現在奉命統治漢南，凡金之土地、人民、財賦皆入大王之手，異日廷臣言官，嫉妒離間，天子必悔而見奪，不如獨管兵權，將行政歸之國家，則事順理安，雖有讒言，亦無由入了。」

忽必烈連連點頭道：「此言甚是，我慮不及此，幾致誤事。」遂奏聞蒙哥汗，請專理兵事，一切行政之權，仍舊付之有司。蒙哥汗從之。

到了次年，蒙哥汗大封同姓，命忽必烈於南京關中自擇一處，以為封地。忽必烈又與姚樞商議，姚樞道：「開封逼近黃河，水道遷徙無常，土薄水淺，不若關中深居腹地，險要可恃，厥田上上，古名天府陸海。」忽必烈遂願處關中。

蒙哥汗道：「關中雖好，但人戶寥落，所得財賦，你如何夠用呢？我瞧河南懷孟一帶地方，人煙很是稠密，如今也歸你掌管，方可以調劑得平。」因此忽必烈盡有南京關中之地，又復延攬人才，安輯百姓，一統之基，由此肇造了。

忽必烈把內政料理停妥，又注意開拓土地，命兀良合台統率諸軍，分三道往攻大理，自己領了大軍，在後接應。行抵察遜諾爾地方，夜宴營中，姚樞泛論古今，陳述宋太祖遣曹彬平定江南，不殺一人，市不易肆的事情。忽必烈聽了，知是姚樞有意規諫。到了次日，據鞍上馬，攬轡向姚樞道：「你昨夜所說曹彬不殺一人的事情，我能行之。」

姚樞在馬上拱手賀道：「聖人之心，仁明如此，生民之福，國家之幸也。」師至大理城，忽必烈命姚樞裂帛製旗，書止殺之令於上，分徇街市；因此人民得以保全。

那大理即是唐時南詔之地，國王段智興，佔據一方，與中原不通聞問。忽聞蒙古兵分道來攻，直嚇得手腳無措。

第三十二回　師侵南宋

大理國王段智興，聞得蒙古兵分道來犯，勉強召集了數千民兵，出城迎敵。試想區區的大理，怎當得蒙古軍的威風。

剛一交戰，數千民兵已被蒙古軍如風掃殘葉一般，殺了罄盡，把個段智興弄得一籌莫展，只得肉袒牽羊，出城乞降。忽必列降了大理，乘著戰勝之威，分略鄯善、烏爨等部，進至吐蕃。

那吐蕃即是如今的西藏地方，其俗崇尚佛法，尊信喇嘛。喇嘛教的祖師，名叫巴特瑪撒巴巴，當唐玄宗時，由北印度入吐蕃，創立了喇嘛教，他的勢

力，凌駕國王之上。

蒙古軍既抵其地，忽必烈用了姚樞之言，禁止殺戮，到處頒諭，降者免死，所有舊教絕不更動。因此兀良合台的軍馬方才到來，喇嘛扮底達即來迎謁。

兀良合台早已受了忽必烈的囑咐，知道喇嘛在吐蕃有獨一無二的大勢力，連國王都要服從他的命令，只要喇嘛前來投誠，吐蕃的全國就在掌握，因此兀良合台見了扮底達，深加敬禮，格外優待。扮底達心內甚是歡喜，便引導蒙古兵直入都城，諭令國王蘇固圖出降。果然喇嘛的話說，蘇固圖不敢違逆，立即歸命。

忽必烈的大軍到來，聞得吐蕃已降，幸賴喇嘛的勸諭，兵不血刃，即成大功。忽必烈大喜，與扮底達相見，優禮有加。

扮底達又命他的侄兒八思巴叩見忽必烈。這八思巴的為人異常聰明，年方七歲，已能誦經數十萬言，並且通曉大義。吐蕃的人民大為驚異，都稱之為聖童。年稍長，精通典釋，學富五車。此時方才一十五歲，由扮底達引見忽必烈。

忽必烈一見他的相貌，已覺得異於常人，便與他談論佛法，竟是滔滔不竭，應對如流。忽必烈深加器重，留於左右。會蒙哥汗有詔，召忽必烈回國。乃令兀良合台進兵西南，自己攜了八思巴回國。

看官，忽必烈此次出征，兵鋒所指，莫不披靡，正可乘勢進取，大張國威，蒙哥汗為什麼要召他回國呢？

原來忽必烈受封之後，盡懷關中之地，重用許衡、姚樞、廉希憲、趙良弼等一班賢士，不到幾年，規模大備。其時阿勒達爾為蒙哥汗所任用，見忽必烈英明有為，所任用的又是一時的俊傑，心內甚為妒忌，便在蒙哥汗面前，說忽必烈身處財賦之區，有意收拾人心，將來必為國家大患，現在領兵征討西南諸夷，節節勝利，全國之人只知有忽必烈，不知有主子，若任他如此專擅，日後恐不可制。

蒙哥汗聽了阿勒達爾的讒言，也不禁疑心起來，一面下敕，召忽必烈回國，一面以阿勒達爾為陝西省左丞相、劉太平參知政事，鉤校京兆錢穀。二人既抵任所，大加搜剔，將京兆官吏鍛煉成獄，官吏死者二十餘人，獲罪譴責者，不計其數。

忽必烈奉敕而回，聞知此事，大為不樂，道：「此路歸我管轄，所有官吏皆我所派，難道我派遣的官吏，都是貪婪的人麼？這一定是因我出師西南，距離主子太遠，朝中的奸臣暗中行讒，離間我和主子的感情，我當入朝辯白，剷除奸佞。」

姚樞聽得此言，忙入諫道：「不可！主子君也，兄也；大王雖為皇弟，臣也。為人臣者，安得與君上辯白是非？稍一不謹，必將受禍。為今之計，莫若盡攜王妃邸主，自歸朝廷，為久居之計，以示無他，則讒間不行，主子的疑心自然消釋了。」

忽必烈即從其言，盡攜眷屬歸朝，既至和林，入見蒙哥汗。提起歸朝之事，蒙哥汗道：「我恐皇弟遠征，日久身勞，因此召歸休養，並無他意。」

忽必烈方欲再有所言，蒙哥汗已對著他眼中流淚，忽必烈見了這般模樣，也覺得悲從中來。兄弟相持而泣，竟不能再講別的話說了。

過了兩日，蒙哥汗意欲另建城闕宮室做一都會，缺了主事的人，與忽必烈言及。忽必烈遂保薦一個人，叫作劉秉忠，擔任此事。

劉秉忠字仲晦，其先世瑞州人，代仕於遼。至曾大父，始仕金，為邢州節度副使，遂家於邢；故自祖父以下，為邢臺人。秉忠生而風骨秀異，英爽不羈，八歲入學讀書，日誦數百言。年十三，為質子於帥府。至十七歲，因家貧無以養親，充邢臺節度使府令史，博微祿以養其親。居恆常鬱鬱不樂，一日，投筆嘆道：「我家累世衣冠，到了我身，甘心做這刀筆吏麼？大丈夫不得志於世，便當隱居求志，碌碌何為？」遂即棄去，隱居武安山中。

有天寧虛照禪師，知其能文詞，遣招之為僧，令掌書記。後遊雲中，留居南堂寺，忽必烈聞海雲禪師之名，召赴王邸。海雲奉召而來，道經雲中，遇秉忠，見其博學多才，邀之同行。入見忽必烈，應對稱旨，頗加器重。

秉忠於書無所不讀，尤邃於《易》及邵氏經世書，至於天文、地理、律曆、三式六壬遁甲之術，無不精通，議論天下事，如指諸掌，因此忽必烈深為信任，留居邸中，以備顧問。此時蒙哥汗欲建城闕宮室，而難其人，忽必烈遂薦之於朝。秉忠即奉命，相度地宜，擇定桓州東面，灤州北面的龍岡，督工經營，造成都會，名曰開平府，蒙哥汗移居於此。

恰巧移居之時，皇弟旭烈兀奉命征西，遣使報捷，兀良合台也有捷音前

來。原來蒙哥汗即位之後，因西域一帶尚有未經平定的部落，故命皇弟旭烈兀統兵往征。旭烈兀奉了詔命，從和林率師出發，沿天山之北，經過阿力麻里，直達阿母河畔，招致西域諸侯王，會兵西進，攻入木乃奚國。

木乃奚在寬甸吉思海之南。從前拖雷奉了成吉思汗之命，援應哲別、速不台時，曾引軍經過木乃奚，只在城外縱兵大略，沒有侵入城內。如今旭烈兀奉命西征，因回教徒麇集此城，決意進攻。分軍三路，令庫喀伊而喀、布喀帖木兒統兵一隊為左軍；怯的不花、台古塔兒領兵一隊為右軍；旭烈兀自將大隊為中軍，殺奔木乃奚城。

城主兀克乃丁，命弟薩恆沙至軍中求和。旭烈兀要他盡毀城堡，方許投誠。薩恆沙回去之後，並無動靜。旭烈兀揮軍而進，接連攻下數處堡砦。兀克乃丁又遣人來請寬期一年，即當來謁。

旭烈兀不允，道：「你主欲降即降，我當待以不死，此外不必多言。」

來使去後，又復杳無音信。旭烈兀大怒，指麾三路大軍，將木乃奚城圍困起來，晝夜攻打。兀克乃丁沒有法想，只得出降，並將城外五十餘堡盡行毀去。旭烈兀因兀克乃丁屢次誘約，恐他心懷反側，遂勸他入朝，令人在中途將他刺死，下令屠城。可憐木乃奚城內，頃刻之間變成血肉之區，有幾個逃得性命的人，聯絡了回教徒，奔往八哈塔國。

八哈塔地處阿剌伯東岸，乃回教教祖謨罕默德降生之地，著有《可蘭經》，為人民所信仰，稱為天方教。主教的人稱為哈里發，即華言代天治事之意。成吉思汗平定西域，哈里發的屬地所存已經無幾。此時的國主名喚木司塔辛，生性庸懦，最愛聽樂觀劇，國事悉委臣下處理，終日彈絲品竹，命伶人歌舞演戲。

旭烈兀兵至，先以書責其容納逃人，並謂能戰即戰，不能戰即降。木司塔辛得了書信，也不自量其力，竟對來使口出不遜之言。旭烈兀率軍渡過波斯灣，與敵軍相遇，戰了一日，未分勝負，兩軍各駐河濱。旭烈兀到了夜間，決水灌入敵營，八哈塔的人馬未曾防備，突被河水沖來，淹斃一半，其餘的方欲逃生，又為蒙古軍衝來，盡行殺死。

旭烈兀引軍圍城，四面立起炮臺，用大炮向城內猛攻。木司塔辛十分惶駭，遣使乞降，旭烈兀不允。又遣其長、次二子請求投誠，亦被拒絕，沒有法想，只得自縛出降。旭烈兀入城。屠戮七日，被殺者計八十萬人。唯天主教徒

及他國人居室，總算沒有侵及。

哈里發宮內滿貯金寶，悉為所掠。內監千餘，婦女七百餘亦皆殺死，城中屍骸堆積如山，臭穢之氣，觸鼻欲嘔。旭烈兀因伏屍積穢，恐致疾病，只得移軍出城，駐紮鄉間，將木司塔辛推至帳前，責其傲慢不恭。木司塔辛知難倖免，請求准其沐浴，然後就死。

旭烈兀命將木司塔辛及其長子並內監五人一起裹入氈中，置於當道，驅戰車往來，蹴踏輾轉哀號。蒙古軍看了，十分快樂，拍手歡躍。

木司塔辛既死，又將其次子及親屬故舊，盡行屠殺，只一幼子，名喚謨拔來克沙的，蒙恩赦宥，得以不死。後來娶蒙古女為妻，生下二子，遺留一脈，不絕宗祀，總算是旭烈兀的恩德了。

旭烈兀飛章告捷，遂又分軍為二，大將郭侃，東略印度，旭烈兀自往天方去了。那兀良合台奉了忽必烈之命，由吐蕃進兵，攻入白蠻、烏蠻、鬼蠻諸部，所至披靡。羅羅斯及阿伯兩國聞風乞降，復乘勝攻下了阿魯諸部。西南夷盡都平定，乃引兵而南，徑入交趾。交趾即安南地，唐時曾置安南都護府，故名安南，世為中國藩屬。

兀良合台兵至安南，國王陳日煚，出戰大敗，遁入海島，都城被屠。陳日煚遣人乞降，兀良合台亦因天時炎熱，不復可耐，遂准其納降，告捷和林，緩緩地率軍而歸。這兩處的捷報到了和林，蒙哥汗聞得西南連捷，心甚喜慰，遂動了混一中原的念頭，意欲大興人馬，征伐南宋了。

擇定戊午年九月大舉興師，蒙哥汗親自出征，以少弟阿里不哥留守和林。蒙哥汗的大軍由劍門攻蜀，忽必烈別將一軍渡淮，窺取鄂州，兩路夾攻，使宋人應接不暇。那蒙哥汗統了大軍，浩浩蕩蕩，一路前進，十分順利。攻下了峽州、閬州等許多城堡，遂進圍合州。

其時宋朝的督軍是賈似道，以樞密使兼荊湖南北四川宣撫大使，命王堅鎮守合州，抵禦蒙古。王堅見敵兵到來，憑城守禦，很是堅固。蒙古軍攻了數日，絲毫不得便宜。蒙哥汗又親督諸軍，奮勇攻撲，亦不能下，心內甚是焦灼。先鋒汪德臣帶領敢死士，深夜登城，也被矢石擊退。

到了天色黎明的時候，汪德臣匹馬單槍，馳向城濠，大聲喊道：「蒙古皇帝誓必屠滅此城，王堅快快出降，我當救你一城性命。」話未說畢，一塊飛石打將下來，德臣連忙將頭一偏，打中左肩，忍著痛逃走回來，到得夜間便死

了。蒙哥汗屯兵城下，將及半年，又因汪德臣受傷而死，惱怒之中帶著悲傷，遂感疾病。

合州城外有座釣魚山，遂登山養病，竟致不起。臨終時，吩咐隨營大臣，秘不發喪，將棺木做成小箱模樣，外面畫了五彩花紋，用二驢載以北去。蒙哥汗在位九年，享年五十二歲，廟號稱為憲宗。那時忽必烈正將兵渡淮，進圍鄂州，分兵攻下了臨江、瑞州等處。

宋朝此時單靠著一個賈似道無異長城一般，得了告急的信息，便拜賈似道為樞密使、右丞相，出屯漢陽，以援鄂州。未幾，又移黃州。這賈似道只知遊湖賭錢，飲酒宿娼，哪裡能夠臨陣打仗？可憐他瞧見蒙古營中人喊馬嘶，旌旗飄揚，刀槍劍戟如密麻一般，耀日爭輝，已嚇得他膽裂魂飛，手足無措。忽必烈又督領人馬晝夜攻城，急如星火。賈似道沒有法想，只得暗派宋京往蒙古營中請稱臣求和，忽必烈拒絕不允。

賈似道正在著急，恰巧合州的王堅，差阮思聰來報，說蒙古主已死，兵馬全行退去。賈似道又趁此機會，派宋京前去求和，情願納江北地，歲奉銀絹各二十萬。忽必烈還不肯答應。

曾得著蒙哥汗崩逝的消息，部下郝經暗中進諫道：「今國遭大喪，神器無主，宗族諸王莫不窺伺，倘或先發制人，抗阻大王，勢且腹背受敵，不如允宋議和，即日北返。別遣一軍，迎先帝靈輿，收取璽綬，召集諸王，議定嗣位，那時大王應天順人，自可坐登大寶了。」

忽必烈聞言，恍然大悟，遂答應和議，與宋京約定，盡納江北地，歲貢銀絹各二十萬，乃退兵北去。

那兀良合台平了西南，奉到忽必烈的命令，回師援應，正在進取潭州，聞得和議已成，亦移兵北返。賈似道得了消息，也不想想和議方成，竟令夏貴率兵追襲，殺了他的殿卒百餘人，遂詐稱諸軍大捷，獻俘宋廷。

那宋理宗昏頭昏腦，信以為真，說他有回天再造之功，召令還朝，加封衛國公，大為寵眷。忽必烈引師北返，行至中途，聞得國中假託蒙哥汗遺命，方括民兵。忽必烈道：「我兵已足，何用括民為兵？此必和林陰圖變亂，故有此舉。」既抵燕京，即出示縱還民兵，人心大悅。及抵開平，諸王末哥、哈丹、塔齊爾等悉來會，願戴忽必烈為大汗。

第三十三回　建元立極

忽必烈到了開平，諸王末哥等來會，願推他為大汗，忽必烈謝不敢當。後來又接到西域旭烈兀來信，說是西域平定，已經班師，並殷殷勸進。幕下諸賢士亦勸他不可失卻機會，宜速正位號，以杜宗王覬覦之心。忽必烈遂允諸人之請，不待庫里爾泰會議，竟即大位。

其時姚樞、廉希憲等方膺大任，遂代為草詔，宣布即位，播告天下道：

朕唯祖宗肇造區宇，奄有四方，武功迭興，文治多缺，五十餘年於茲矣。

蓋時有先後，事有緩急，天下大業，非一聖一朝所能備也。先皇帝即位之初，風飛雷厲，將大有為，憂國愛民之心，雖切於己；尊賢使能之道，未得其人。方董夔門之師，遽遺鼎湖之泣，豈期遺恨，竟勿克終。肆予衝人，渡江之後，蓋將深入焉。乃聞國中，重以僉軍之憂，黎民驚駭，若不能一朝居者。予為此懼，驃騎馳歸，目前之急雖紓，境外之兵未戢；乃會群議，以集良規。不意宗盟，輒先推戴，左右萬里名王鉅巨，不召而來者有之，不謀而同者皆是。

咸謂國家之大統，不可久曠；神人之重寄，不可暫虛，求之今日太祖嫡孫之中，先皇母弟之列，以賢以長，止予一人，雖在征伐之中，每存仁愛之念，博施濟眾，實可為天下主。天道助順，人謀與能，祖訓傳國大典，於是乎在，敦敢不從？朕峻辭固讓，至於再三，祈懇益堅，誓以死請。於是府順輿情，勉登大寶。自唯寡昧，屬時多艱，若涉淵冰，罔知攸濟，爰當臨御之始，宜新弘遠之規，祖述變通，正在今日。務施實德，不尚虛文，雖承平未易遽臻，而饑渴所當先務。嗚呼！歷數攸歸，欽應上天之命；勳親斯托，敢忘列祖之規。體極建元，與民更始，朕所不逮，更賴我遠近宗族、中外文武，同心協力，獻可替否之助也。誕告多方，體予至意。

此詔即下之後，又仿照中原建元的體例，定為中統元年，亦下敕文道：

祖宗以神武定四方，淳德御群下，朝廷草創，未建潤飾之文；政事變遷，漸有綱維之目。朕獲纘舊服，載擴王圖，稽列聖之洪規，講前代之定制，建元表歲，示人君萬世之傳；紀時書王，見天下一家之義。法春秋之正始，體太易之乾元，炳煥王猷，權輿治道，可自庚申年五月十九日，建元為中統元年。

唯即位體元之始，必立經陳紀為先，故內立都省，以總宏綱。外設總司，以平庶政。仍以興利除害之事，補偏救獘之方，隨詔以頒。於戲！秉籙握樞，必因時而建號；施仁發政，期與物以更新。敷宣懇惻之詞，表著憂勞之意，凡在臣庶，體予至懷。

建元既定，又從劉秉忠之言敕修官制。

蒙古初興，本以遊牧為主，部落野處，爭戕掠奪，強者為尊，本無所謂官職。及成吉思汗受各部推尊，平定朔漠，雖亦講究一番，分職任事，但所設的

官，極為簡單。最重要的喚為斷事官，兼理民、刑等事，帶兵官稱作萬戶。後來土地逐漸推廣，始仿照金邦的制度，建立行省，設宣撫元帥等官。至忽必烈即位，劉秉忠、許衡等既膺重用，以恢復文治為己任，所以勸忽必烈建元立極，頒詔更始。

此時又命劉秉忠會同許衡參酌古今，訂定內外官制。以中書省總政務，樞密院掌兵權，御史台司黜陟，其次則有寺、監、院、司、衛、府等職，奉行政務，這是內官制。外官則設行省、行台、宣撫、遣訪、牧民之吏，則路、府、州、縣，官有常職，祿有常俸，以蒙古人為長，漢人為副，一代規模，經營完備。

忽報阿里不哥稱帝於和林。那阿里不哥乃忽必烈最小的兄弟，蒙哥汗率兵南征，命他留守和林。蒙哥汗歿後，阿里不哥遂分遣心腹，易置將佐，聯絡蒙哥汗諸子，及察合台、窩闊台的子孫，開庫里爾泰大會，自稱蒙古大汗。命部下劉太平、霍魯懷等佔據燕京。

哪知廉希憲已奉了忽必烈之命，先抵京兆，設計誘執劉太平、霍魯懷，斃之於獄。六盤守將渾塔噶亦舉兵響應阿里不哥。希憲得了消息，不及請旨，急令總帥汪良臣率軍往討，諸王哈丹也奉了忽必烈之命，引軍到來。兩軍會合，殺死了渾塔噶，希憲自劾擅命遣將之罪，忽必烈反下詔獎諭，非但不加罪責，且賜給金虎符，行省秦蜀，自率人馬進討阿里不哥。戰於錫默圖，阿里不哥大敗而遁，忽必烈乃引軍而回。

劉秉忠又請定都燕京，建設國號，忽必烈從之。遂遷都於燕，建國號曰元，改中統五年為至元元年，都是劉秉忠代他擬定的。又下一道建立國號的詔書，道：

誕膺景命，奄四海以宅尊；必有美名，紹百王而紀統；肇從隆古，非獨我國。且唐之為言蕩也，堯以之而著稱；虞之為言樂也，舜因之而作號。馴至禹興而湯造，亙名大以殷夏中。

世降以還，事殊非古，雖乘時而有國，不以利而制稱，在秦為漢者，著從初起之地名；曰隋曰唐者，因即所封之爵邑；且皆徇百姓見聞之偶習，要一時經制之權宜，概以至公，不無少貶。

我太祖聖武皇帝，握乾符而起朔土，以神武而膺帝圖，四震天聲，大恢土

宇，輿圖之廣，歷古所無。頃者，耆宿詣庭，奏草申請，謂既成於大業，宜早定於鴻名。在古制以當然，於朕心乎何有，可建國號曰大元，蓋取《易經》乾元之義。茲大治流形於庶品，孰名資始之功；予一人底定於萬邦，尤切體仁之要；事從因革，道協天人。於戲！稱義而名，固非為之溢美；孚休惟永，尚不負於投艱；嘉與敷天，共隆大號。

從此以後，蒙古已有了國號，忽必烈滅了宋朝，混一中原，到得崩逝，廟號世祖，在下的敘述，也就改稱蒙古為元朝，忽必烈為世祖了。

這也是編書的通例，於此申明，免得閱者疑心在下前後兩歧。

閒言休絮，單說元世祖建了國號，國內政事都已就緒，記起了南宋修和的時候，曾約定盡稅江北地，稱臣進貢，每歲應獻銀絹各二十萬，只因即位之後，經營內政，無暇顧及此事。現在諸務畢舉，應該遣使往宋，宣告即位。乃命翰林侍讀學士郝經為國信使，翰林待制何源、禮部郎中劉人傑為副使，赴宋修好。

宋少師衛國公賈似道，當初危急之時，向蒙古求和，允許稱臣納幣，乃是一時權宜之計。到得元世祖領兵北返，他也不問是非，但顧目前邀取功賞，把求和的事情完全隱匿起來，不以上聞，反詐稱諸路大捷，殺敗了元兵。如今聽得元朝遣使前來，倘若任他入朝陛見，從前的事情豈不要完全敗露，這欺君的罪名，如何消受呢？因此他待北使行至真州，便將郝經等幽囚在忠勇營中。

郝經屢次上書宋廷，極陳和戰的利害，並請入見，或放令歸國，都被賈似道隱匿下來，絕不見報。元世祖待郝經等不見回來，又令崔明道至淮東制置使，質問稽留信使的原因。其時淮東的制置使，乃是李庭芝，一時無可回答，只得允他奏聞朝廷。遂上疏，請將元朝使臣釋放回國。無如奏章上去，都被賈似道捺住，如同石沉大海一般，絕無消息。

元世祖守候了多時，不見回報，心中忍耐不住，便商議起兵伐宋了。未曾舉兵之先，須諭各路將帥，辨明曲直，道：

朕即位之後，深以戢兵為念，故前年遣使於宋，以通和好。宋人不務遠圖，伺我小隙，反啟邊釁，東剽西掠，曾無寧日。朕今春還宮，諸大臣皆以舉兵南伐為請，朕重以兩國生靈之故，猶待信使還歸，庶有悛心，以成和議。留

而不至者，今又半載矣。往來之禮遽絕，侵擾之暴不已，彼嘗以衣冠禮樂之國自居，理當如是乎？曲直之分，灼然可見。今遣王道貞往諭卿等，當整爾士卒，礪爾戈矛，矯爾弓矢，約會諸將，秋高馬肥，水陸分道而進，以為問罪之師。尚賴宗廟社稷之靈，其克有勳，卿等當宣布腹心，明諭將士，各當自勉，毋待朕命。

這道詔書，頒發於中統二年，本擬厲兵秣馬，大舉伐宋。嗣因阿里不哥雖已大敗而遁，餘孽未靖，尚在煽動。又有江淮都督李璮，居心叵測，嘗將虛無恫嚇之言入奏。世祖以內憂未已，難事外務，所以各路人馬猶未大舉。

到了三年的春天，李璮叛離元朝，以京東降宋。世祖命史天澤統兵征討，圍困濟南，擒住李璮，肢解以徇。宰相王文統私通李璮，暗圖不軌，亦查明正法。到了中統五年，復改元為至元元年，阿里不哥勢窮力蹙，率眾來降。世祖念其係兄弟至親，僅誅其左右數人，將他的罪名悉加寬宥。由是內患盡平，一意對外，乃命阿朮、劉整等進攻襄陽。宋將呂文煥登城固守。圍攻數年，尚不能下。

適有人以西域新炮術來獻，遂用以攻襄、樊，破其外廓。元將張弘範為流矢所中，束創來見阿朮道：「襄陽在江南，樊城居江北，我以陸軍攻樊城，則襄陽出舟師來救，終不可取。不若絕江道，斷救兵，水陸夾攻，而襄陽下而樊城自破矣。」

原來襄樊兩城，中隔漢水，呂文煥以大木植立江內，鎖以鐵鍊，上造浮橋，以通援軍，樊城恃此以固。元軍用了張弘範的計策，暗用鐵鋸將大木鋸斷，砍開鐵鍊，火毀其橋，襄陽的援兵不能出，樊城遂為元兵攻破。守將范天順、牛富力戰死之。樊城既破，襄陽勢孤，呂文煥力守了五年，實在勢窮力竭，難以支持。適值元將阿里海涯前來勸降，與他折箭為誓，允許出降之後，重加錄用，並保全城中生靈，呂文煥遂開城出降。襄、樊既下，諸將帥紛紛獻策，進取江南。

阿朮與阿里海涯請取破竹之勢，乘勝滅宋，道：「臣等久在行間，備見宋兵之弱，今若不取，時不再來。」劉整亦奏稱襄、樊既破，臨安動搖，若用水軍乘勝長驅，大江非宋所有了。

世祖覽奏，一一嘉納。史天澤、姚樞又上章保薦堪勝大將者數人，以備採

擇。世祖乃下詔，責宋人背盟拘使之罪，命史天澤、伯顏統諸道兵，與阿朮、阿里海涯、呂文煥，行中書於荊湖。博羅歡、劉整、阿塔海塔出、董文煥等，行樞密院於淮西，統大兵二十萬，浩浩蕩蕩，長驅南下。

行抵郢州，史天澤忽然得病，奉旨召還，飭各軍悉歸伯顏節制。乃分軍為兩道，伯顏自統大軍，以呂文煥為嚮導，向郢州進發。博羅歡以劉整為前鋒，向淮西進發。那伯顏這支人馬，攻打郢州，宋將張世傑，悉力支持，不能即下。伯顏遂潛師侵入漢陽，連破沙洋、新郢、陽羅堡等十餘處。便令阿朮襲青山磯，渡過漢江。宋將張晏然、程鵬飛等，以郢州來降。伯顏命行省右丞阿里海涯在鄂鎮守，自統諸軍東下，直趨臨安，宋廷大震。

其時宋理宗守久已薨逝，太子禥嗣位，號為度宗。度宗的昏庸更甚於理宗，即位之後，加封賈似道為太師。賈似道入謁，度宗必起立答拜，有所諮訪，必稱之為師相。因此賈似道愈加裝腔作勢，屢請罷職。度宗挽留，甚至於跪地泣拜，命衛士夜臥在賈似道私宅之外，為防強盜一般，怕他私自遁去。又命他三日一朝，治事都堂，且在西湖葛嶺替他建築了絕精美的住宅，藉資休養。賈似道受了這樣深恩隆遇，應該如何感激圖報呢？

誰知這位賈太師，愈加頤指氣使，凡遇軍國大事，必須先稟白了他，方可舉行。朝右大臣稍有違拗，立即竄逐，因此壅塞言路，賄賂公行。度宗還以他為擎天玉柱，架海金梁，將國事完全託付於他，自己鎮日的宴坐深宮，與妃嬪們飲酒調情，只道國家大事有賈師相。不料這位賈師相，恰每天在葛嶺起樓臺，造亭榭，建半閒堂，築多寶閣。宮人中有個葉氏，生得很是美麗，他便娶取為妾，度宗也不加罪。

賈師相雖得了葉氏，心中尚未饜足，還令手下密訪美色。如果姿容可人，無論她是娼妓，是尼姑，一箍腦兒招入宅中，朝夜取樂。他的性情又最歡喜門蟋蟀，每日與姬妾坐在地上鬥蟋蟀，便算平章軍國大事了，因此累月不出半閒堂一步，度宗還是累加恩命，詔令十日一朝，他還不能遵旨，懶得出外。等到元兵攻下了襄陽、樊城，伯顏又取了郢州，直驅臨安，方才知道隱瞞不住。

這個消息傳佈出來，上下驚惶，三學生及群臣，均上章以為非賈師相親自督軍不可。度宗忙遣使請了賈師相來，求他出兵應敵。賈似道無可推諉，只得奉了朝命，又搜刮了無數的金銀珠寶作為軍餉，才勉勉強強地在臨安開了都督府，用黃萬石等幾個人參贊軍務。

哪知賈似道在這裡如同做戲一般鋪排起來，伯顏那一方面，早已威聲大振，連賈師相極力庇護的范文虎也投降元軍了。

第三十四回　南宋亡國

伯顏引軍南下，宋知安慶府范文虎素為賈似道所信任，遇事極力庇護，要算是託心的人了。哪知他聞得元軍將至，竟令人預備了酒肴，赴江州迎降。伯顏恐其有詐，先命阿朮乘小船探視了一周，自己方肯前來。

那范文虎果然出城迎接，獻上倉庫人民的冊籍。伯顏檢點過了，遂傳元主子命，以范文虎為兩浙大都督。賈似道得了這個消息，方知不妙，遂即上表，奏請出師。此時宋度宗已經崩逝，子㬎嗣位，年僅四齡，太皇太后謝氏臨朝聽政，得了賈似道的奏章，哪有不從之理？賈似道抽調各路精兵十三萬，前呼後

擁的統兵啟行，所帶金帛輜重，裝滿了幾千百船，江中接連不絕，排出有百餘里遠近，慢慢地向前進行。

好容易到了蕪湖，他哪裡敢去和元兵開戰，依舊用出老法子，欲商通了呂師夔，向元軍求和。恰巧夏貴也領兵到來，見了賈似道，不說別的，先從袖中取出一本小冊子來，指示賈似道。

賈似道看時，見上面寫著「宋曆只有三百二十年」一行小字。賈似道看罷，低首無言，思來想去，除卻求和之外，別無他法。因念前次求和，是差宋京去的，辦理得很為順手，又去把宋京找來，叫他帶了荔枝、黃柑，許多時鮮果品，去送於伯顏，算是通候的意思，且把前時所得元軍俘虜，一齊釋放，厚加撫慰，遣其歸去。

宋京到了元營，伯顏傳入，問他來意，宋京說道：「主帥自知冒犯上國，罪在不赦，如今但求將軍網開一面，准許議和，情願稽首稱臣，永為藩服，所有歲幣金帛，只求定了數目，便當獻上。」

伯顏聽了，微微一笑，向左右問道：「他的話可以聽得麼？」

阿朮早已搶步上前道：「宋人反覆無常，急則求和，緩則敗盟，主帥萬勿輕信其言。我們只要殺向前去，還怕沒有金銀財帛，誰喜歡他的歲幣呢？」

伯顏笑對宋京說道：「你們主帥要想議和，原沒什麼不可以。但他來得太遲了，我軍未渡江以前，鑒其誠意，或者尚可轉奏。如今沿江群州，皆為我有，再要議和，只有請你們賈太師前來當面商議了。」

宋京見所說的話不是頭路，知道議和沒有指望，只得抱頭鼠竄而還。

賈似道見求和不成，沒奈何只得預備打仗，遂命孫虎臣領了精銳七萬人，往丁家洲駐紮。夏貴率戰船二千五百艘，橫截江中。似道親統後軍，駐於魯港。哪知夏貴因孫虎臣是個新進，位反出於己上，心內十分不樂。那伯顏卻抖擻精神，派遣水陸軍馬，兩路並進，孫虎臣上前迎戰，不料伯顏揮划船數千艘，衝將過來。夏貴絕不抵抗，引了戰船，往後退走。

伯顏繞到虎臣的陣後，用大炮打去，一彈正中中堅。

孫虎臣吃了一驚，早溜到他愛妾船上，躲藏起來。將士們見了，都大聲喊道：「步帥逃了！步帥逃了！」

兵士聞說主帥已逃，大家顧命要緊，頓時潰散。夏貴卻乘了一隻小船，經過賈似道坐船之旁，叩著船舷喊道：「敵軍勢大，主帥保重，休要枉送性命。」

賈似道聽了，早已手慌腳亂，急忙鳴金收軍。舟船簸蕩，乍分乍合，早被元軍乘勢衝殺，落水而死者不可勝計，連江水都紅了。所有金帛輜重盡為元軍所獲，搬移月餘，還不能盡。

賈似道一口氣逃至珠金沙，方才住下。夏貴、孫虎臣一同來見。孫虎臣捶胸頓足大哭道：「我非不奮勇廝殺，可奈部下兵將，沒一人肯聽號令，哪得不敗呢？」

夏貴從旁冷笑道：「我何嘗不血戰，可算得九死一生了。你瞧戰袍上，不是有血跡麼？」

賈似道留心看時，他的襟袖上原來濺著幾點胭脂，哪裡有什麼血跡。賈似道雖知他靠不住，卻不敢去責備他，此時無法可施，只得奔往揚州，沿路上遇見潰兵，蔽江而下。賈似道舉旗招集，沒有一人理睬，還有些兵士忿忿不平，醜言詆罵，於是鎮江、寧國、隆興、江陰一帶，俱皆望風納款，歸降元軍。

建康都統徐旺榮，亦開門迎接伯顏入居城中。適值江東大疫，百姓正愁凶荒，難以度日，伯顏傳令開倉賑饑，施醫給藥，居民大悅，歡呼感戴。捷報到了燕京，世祖以時方炎暑，不利行師，詔令待至秋涼，再行進討。伯顏覆奏道：「百年勁敵，一敗至此，頗非容易，稍事遲延，彼若奔越海島，後悔何及。」

世祖覽奏，即命伯顏以行中書省，駐建康，阿朮分兵駐揚州，與博羅歡塔出等，斷絕宋之援道。

臨安驚慌異常，賈似道束手無策，只得上書請遷都以避敵鋒，被臣廷參劾。宋主不得已革賈似道職，謫居漳州，為鄭虎臣拉肋而死。其餘朝臣都帶了自己的家眷紛紛逃去，朝堂為之一空。所徵諸路勤王兵，到的只有文天祥一處。

伯顏分軍三道，進逼臨安，文天祥遣兵救常州，與戰不勝。伯顏遂圍常州，招知州姚訔來降，姚訔誓死不從，伯顏攻破常州，通判陳炤、都統王安節均巷戰而死。伯顏以常州抗命，下令屠城，其餘各州郡，莫不望風投誠。宋太后謝氏遣劉岊奉表稱臣，上元主尊號，歲貢銀絹各二十五萬，乞存境土，以奉趙氏祭祀，且請伯顏至臨安蒞盟。

不料伯顏到來，宋右丞相陳宜中又先期逃避，不來蒞會，伯顏遂駐軍皋亭山。文天祥、張世傑請帝縣奉了太后等入海，自己率眾背城一戰。陳宜中以為

危險，請太后命御史楊應奎獻出傳國玉璽，到元軍投降。伯顏受璽允降，召陳宜中至營，商議投降事宜。陳宜中仍不肯到，連夜逃往溫州而去。

楊應奎忙奏聞太后道：「伯顏之意，非宰執面議不可，今宜中逃去，請太后從速定奪。」太后乃以文天祥為右丞相，兼樞密使，與吳堅等同往議事。

天祥不肯受職，往見伯顏道：「北朝若以宋為與國，請退兵平江或嘉興，然後再議歲幣與金帛，將軍全師而還，最為上策。若欲毀其宗社，則淮、浙、閩、廣尚多未下，利鈍非可預計，兵連禍結，從此多事了。」

伯顏道：「我奉君命而來，不敢自專。」又見天祥舉動不凡，恐他回去別生枝節，遂先令吳堅返報，留天祥住於營中。

天祥怒道：「我為二國大事來議，不應拘留信使。」

伯顏道：「且請息怒保重。我絕無相害之意，不過因你是宋朝大臣，與我同在一處，諸事可以就商。」遂命人陪伴著，在館驛住下。

又傳元主命，以臨安為二浙大都督府，命范文虎、忙兀台入城治都督府事，取太皇太后手敕，及三省樞密院檄文，諭令各州郡，早日降附。又令張惠、阿剌罕等分頭點驗，封鎖府庫，將宋主及皇太后全氏，並皇子諸王，一應宮眷，載向北去，只有太皇太后謝氏因病暫留。

文天祥行至鎮江，乘元軍不備，與其幕客杜滸等十二人，逃了出來，浮海至閩，恰值張世傑等奉度宗長子昰，在福州為嗣皇帝。原來度宗尚有二子，長名昰，封益王，年十一歲；次名昺，封廣王，年六歲。當臨安緊急時，與生母楊淑妃潛行出城，奔至溫州。陳宜中迎著，航海赴福州。張世傑、蘇劉義、陸秀夫等，亦相繼而至，遂奉益王昰為嗣皇帝，改元景炎，尊楊淑妃為太后，同聽朝政，遙上德祐帝后尊號，升福州為福安府，以陳宜中為左丞相，都督諸路軍馬，張世傑等任官有差。

文天祥趕至福州，帝昰命為右丞相，兼樞密使，都督諸路軍馬。天祥因與陳宜中意見不合，固辭不拜，乃以為樞密使同都督。天祥乃注意軍旅，使呂武招豪傑於江淮，杜滸募兵於溫州，力圖恢復。雖也克復了幾處州郡，哪能抵敵元家新造之邦銳氣方張，不上幾時，又被元軍攻破閩廣，宋主飄泊海畔，由閩奔潮，由潮奔澳。陳宜中見事不可為，托故而行，一去不返。宋主出入驚濤駭浪之中，得病而崩，群臣均欲散去。

陸秀夫道：「度宗少子尚在，何不立以為君？」乃共立帝昺，加文天祥少

保、信國公，張世傑越國公，陸秀夫為左丞相，共秉朝政，遷居於崖山。

元世祖命張弘範為都元帥，李恆副之，師至朝陽，襲執文天祥，進兵崖山。張世傑聯舟為壘，守住峽口。張弘範分兵堵截，斷宋軍樵汲孔道，然後四面攻擊。張世傑抵敵不住，只得斷維突圍，引了十六舟，奪港而出。陸秀夫先驅妻子入海，自負幼帝，同溺而死。

太后楊氏撫膺大慟道：「我忍死至此，無非為了趙氏一塊肉，如今還有什麼指望！」亦赴海而死。

張世傑到了海陵山下，適遇颶風，焚香禱天道：「我為趙氏也算竭力了，一君亡，又立一君，今又亡了。我尚未死，還望敵軍退後，另立趙氏，以存宗祀，若天意應亡趙氏，風伯有靈，速覆我舟。」言已，舟果覆，世傑溺斃。宋亡，自太祖至帝昺，共一十八君，三百二十年。若從南渡算起，共一百五十二年。

張弘範破了崖山，置酒高會，邀文天祥入座道：「宋室已亡，丞相忠孝已盡，若能把事宋的誠心改而事元，仍可不失為宰相。」

天祥流涕道：「國亡不能救，為人臣者，死有餘辜，況敢貪生事敵麼？天祥不敢聞命。」

弘範敬其忠義，遣人護送至燕，天祥路過吉州，感念舊事，八天不飲不食，依然不死，只得重進飲食。到了燕京，丞相博羅欲將他殺死，以絕後患，世祖敬其忠義，不忍加害，張弘範亦於病中上書，請代其一死，遂囚繫起來。

直至至元十九年，有閩僧上言，土星犯御座，防有內變。世祖本來崇信僧徒，曾拜八思巴為帝師，皈依釋教，聞了閩僧的告變，自然生疑。且因平宋之後，江南多盜，漳州陳桂龍，及其兄子陳吊眼，起兵據高安砦。建寧路總管黃華，叛據崇安、浦城等縣，自號頭陀軍，稱宋祥興年號。福州林天成，揭竿相應。又有廣州桂林方、趙良鈐等，護眾萬餘，號羅平國，稱延康年號。雖經諸路將帥或剿或撫，小丑跳梁，不難撲滅，然世祖心中不免疑慮。

自閩僧告變之後，真定府又來了個中山狂人，半瘋半癲的，自稱大宋皇帝，欲取丞相。京城內又發現匿名揭帖，內言「某日燒簑城葦，率二翼兵起事，定卜成功，願丞相無憂」等語。先是帝㬎被擄於燕，降封為瀛國公。太皇太后謝氏，降封為壽春郡夫人。令與宗室大臣，寓居於簑城葦。既得揭

帖，遂將篋城葦撤去，遷瀛國公及宋宗室至上都；疑所說的丞相為文天祥，有旨召見。

天祥初入燕，至樞密院，見丞相博羅。博羅欲令其下拜，天祥長揖不屈，仰首大言道：「天下事有舉有廢，自帝王以及將相，滅亡誅戮，何代沒有？天祥今日願求早死。」

博羅道：「你說有興有廢，試問盤古至今，有幾帝幾王？」

天祥道：「一部十七史，從何處說起？我今日非應考博學鴻詞，何必泛論。」

博羅道：「你不肯說興廢事，倒也罷了，但你既奉了主命，把宗廟、土地與人，為何又要逃去？」

天祥道：「奉國與人，是謂賣國，賣國的人，只知求榮，還肯逃去麼？我前除宰相不拜，奉使軍前，即被拘執；已而，賊臣獻國，國亡當死。但因度宗二子猶在浙東，老母亦尚在粵，是以忍死奔歸。」

博羅道：「棄德祐嗣君，別立二王，好算得忠麼？」

天祥道：「古人有言：『社稷為重，君為輕。』我別立君主，無非為社稷計。從懷愍而北非忠，從元帝為忠；從徽欽而北非忠，從高宗為忠。」

博羅幾不能答，忽又說道：「晉元帝、宋高宗，皆有所受命，你立二王，並非正道，莫不是圖篡不成？」

天祥大聲道：「景炎乃度宗長子，德祐親兄，難道是不正麼？德祐去位，景炎乃立，難道是圖篡麼？陳丞相承太后命，奉二王出宮，難道是無所受命麼？」說得博羅面紅耳赤，惱羞成怒道：「你立二王，究有何功？」

天祥道：「立君所以存宗社，存一日盡臣子一日的責任，管什麼有功無功。」

博羅道：「既知無功，何必再立？」

天祥亦憤憤地說道：「你亦有君主，你亦有父母，譬如父母有疾，明知年老將死，斷沒有不下藥的道理，總教我盡我心，方始無愧。若有效與否，聽諸天命。天祥今日一死報國，何必多言！」

博羅欲殺之，還是世祖及廉許各大臣憫他孤忠，不欲用刑，方才拘繫起來。至是謠言迭起，把天祥傳至朝堂，世祖親自問道：「你能移事宋之心事我，立刻可為丞相，不比住在牢獄裡好得多麼？」

天祥道：「既然如此，便是身事二姓，陛下何取於我？況天祥為宋朝宰相，以身殉國，乃是門分，請即賜死，便算君恩。」

世祖心猶不忍，麾使退去。博羅諫道：「不如從天祥所請，免生謠言。」世祖乃下詔殺天祥。天祥被押至柴市，態度從容，語吏卒道：「吾事畢矣！」南向再拜，乃受刑，年四十七歲，忽有詔敕傳到，令停刑勿殺，事已無及。返報世祖，並陳其衣帶贊，上面大書三十二字道：

孔曰成仁，孟曰取義，惟其義盡，所以仁至。
讀聖賢書，所學何事？而今而後，庶幾無愧！

世祖讀了，連連讚嘆道：「好男子！可惜不肯為我用，現已死了，奈何！」遂下詔贈天祥為廬陵郡公，謚曰忠武。命王積翁書神主，設壇祭祀。並敕丞相博羅行奠禮。

博羅奉了詔命，不敢有違，忙穿了公服，率領職事人員，來至壇前，擺列祭品，點好香燭，方欲行禮奠爵，忽然狂風大作，燭滅煙銷，上面供的神主，好似生了翅膀一般，飛入雲中，博羅大驚。

第三十五回　正氣千秋

博羅奉了世祖之命，赴壇祭祀天祥。剛欲行禮奠爵，忽然狂風大作，走石飛沙，天地昏黯，那供在壇上的神主，好似生了翅膀一般，自己會飛將起來，直入雲中。

博羅見了這般模樣，直驚得面目失色，不知所措。

左右有明白事理的人，向博羅說道：「這必是文丞相精靈不泯，因為神主上寫的是我朝封號，他耿耿忠心，不忘故宋，豈肯受我朝的封爵？因此忠魂顯應，特將神主吹去，只要改寫神主，重行祭奠，便沒事了。」

博羅聽了，頗覺此言有理，遂命改書神主，寫著故宋少保右丞相信國公幾個字，重行點起香燭，倉皇祭畢，大風已漸漸地停止，天地亦復開朗。

燕京人民都稱天祥忠義，甚至有感激泣下者。

天祥，廬陵人，所居對文筆峰，故自號文山。平生作文，未嘗屬草，下筆千言，流離中感慨悲悼，一發於詩，讀之者莫不流涕。

有友人張毅甫，名千載，當天祥富貴時，屢次薦他出仕，毅甫不允。及臨安既破，天祥跋涉流離，過吉州時，毅甫忽至，說道：「丞相北行，某願追隨同往。」天祥再三攔阻，不許偕行。毅甫乃暗暗跟隨，到了燕京，便在天祥被囚的牢獄之旁，僦屋而居。每天備了精美的餚饌，送於天祥服用，經歷三年，始終如一。

後知天祥不免，又預製錦櫝一具。待受刑後，將天祥屍身薰沐收殮，並資助其妻歐陽氏扶柩歸葬。回至吉州，擇日破土，恰巧天祥母親曾氏的靈柩，也由其家人從惠州運來，同日入土，見者同聲讚嘆，都說是忠孝所感召的。

後人有挽文天祥詩二首，道：

塵海焉能活壑舟，燕台從此築詩囚。
雪霜萬里孤臣老，光岳千年正氣收。
諸葛未亡猶是漢，伯夷雖死不從周。
古今成敗應難論，天地無窮草木愁。

徒把金戈挽落暉，南冠無奈北風吹。
子房本為韓仇出，諸葛安知漢祚移？
雲黯鼎湖龍去遠，月明華表鶴歸遲。
何人更上新亭飲，大不如前灑淚時。

再說宋平之後，元世祖總算統一了中原，正可與后妃們安享榮華，共度那富貴錦繡的歲月。偏偏運氣不佳，正宮皇后又復去世。

原來世祖的正后弘吉剌氏，乃是德薛禪的孫女，父名按陳。從前成吉思汗的皇后孛兒帖與按陳乃是姊弟。窩闊台汗時，曾賜號按陳為國舅，進封王爵。命統弘吉剌部，且與訂約，生女世納為后，生子世尚公主，所以有元一代的皇

后，多出自弘吉剌氏。

世祖這位弘吉剌皇后，生性明敏，曉暢事機。一日，四集賽官，奏割京城外的近地，為牧馬之所。世祖已經允許，正在進行。事為皇后所聞，將要進諫，先陽責太保劉秉忠道：「你是漢人中的聰明人，倘若進言，皇上必然聽從，因何隱默不諫？倘在初定都時，便以地牧馬，原沒什麼不可以。如今軍站已分，業經定奪，還可以奪取人民的產業，作牧馬場麼？」

世祖聽了這話，口雖不語，心內卻很以皇后之言為然，遂將割地牧馬之事，寢而不行。

皇后又向太府監支取繒帛表裡各一端。世祖聞之，對皇后說道：「太府所藏，乃軍國之需，非私家物，以後不得擅支。」皇后聞諭，深悔其事。從此率領宮人，親執女工，將舊弓弦練之，緝為綢，做成衣服，比到羅綺，更覺精密堅牢。

宣徽院舊有羊臑皮，棄置無用，藏庋在內。皇后見了，便道：「此物棄之可惜！」遂命取將前來，與宮人們縫合，做成地毯，對左右說道：「天下之物，決無廢棄之理，昔陶侃造舟，竹頭木屑，亦貯之待用，可見古人的節儉了。這羊臑皮，棄置在那裡，日子長久，必致朽腐，我今取為地毯，豈不是廢物利用麼？」左右均皆悅服。

後人有詩詠世祖皇后的儉德，道：

深宮篡組夜遲眠，貼地羊皮步欲穿。
漫道江南綾綺好，織紬方練舊弓弦。

至元十三年平宋，將帝㬎及太后妃嬪，押至上都。世祖以江南平定，設宴大饗，宮廷皆賀，惟皇后默然無語，現不樂之色。

世祖見了，即向她問道：「朕平定江南，從此可以不用兵甲，眾人都不勝歡喜，你為什麼獨不快樂？」

皇后跪奏道：「從古無千歲不敗的國家，無使我子孫到這般地步，方是萬幸。」世祖聞奏，默默無語。

一日，世祖又將南宋府庫中的珍寶，排列庭前，召皇后到來，一同觀看。皇后略一看視，立即退去。

世祖命內侍問皇后要什麼東西，皇后道：「宋人積珍寶以遺子孫，子孫不守，遂歸我朝，我何忍取他一物。」

其時全太后至燕京，不服水土，皇后嘗為之代陳世祖，請放回江南。世祖不從，皇后再三代懇。

世祖道：「你等婦人，沒有遠識，今日如果允你所奏，遣回江南，倘若浮言一動，倒反沒法可以保全，何如留她在此，時加存恤，令其得所呢！」

皇后聽了，方始無言。從此待遇全太后格外優厚。蒙古人所戴的帽子，本來沒有前沿，世祖出獵，因日光射目，頗以為苦，常與皇后言及此事。皇后便為世祖增添前沿，從此出獵，可以不畏日光。世祖大喜，遂將此帽頒佈，令天下以之為式。

皇后又因蒙人所著之衣，不便弓馬，特出心裁，製成一衣，前有裳無衽，後長倍於前，亦無領袖，綴以兩襻，名曰比甲，上馬放矢，頗為便利。世祖每年到了四月，迤北草青的時候，必往上都避暑，皇后便趁此以比甲進陳。世祖大悅，特在南海子晾鷹台畔，穿了皇后所製的比甲跨馬飛馳，試驗這比甲的便利。

後人也有詩一首，詠世祖皇后製比甲，道：

比甲彎弓喚打圍，晾鷹台畔馬如飛。
上都青草今黃盡，才自和林避暑歸。

世祖對於皇后，深加敬禮。皇后亦婉言進諫，隨時匡正，對於政事彌補不少。不意這位賢德皇后，天不永年，竟於至元十八年二月，一病不起，遽爾崩逝。世祖不勝悲悼，謚為昭睿順聖皇后。

到了至元二十年，又納繼后諾爾布，也是弘吉剌氏。原來這位繼后乃是納沁之孫，仙童的女兒，與世祖的前后論輩分，要算是從侄女。當前后在日，時常入宮朝謁姑母。有時便寄宿宮中，陪伴前後，所以見了世祖，也不回避。

世祖見她生得一貌如花，性情柔順，心內甚是喜愛。蒙古的風俗，本來沒有長幼的倫次，世祖既然喜愛了諾爾布，少不得常常來至皇后宮中和她廝混。這諾爾布，生得聰明乖覺，見皇帝垂青於她，自然移舟就岸，樂得博取眼前的富貴，因此與世祖眉來眼去，兩下裡各存了心意。

但因世祖的前后，生性十分嚴正，不敢實行，只在背地裡眉目傳情，互相心照罷了。世祖既愛上了諾爾布不能到手，眼看著一枝名花，開得漫爛芬芳，恰被一座紅欄遮住，不能折取入手，心內如何便肯甘休？免不得要設法取來把玩，方才快意。

恰巧這日在瓊島舉行大聚會，合宮后妃嬪御都來觀看，世祖便得了機會，可以與諾爾布了結宿願。

你道什麼叫做大聚會？原來元朝的制度，最重宗親，每年必召集各路的諸王會聚京師，大張筵宴，歡呼暢飲，謂之大聚會，這也是敦睦宗族的意思。

這一次的大聚會，適值世祖聽了帝師八思巴的話說，立了一桿法輪竿於萬歲山。據說這法輪竿高有百尺，乃是佛家的大願力，豎了此竿之後，能使國泰民安，帝壽無疆。因此世祖特地用了許多工匠造成這竿。豎立的地方，也斟酌許多時候，相度了許多地方，帝師八思巴都不以為然。

最後踏勘到萬歲山，八思巴方才許可，說道：「這法輪竿必須建立在此，方能法輪常轉，感動天心，消災降福，聖壽萬年。」

這萬歲山在大內的西北，金人取名為瓊花島，元兵攻燕，金主遷汴，慢慢地荒落起來。及至元兵攻破了燕京，大肆屠戮，放火焚毀宮殿，瓊花島早已成為灰燼。世祖即位，依從劉秉忠之請，遷都燕京，命人修理宮殿，設立宗廟社稷。這瓊花島也於中統三年，次第修復，世祖遂賜名為萬歲山。

其山皆疊玲瓏石為之，左右皆有登山之徑。山中洞府深邃，縈紆曲折，進去的人，倘若不識路徑，宛轉相迷，無復出路。世祖喜其洞府幽深，在其中鋪設几案床帳等物，遇著聽政餘暇，便獨自入內，靜養片刻。因此這萬歲山的洞府裡面，禁止出入，便是皇子妃嬪，沒有宣召，也不敢擅行闌入。

世祖豎立了法輪竿，又值召集諸王大聚會的時候，傳旨張筵於萬歲山，命文武大臣入內陪宴。這日將御苑獸欄裡所畜的奇獸，一齊驅至萬歲山，如麋、鹿、獐、兔、虎、豹、熊、象等類，一一擺列在萬歲山前，最後方將獅籠抬來。看那獅子時，身材短小，與人家所畜的金毛猱狗無異。哪知這樣小小的獅兒，方才抬將前來，麋鹿等類，固不用講了，早已嚇得屁滾尿流，如同死了一般；便是虎、豹、熊、象那樣的鷙猛，也都俯服畏懼，不敢仰視。諸王大臣瞧著，莫不讚嘆。

後人有詩詠此事，道：

瓊島玲瓏萬石攢，天風吹動法輪竿。
諸王聚會初開宴，宣放獅兒出獸欄。

各宮的妃嬪和宮女等人，都沒有見過獅子，聞得今天這樣盛會，都要前來觀看。又因未得皇后的令旨，不敢私行出外。

內中有個八八罕妃子，最得世祖的寵幸，她便開言說道：「今天既有這般盛會，我們豈可錯過？不去觀看別的獸類，如虎、豺、熊、象都是見過的，那獅子剛從緬國進貢前來，不知究竟生得如何猙獰，必須前往一觀。」

此言未畢，便有撒必忽妃子接口道：「我也正因那獅子是個罕有之物，所以要去觀看，以擴眼界。我想正宮皇后，生性十分和平，就是沒有令旨，前去觀看，也不見得便降罪責。況且合宮的后妃一齊前去，就要加罪，也覺不便了。」

第三斡耳朵闊闊倫皇后聽了這話，不以為然道：「宮廷中有一定的規矩，我們不稟明正宮皇后，私自前去，即使正宮皇后海涵大量，不行追究，我們自己心中也覺不安。況被主子知道，也要責備的。這事如何使得？」

第四斡耳朵速哥答思皇后道：「此言甚是有理！主子現在對於閫政很是謹嚴，常常說起唐朝的武則天皇后和楊玉環妃子，便十分嗟嘆！說唐朝的禍亂，都是這兩人招惹出來的，朝廷對於宮政，萬萬不可不嚴，諸位皇后皇妃請想，主子於無事之時嘗有此諭，我們若擅自行動，違背了違禁，主子豈不要加罪麼？」

眾后妃聽了這話，都默默無言，不再開口。

獨有第二斡耳朵奴罕皇后說道：「這事卻又難了，不稟明正宮皇后，又犯了私行之罪，不去瞧那獅子，又覺得甚是可惜！諸位究竟去還是不去呢？」

當有第二斡耳朵塔剌海皇后道：「去是很要去的，但是沒有正宮令旨，也是沒法。」

奴罕皇后又道：「諸位果然要去，我卻有個主意在此。」

眾人齊聲問道：「未知有什麼主意，何不說出來，大家斟酌呢？」

奴罕皇后道：「今日這樣盛會，皇后雖沒有令旨叫我們前去觀看，我們何不會同了，到正宮去請皇后御駕，一同前往呢？我想皇后秉性謙和，雖然

素愛清靜，不願前去，決不阻擋我們的，必然吩咐我們自行前往，那時我們得了正宮皇后的一句話，豈不就是奉了令旨麼？還有什麼私自行動，不敢進止的罪責呢？」

眾人聽了這話，一齊拍手稱讚道：「此計甚妙！我們一同請正宮去。」當下眾后妃一齊乘了坐輦，來到韶陽殿，請見皇后。

皇后正與她的侄女諾爾布在那裡閒談，聞得各后妃到來，即命宣她們進見。眾后妃入內，行過了禮，挨著次序坐下。正宮皇后先開口道：「今天眾位皇后皇妃，何以會齊了來此？」

此時領頭的是第二斡耳朵塔剌海皇后、奴罕皇后，兩人見問，一齊恭身說道：「眾皇妃聞得主子賜宴諸王，陳列百獸，內有緬國新進貢的獅子，乃是稀有之物，大家未曾見過，所以前來恭請鳳駕，往萬歲山一遊。」

正宮皇后聽了這話，早已知道她們的來意，微微一笑道：「我於緬國初入貢時已經見過，可以不用再去觀看，諸位倘若有興前往，我的侄女諾爾布，她也沒有瞧過獅子，可以命她奉陪諸位，一同前去。」說著，喚過諾爾布，命她參見后妃。

眾后妃見是正宮的侄女，哪敢怠慢，一齊還禮不迭。都說皇后的鳳駕既不前去，我們當陪著小姐同往遊玩，遂即辭別了正宮皇后，由八八罕妃子攜了諾爾布的纖手，同上步輦，直向萬歲山而來。

到了山前，見世祖正率領了諸王大臣，在正殿上歡呼暢飲。眾后妃一心要看獅子，便下了步輦，走向兩旁，看那欄中的百獸時，不覺大家詫異起來。

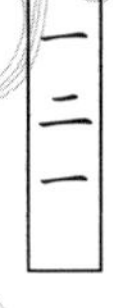

第三十六回　滅天毀聖

眾后妃來至萬歲山前，看那百獸時，見虎豹等類一齊俯伏在地，好似人臣朝見主子一般，連頭也不敢抬將起來，平時的勇猛之氣已不知到哪裡去了。眾后妃不勝詫異道：「獅子原來有這般威力，能夠懾伏群獸的。」

再看那獅子時，更加納罕道：「我們只說獅子是怎樣偉大魁梧的巨獸，卻和人家的金毛小犬一般，不知百獸見了牠為何如此懼怕？」

諾爾布笑道：「眾位不知，這獅子乃是百獸之王，看牠軀幹雖小，發起威來很是厲害。譬如人王帝主，端拱在上，臣子見了他，沒有不伏地泥首、惶懼

戰慄的。所以百獸見了獅子，也和人臣見了皇帝一般，任是如何勇將猛帥，天威咫尺，也要誠惶誠恐，不敢仰視了。」

諾爾布在那裡講話，那聲音好似黃鶯百囀一般，清脆異常。

世祖坐在殿中，眾后妃來時，他早已看得清楚，見有諾爾布在內，已是心內跳動不已，現在又聽得她的嬌喉在那裡議論百獸，如何還按捺得住？便抬頭向萬歲山洞府凝視了片刻，忽然計上心來，立刻命皇太子真金陪著諸王飲宴，言朕因精神疲倦，意去休息。皇太子真金遵奉諭旨，自與諸王飲酒。

世祖出席，摒退侍從，只帶了個內監李邦寧，竟向萬歲山洞中而去。

這李邦寧原是故宋的小黃門，帝㬎入燕，邦寧相隨偕行。世祖見他聰明機警，命給侍內庭，並令習國書及諸番語，邦寧略一學習，遂即通曉，且侍候左右，能夠先意承順，因此世祖深加信任，當下命他隨至萬歲山洞府裡面，輕輕地吩咐他一番，邦寧連稱遵旨，遂即出洞而去。

世祖獨自在內守候，不上片刻，邦寧已同了諾爾布嫋嫋婷婷地走入洞內。見過世祖，命她在膝前坐下，諾爾布含羞帶愧地挨身而坐。邦寧此時即便退出，自去預備盥具等物。停了半日，方才聽得世祖在內傳呼，邦寧忙將手巾盥具獻上。只見諾爾布衣襟散亂，雲鬢蓬鬆，含著一臉春色，待世祖淨過了手，也將衣襟整理停妥，雲鬢過加熨帖。

世祖仍令邦寧引退她前去，臨行之時，世祖囑咐道：「朕明日仍在此候卿，當令邦寧前來宣召，卿勿爽約。」諾爾布連連點首，隨定邦寧出了石洞，自去找尋眾妃去了。

從此世祖同諾爾布，便把這萬歲山的洞府作為陽臺，每日偷偷地在那裡相會，除了內監李邦寧以外，竟無一人得知。未幾，皇后因病薨逝，世祖遂下旨納諾爾布為后，承繼前后守正宮。

這位諾爾布皇后雖也聰明機警，與前后相同，但賢淑之性，溫厚之德，相去甚遠；又值世祖年老倦勤，諾爾布皇后遂乘機干預朝政，廷臣均不得面見世祖，只得向皇后奏事，所以皇后的權柄愈重，氣焰益張了。

世祖每日除了臨幸妃嬪，飲酒取樂以外，便與西僧談論釋典，對於帝師八思巴備極尊崇，世祖且向帝師座下膜拜頂禮，皈依受戒，因此八思巴的氣焰高過人主。

看官，元世祖也是個不可一世的雄主，為何對於佛教這樣的尊信呢？

原來世祖滅宋之後，嘗向太保劉秉忠問道：「朕起沙漠，奄有中夏，海外諸國，莫不臣服，可謂千載一時了。不知朕的國運，千載後誰為繼者？太保占未來之事，若合符節，朕所深知，可無隱諱。」

秉忠對道：「自古龍漦烏火，洛龜無書；納甲飛符，河圖無法。又況烏鵲知來而不知往，猩猩知往而不知來，天運國祐，安可預知？然據臣推測，以屬西方之人。」

世祖聽了這一席話，暗中想道：「現惟帝師八思巴乃是西方之人，朕雖不能逆命於天挽回氣運，但使天下極其崇奉，生列上公，死葬王禮，歿後更立一人，定為家法，或可以暗損西人之福。」

主意既定，即下詔以八思巴為推誠翊運保戴大國師，官上柱國，班宰相上，朝臣凡一品以下，莫與抗禮，世職罔替。其桑門滿利班只授大司徒，嗣古妙高為樞密副使，弟子等概授五品職銜。

旨意下來，滿朝文武皆為愕然。於是翰林承旨李迪、左庶子贊善大夫王晏，上疏切諫，其大略道：

朝廷名器，不可妄借於緇流；且國家景運初開，一言一動皆宜慎重舉止，以為天下後世法。西僧等，至假以國師之名，業已過矣，不可濫授極品，紊亂典章。乞停此詔，則臣等幸甚，天下幸甚。

疏上，世祖大怒道：「尊崇釋典，敬禮國師，乃朕祖宗家法，小子何得要君罔上，訕謗朝廷？立命押赴市曹斬首！」

文武大臣見世祖怒發如雷，誰敢諫阻？眼看著兩人推出朝門，不上片刻，兩顆血淋淋的首級已是懸桿示眾。

世祖退御殿，八思巴等入見謝恩。世祖大喜，命各賜座，向他們說道：「朕推崇釋教，凡有國政，皆與國師等商度而行。國師等亦宜評其是非，議其得失，盡言無隱，勿負朕推崇之意，無令彼書生輩藉口饒舌。」

八思巴等再拜起謝道：「陛下皈依釋門，崇奉吾教，我佛有靈，必默佑大元國運永垂無疆。臣等敢不竭盡愚忱，翊戴聖明麼？」

世祖聞言，連聲稱善。八思巴遂乘機進言道：「陛下尊奉吾教，不棄臣等苾蒭猥廁朝右，陛下的意思，固已誠摯達於極點，但在廷文武與天下之人，必

有不服。」

世祖怒道：「朕為天下主，獨不能操其權麼？」

八思巴道：「自三教並列，與吾教最為水火的，以道教為魁。從來的帝王，重道則毀釋，崇釋則毀道，釋、道兩教，其勢固不能並立。除道教之外，與釋門為仇敵的，尤莫甚於儒。即如當今士大夫，多宋末衣冠之舊，口口聲聲說是周孔之教，禮樂文章，足以治國平天下，實行儒教之中，奸宄百出，機械迭生，誤人國家，覓禍非淺。豈如吾教，清淨寧一，與世無爭，足以護國保民，易臻上理呢？陛下崇佛，天下的儒者皆謗佛，這是什麼緣故呢？因為各有所尚，各有所崇，未歸一致，天下之大，惟陛下一人崇佛，其餘臣民都遵奉儒教，哪裡能夠挽回末俗，救正人心呢？為今之計，欲天下之人皆崇佛法，歸於一致，惟有禁絕儒、道兩教，非特不使其與釋教並行，且焚其書，火其廬，滅其法，奪其所奉，貶其所尊，則其權操自陛下，天下之人，自不敢有違上意，我釋教乃獨尊於世界了。伏乞陛下聖裁。」

世祖恍然大悟道：「非國師言，朕幾為群儒所誤。朕思天地間，既推朕為至尊，何得又奉上帝，又崇至聖？朕幾乎貌焉中處，不能管轄覆載了，來日必下詔敕，辨明尊崇，以表朕心。」

八思巴等謝恩而退，次日早朝，世祖下手諭道：

朕今混一土宇，中外臣民，宜定所尚，以各遵於蕩平之路。尚忠尚質，三代惟然；是道是儒，累朝皆謬。朕前已崇奉釋教，皈依西方，二三臣工，罔敢異志。其儒宗至聖孔子，可降為中賢，免行釋尊之禮；學官改為蘭若招，提科學校，一律停止。上帝天翁，坐擁虛器，懵懵無識，全無降鑒之靈，宜更其位，圜邱郊祀，俱罷典禮；其道門書籍，概用焚毀，惟《道德經》不在此數。有私藏天文圖讖，《太乙雷公式》、《七曜曆》、《推背圖》、《苗太監曆》等書者，殺無赦，知而不舉者連坐。

這道手諭傳下，又分天下人民為十等，是哪十等呢？乃是一官，二吏，三僧，四道，五醫，六工，七匠，八娼，九儒，十丐。滿朝文武見世祖這樣施為，莫不駭異。

翰林學士王磐出班欲諫，太傅伯顏忙牽其裾道：「先生不見李迪、王晏

麼？兩顆首級，還懸在竿上呢。」

王磐不聽，大言道：「老夫今日得死所了。」左拾遺吳潛、給事中劉元禮、集賢大學士許衡、工部郎中郭守敬、昭文館學士張文謙，都齊聲說道：「王翰林能死，我輩斷不令你一人獨死的。」王磐髮指眥裂，奮臂向前，正要毀去白麻。忽西南角上豁喇一聲，有如天崩地裂，眾臣皆驚惶失色。

早有內侍傳言道：「太極殿被雷震毀一角，霎時間天昏地暗，雨雹並至。」世祖此時也不免吃了一驚，遂即退朝。

桑門國師等嚇得無處逃竄，隨了眾官倉皇而出，方才走到正陽門，忽然一個暴雷從空擊下，將瓦叫、沒的里兩個西僧同時震死。

王磐執了許衡的手說道：「滅天毀聖，亙古未有，誰謂蒼蒼者沒有顯應呢？」兩人嘆息而去。

次日，接連報來，大同路地震，江淮等處大水，淹死諸民二十餘萬，太廟中鬼哭有聲，群臣以為天變猝至，可回上意。上章進諫，交疏劾奏西僧。無如世祖剛愎自用，不肯承認錯誤，總算天變迭至，心內有些驚懼，沒有誅戮諫臣，但將奏章留中不發，亦不停止前詔。

許衡私自嘆道：「先聖德與天齊，其聖自在天壤，原不是人力所能褒貶。但衡讀其書，服其教，得以身名俱顯。今年已老，目睹欺天滅聖之事不能挽救，有何面目立於朝堂？」遂連章乞休而去。

王磐亦以年老乞病歸里，稍有風節的大臣，羞與西僧為伍，皆致仕而去。朝堂上面，只剩了一班佞體之人，與國師桑門等，挑唆世祖，為非作惡。

一日，世祖設宴偏殿，由一班佞體之臣與國師等侍晏，世祖同了諸王妃嬪錯雜列坐，全無倫次，耳聽諛詞，目視美色，不覺心懷大樂，對眾人說道：「今日須要痛飲盡醉，如不醉者，以違旨論罷。」一時君臣之間，喪德失儀，謔言嫚語，全無顧忌。

飲至半醉，世祖科頭箕踞，大呼左右，取龍頭缽盂來。須臾，內侍捧至，眾人視之，不識何物。

世祖對國師八思巴道：「此飲器也，用人頭琢成，但必須國王之頭方妙。此物乃是乃蠻國王太陽汗之頭所製成。凡我漠北諸部長，伐人之國，得國王之頭為飲器者，最為吉利。朕在漠北之時，毫無拘束，常以龍頭缽盂轟飲至醉。

自混一中原之後，一班迂儒定朝儀，制禮節，君上晏飲不得過三爵，便是一舉一動，也有台諫監察，不能妄行一步，如有千萬道麻繩把朕捆縛住了，一些不得自由。今得國師一言，將朕提醒，貶了孔子，一班迂儒無顏在朝，紛紛自去，朕方得與諸卿在此暢飲，無人諫阻，所以取出龍頭鉢盂，以謀一醉。」說畢，命左右斟滿了酒，一飲而盡。

嗣古妙高向前言道：「陛下的飲器，自以為妙，據臣觀之，尚未盡善！」世祖聞言，若有慍色。嗣古妙高又頓首說道：「陛下言此飲器，須以國王頭為之始妙，然不過國王之頭，尚非天子之頭，若得天子之頭為之，豈不更妙麼？」

世祖回嗔作喜道：「果然更妙！但安得天子之頭琢為飲器？」

嗣古妙高奏道：「今宋帝諸陵皆在會稽，何不遣使伐掘陵寢，取頭以獻。且陵中必定藏有珍寶，既可製飲器，又可得珍玩，豈非一舉兩得之事麼？」

世祖以手撫嗣古妙高之肩大笑道：「樞密真可人也！朕昔日平國數十有餘，所得珍異金寶不可勝計。惟張弘範滅宋歸來，絕無所有，只得一死不失節之文天祥。朕深以為異！豈知金寶藏於陵中，樞密不言，朕幾失之交臂了。權擢少傅，他日更有升賞。」

嗣古妙高叩首謝恩。即日下詔，命侍郎盧世榮、內侍咬住前往，會同浙江省平章哈馬黎、江南掌教西僧楊璉真珈伐掘諸帝陵寢。

這道詔書下去，早已驚動了故宋的幾個遺民，要想保護宋朝諸帝的屍骨了。

那會稽地方獅山贏湖之間，有一個老人，操舟往來江上，自言姓朱，江上之人皆呼之為朱叟，與村中父老極為相得，花晨月夕，划舟而來，酌酒共飲，抵掌談心，終日不倦。

一日，正飲酒飲得十分歡暢，朱叟忽然停杯大哭。眾人皆為愕然，齊問為何如此悲傷。朱叟哽咽答道：「我世外閒人，一無可戀，有何可悲之事。所悲者，宋朝三百二十年天下，一旦亡於胡元，使生民塗炭，沉淪於孽海之中，萬劫不能超生，不禁悲從中來，所以放聲一哭，並無他意。」

眾人皆用言相勸道：「宋室之亡，雖可悲傷，但事已如此，無可挽回，叟亦何必自尋苦惱？」

朱叟道：「老夫世居淮西，服疇食德，代受國恩。自夏貴以淮右降元，

舉家逃竄十年之久，並無確耗。老夫浪跡兩浙，往來江上，茫茫家國，何堪設想，我乃故宋之遺民也，安得不悲？」說至此，更涕泗橫流，悲不可遏。

眾人聽了這一席話，也不禁為之感泣。

朱叟手舉酒杯，酬於江中，朗聲高吟道：

黃犬東門事已非，華亭鶴淚慢思歸。
直須死後方回首，誰肯生前便拂衣？
此日區區求適志，他年往往見知機。
不須更說蓴鱸美，但在江南水亦肥。

吟罷了時，浮一大白，又續成一絕道：

煙凝楚岫愁千點，雨灑吳江淚萬行。
飄泊京湖逾十載，不堪回首細思量。

朱叟慷慨悲歌，亡國之淚繼續而下，向眾人說道：「老夫幼讀詩書，長知禮義，身為故宋之人，死作故宋之鬼，豈肯奴顏卑膝，屈身以事韃奴？我輩身為平民，猶知勵節，所可恨者，堂堂宋室，亦應詔出仕。故宋之狀元宰相，亦屈膝虜廷，老夫所詠之詩，正為這兩人而發。」

此言未畢，眾人問道：「叟所言的宗室與狀元宰相，究是何人？可以明示我等麼？」

朱叟疊著兩指，慢慢地道將出來。

第三十七回　二十四堆

朱叟疊著兩個指頭道：「我說的故宋宗室和狀元宰相，並非他人，一個乃是秦王德芳後裔趙孟頫；一個乃是由狀元而任宰相，深受國恩的留夢炎。這兩人竟受了元人的徵召，前去做官，豈不可嘆而又可恨麼？」

眾人問道：「元人方才尊崇釋教，如何又要徵召儒士呢？」

朱叟道：「元廷徵求儒士，也正因尊崇釋教，廢學校，停科舉而起的。你們既然沒有知道詳情，待我細細說出，自然明白。」

於是朱叟便將元廷徵求儒士的起因，詳詳細細地說出。

原來世祖自平宋之後，將宋之宗室大臣盡行北遷，凡台省諸職，間用南人，惟御史台、按察司等不用南人。到了信從八思巴，尊崇佛教，不但廢學校，停科舉，抑制儒士，並且制江南人為十等，一官二吏七匠八娼九儒十丐的等級頒了出來，以儒者而屈於娼之下、丐之上，這明是有意毀滅儒教的了。

讀書的聽到了這樣制度，莫不怒髮衝冠，銷聲匿跡，遁於山林，如何還肯出仕做官，受他的羞辱呢？因此朝廷之上，除了一班蒙古人以外，便是些幸進的小人了。

御史程文海見了這般景象，很為憂慮，便上疏言道：「陛下掃平區宇，中國之天下須參用中國人，則風土人情悉得其宜。如御史台、按察司，乃採風問俗之職，江南等處風土，非南人不諳。且江南為故宋人文薈萃之地，今宜設各道廉訪使，博採知名之士，朝廷充用，天下可不勞而定了。況陛下詔書崇奉釋教，停罷科舉，非採訪何由得知？」

此奏一上，世祖竟允其請，即命程文海為江南廉訪使，拜集賢學士兼侍御史，行御史台事。

文海奉旨啟程，一至江南，令人訪求留夢炎、趙孟頫。兩人到來，對他們說道：「當今大元天子側席求賢，故命文海採訪名士。二公抱濟世之才，匡時之略，宜乘時起駕，貢於明廷，切勿遁居山林，與草木同腐，使夜光之璧、明月之珠，委於道路，則幸甚！」

留、趙二人本來沒甚氣節，只因無路可以出仕，所以隱居家中，哪裡真個不忘宋朝，願作遺民呢？如今有翟文海勸駕，真是難得的機會，哪裡還肯錯過？遂齊聲應道：「亡國大夫，不足與圖存，倘蒙明公汲引，敢不竭盡駑駘，以效馳驅。」

文海見二人已允就徵，不勝歡喜，遂給與誥身。二人叩首謝恩，被薦入燕，俱用為翰林承旨。

留夢炎謝表中有幾句道：「使伏櫪駑蹇，布騏驥而跌足。竄跡翩翎，排鴛鶱而刷羽。」又有四句道：「分其斗米，濟濡沫之枯鱗；惠以餘光，照煢棲之寒女。」趙孟頫也用杜牧之語，寄書於程文海道：「泛大鯨之海，每覺魂搖；戴巨鼇之山，未知恩重。」甚至有詩句道：「惠深范叔綈袍贈，榮過蘇秦佩印歸。」這二人的求用於世，真可說是亟亟不遑了，豈不令人可恥麼？

朱叟將趙、留二人應徵的事情說了一遍，座中莫不嗟嘆。

內有陶翁、徐翁，雖為野老，少時亦頗讀書，明曉大義，更為感奮道：「趙孟頫、留夢炎，一為故宋宗室，一為故宋大臣，靦顏事仇，反不如我輩村農牧豎，猶知不忘故國。吾聞人言，趙孟頫精書善畫，擅長吟詠。留夢炎亦復文名籍籍，如今文章書畫反變做濟惡之具，不如不讀書之為愈了。」

眾人正在嗟嘆不已，紛紛議論之際，忽聞哭聲幽咽，隱隱傳來，若斷若續，如似萬種悲怨無可告語的樣子，眾人聞之，大為驚詫。

朱叟道：「哭聲淒慘異常，此人必懷有隱痛，所志莫遂，故發為君山之痛、阮籍之悲。我們既已聞之，不可不往一觀，並詢其究竟。」說罷，立起身來，與陶翁、徐翁相偕而出。循著哭聲行去，見一少年坐於沙灘，面如死灰，悲啼欲絕。

朱叟見這少年，雖然衣衫舊敝，容顏憔悴，眉目間很有一股英秀之氣，知其必非尋常子弟，遂上前問其姓名，何故在此悲泣。

少年見問，停悲答道：「小子姓韓，名懷珍，滁州全椒人氏。父為此間縣尉，宋亡殉難任所，旅櫬未歸。今始間關至此，覓取親骸，無如兵火之後，無可尋訪，遍叩居人，皆言不知，因此悲傷。不意驚動老丈，荷蒙垂詢，敢不直陳？」

朱叟道：「滁州至此，千里迢迢，你雖年弱質，不憚險阻艱難覓取父骨，可謂至孝。孝順之人，天必垂憐。你父遺骨當可覓得，且勿悲傷，暫至我處，慢慢尋訪便了。」

韓懷珍一聞言，連連道謝，又向陶翁、徐翁等互通姓名，同至村中。朱叟對眾言道：「韓氏子煢煢孺子，間關跋涉，尋親骸骨，其志可嘉！其孝可敬！我等當為之設法尋訪，以慰孝思。」眾皆稱然。

陶翁問懷珍道：「令先尊臨歿年月，以及葬於何處，你應略有所知。」

懷珍答道：「先父孑身赴任，未攜家屬，後因兵火連年，道途阻梗，音信不通。先父殉國，亦係得之傳聞，安能知其葬處？」

眾人聞言，皆現難色道：「既無年月，又無葬處，此事如何措手？」

朱叟道：「且為詳細訪問，倘有知者，便可請其指點了。」遂偕懷珍同至近城詢訪，凡古寺廢院，停棺之處，物色殆遍，所停棺木悉有主者。又至叢葬之地，探墳問塚，撫碣摩碑，搜剔備至，亦皆非是。眾都絕望，懷珍號泣而行。

是日夜間，懷珍忽得一夢，夢見己身臥於雪地，雪月交輝。忽又行抵河畔，宿草離離，境絕幽寂，遇一老人，口中誦道：「官告終養，身無寸絲，人欲請賓，口不能言。」懷珍問其所言何意，老人不答，忽驚而寤。

次日以夢境告於眾人，各為參詳。眾人議論不一，有謂吉者，有謂不吉者，紛紛聚訟，莫衷一是。

中有羅翁，忽然省悟道：「終無絲，冬也。請不言，青也，合之為『冬青』二字，意者韓縣尉之骸骨，莫非在冬青樹下麼？」

朱叟亦恍然大悟道：「懷珍夢身臥雪地，雪月交輝者，亦冬也。繼至河畔而見草者，古詩『青青河畔草』，亦有青字寓於其中。冬青樹下，必有所獲，我們何不前往訪之？」

懷珍遂與眾人隨處尋覓，遍歷遠近，並不見有冬青樹。後至西山最幽絕處，見有冬青數株，諦視之，下有桐棺一具，業已朽敗，槨上泥汙堆積，並無封志，白骨已露於外。

懷珍未知果為父骸與否，方欲刺臂滴血，忽見骨旁有玉玦一枚，不禁大泣道：「此真我父遺骸了！」

朱叟忙問其故，懷珍指著玉玦言道：「家中老母亦藏有玉玦一枚，常言此玦本屬雌雄成對，雄藏母所，雌在父所，今既有玉玦，必為我父無疑。但處事不可不慎，仍當瀝血以驗直偽。」遂帶淚刺臂，以血滴之，沁入骨內，滴滴不溢，乃撫棺大痛，將骨殖第其甲乙，以次包裹，背負而回。

村中人見懷珍覓得父骨，莫不嗟嘆，謂係純孝所致，爭先延請懷珍，殺雞為黍，烹羊炰羔，為之稱慶。並延朱叟作陪，連飲三日。

忽聞道路傳言，朝廷遣使伐陵，取骨搜寶，使臣已至臨安，會合了行省平章，不日即抵會稽。眾人聞言，莫不驚訝道：「自古以來，未聞有伐陵天子，恐是道路訛傳，不可源信。」

不料愈傳愈真，會稽官吏且預備欽使行轅，其事必非虛懸。眾人盡皆憤憤地說道：「奪其國，更伐其陵，也未免太不仁了。」

朱叟更悲惋泣下道：「巍巍至尊，沒後至不能保其朽骨，宋朝諸帝真是不幸了！」

有少年姓唐，名珏，字玉潛，生性豪爽，見義勇為，奮臂大呼道：「我等逐日遊於獅山贏湖之間，目觸殯宮，時懷水土之恩，如今遭此大變，理宜瓣香

杯血，向陵前致奠，以表寸心。」

眾人皆以為然，惟朱叟沉吟不語，若有所思。

陶翁向他說道：「叟平日以忠義自許，此時遭遇大變，因何反無表示？」

朱叟搖頭道：「徒往一奠，陵骨仍不可保，必須籌一長策，保全諸帝之骨，不為傷殘，方可略盡我等之心。」

唐珏又大呼道：「老丈如有妙策，可以保全陵骨，小於雖赴湯蹈火亦所不辭。」

眾人亦拱手道：「不特唐義士一人願為盡力，我等亦當聽命於叟，竭盡棉薄，以保陵骨。」

朱叟道：「此時別無他法，惟有取他骨以易諸帝之骨，藏之他所。但頃刻之間，安有如許骨殖，可以遍易諸陵呢？」

唐珏向懷珍道：「事已急迫，請先以今先尊之骨易取一陵，其餘骨設他法。」

懷珍聞言，涕泣不答。

朱叟道：「此計甚善。韓縣尉以臣代君，朽骨猶存忠義；不意千里尋親，不得老父之骨，反得君皇之骨，忠孝兩全，可以名傳千古了。」懷珍方才點頭應允。眾皆大喜，急往易骨。

行抵水澳，忽江邊一乞丐，背負竹筐，手持竹夾，長歌而來。眾人見他形狀奇異，細聽其歌道：

滄桑變易兮陵谷遷，移珠宮壞土兮衰草迷離。

高孝兩朝兮惠澤遍施，遺骸不保兮令我心悲！

唐珏聞其歌，知為非常之人。正欲迎上詢問。那丐者見了眾人，已正色說道：「諸君比鄰殯宮，竟忍袖手旁觀，不一援手麼？」

唐珏遂將易骨之意告之，丐者大喜道：「不意彼此並未謀面，竟有同心，我自聞得伐陵取骨，搜索金寶之耗，即扮為丐者，沿路行乞，遇有無主孤墳，便取其骨殖置於筐中，來此易骨。正慮獨力難支，不能勝此大任，今得諸君，大事成矣。」

唐珏等亦復大喜，亟詢姓名。丐者自言姓林，名景曦，字霽山，故宋之太

學生。得與諸君共事，志願可以克償了。遂相與前進。先至理宗陵所，但見墓木高拱，翁仲已欹，駝馬慘澹，丹青剝落，寒食青草，夜月棠梨，淒涼景況，令人難堪。

朱叟慘然道：「身為皇帝，反不如民家，遇時逢節，猶有以麥飯樽酒澆奠墓前。」言罷泣下。眾人皆泣，遂向陵寢禮拜一番。

那羅翁本是故宋中宦，深知陵中折廣狹曲佈置之法，引眾由隧道而入，徑達寢殿，以錢管掘開寢門，即見白玉棺置於正中，眾人捩其樞紐，棺蓋自啟，以懷珍父骨易出理宗之骨，其餘玉匣珠襦以及殉葬的珍物，分毫不動，仍由懷珍負骨而出，掩閉其關，塞其隧道，土色不痕，仍復如故。

又至高孝諸陵，以林景曦筐中之骨，一一易置。最後又及后妃陵中，骨已用罄，乃分道往各處無主孤墓中搜取人骨，不論貴賤不拘長短，七手八腳，盡將南宋帝后骨殖換出，遂斫文木為櫝，紉黃絹為囊，各署陵名於外，共得帝后之骨二十四具，葬之蘭亭山下，瘞葬既畢，乃市羊豕，具牲醴，由唐珏作文祭告，林景曦吟詩憑弔。

朱叟對眾人說道：「瘞處若無標識，將來無人能知其地了。」

林景曦道：「此言甚是，我意標誌不須他物，宋故宮中冬青樹極多，每瘞一處，即移取冬青一株植於其上，他日有繼我等之志者，冬青樹即可以作為宋君的墓誌。」眾人皆以為然。

唐珏首先移冬青，種植且吟詩道：

一抔自築珠宮土，雙匣親傳竺國經。
只有春風知此意，年年杜宇哭冬青。

眾人亦各移一株，植於所瘞土堆之上，人多手眾，不止片刻，二十四株冬青樹已整整齊齊栽植好了，又哭奠一番，再拜辭別而散。散時相約，各秘其事，除與事之人以外，更無知者。

其時在元世祖至元戊寅歲，十二月初八日。至今贏湖之濱，獅山之側，冬青樹植立於上，有塋址隱約可辨，共計二十四處，世人因號之為二十四堆，即南宋諸帝后埋骨處也。

後人有詩弔之道：

屬湖湖水明如鏡，照出興亡事可哀！
二十四堆春草綠，錢塘風雨翠華來。

話說盧世榮、咬住，一路前來，浙江行省平章哈馬黎與江南浮屠總教楊璉真珈，已聞報侍郎盧世榮、內侍咬住奉命伐陵。哈馬黎同楊璉真珈連忙出郭迎接，排了香案，宣過聖旨，飛馬報往紹興，命官吏預備伐陵。

知府劉含芬乃是漢人，聞了飛報，暗暗啜泣，卻又不敢逆旨，只得會同會稽、山陰、蕭山三縣知縣，承辦差事，備齊車馬，董率役丁在陵所祗候。盧世榮、咬住同了楊璉真珈，鳴鑼喝道而來。先至宋理宗陵寢，在左近略略巡視，下令人役於動手之時，對於金寶不得損傷，亦不准隱匿，違者以逆旨論，立斬不貸。

人役奉令，一聲吶喊，钁鋤齊舉。但見雲愁霧慘，日黯見淒，天地為之失色，草木為之飲泣。林中鳥雀聞斧聲而驚飛。山內狐兔見鋤影而逃竄，鸞鳳文石成為碎屑，螭龍豐碑悉臥沙土。一層層掘將進去，將珠玉金寶盡行輦出，由內侍咬住逐一檢點，報明侍郎盧世榮，執筆註冊。

工役們掘至裡面，見石門緊掩，不懂啟閉機關，任你如何用力，也不能開。其時督視工役的，乃是西僧楊璉真珈，見石門堅不可開，即命取過鐵錘，用力攻擊，只聽一聲響亮，如天崩地塌一般，兩扇石門直倒下來，將工役壓斃三十餘人。

楊璉真珈幸虧逃走得快，方才沒有被石門壓著，保全了性命，不禁勃然大怒起來，吩咐工役，從速將地上壓死的屍首搬將開去，恨恨說道：「俺因為是帝皇的陵寢，不忍過於毀壞。誰知死鬼無知，膽敢將石門來壓俺。俺命在天，豈是死鬼所能捉弄的？俺如今倒要施點手段，使他的骨殖萬劫不得超升，以報此仇了。」

第三十八回　蓬壺仙境

楊璉真珈見石門倒下，壓死工役，自己亦幾乎廢命。他不怪自己做事魯莽，反遷怒理宗，說是死鬼恨他掘陵，故在暗中捉弄，使石門倒下，驚嚇在事之人，因此拿定主意，要在枯骨上報復這一驚之仇。

當時也不言明，吆喝工役，直入寢殿裡面，只見靈櫬左右，欄盤白玉，路燦黃金。殿中陳設，光彩耀日，華麗非常。楊璉真珈傳命，一一拆毀，把所有珍玩盡都運出，然後再用大斧，斫開石槨，破了棺木，先將殉葬金寶取個罄盡，再將理宗之首抉下，又將枯骨另聚一處，以備應用。一時遍掘諸陵，搜掠

無遺，壞棺破槨，殘胔斷骼，狼藉滿地。

楊璉真珈心還不足，要報石門一驚之仇，遂對盧世榮、咬住兩人說道：「江南自用兵以來，盜賊蜂起，皆因沒有鎮壓之物，以至如此。現在宜用宋帝陵骨，建築一塔，名為鎮南浮屠，以制風水。且故宋諸帝，皆天上列宿，下降塵世，其靈未泯，若不用法術鎮壓，恐其銜恨九泉，或作妖祟。如果建了浮屠，使其鬼魂萬劫不得超生，大元之鴻圖，自可永垂萬古了。但區區陵寢中的枯骨，不敷建築之用，宜傳命兵役，遍掘左近公卿大夫之墓，士庶富貴之塚，取其骨殖，與故宋諸帝之骨合併建築。倘再不足，複雜以牛馬枯骼，聚在一處，便不難成一浮屠了。」

盧世榮與咬住正因這次奉使伐陵，所有金寶俱已註入冊內，不能攫取以飽私囊，心內十分失望，聽了楊璉真珈之言，料知公卿大夫及富貴士庶的墓中必然藏金寶，正可借此掘取，大發財源。當下贊成其議，立命驕兵悍卒見塚即掘，遇墓必伐，雖古之發丘中郎、摸金校尉不過如是。因此宋陵附近數十里內的墳墓，無不發掘殆盡。有人出面阻止，即拔刀相向，目為逆旨，立加誅戮。官吏們亦乘此機會掠取金玉珍玩。

會稽地方遭此慘酷，遍地皆是殘骨棄骨，人人切齒，個個痛心，雖行道之人，見了這般景象，也不覺悲從中來。但因威勢所迫，不敢多言，只有忍氣吞聲，掩面而過。盧世榮、咬住、楊璉真珈及當地官吏，搜刮得囊橐充盈，方才心滿意足，載運而去。

會稽自伐陵之後，遂即大旱三載，赤地千里，其餘如江陰水決、衢州地震，各路各郡災祲迭見，這多是人民怨氣所積，以至如此。世祖尚不知悔悟，每年到了四月間，迤北草青，便托詞避暑，遊幸上都，其實是借著避暑為名縱情聲色，以圖歡樂。

那上都便是開平府，蒙哥汗命劉秉忠大築宮室，徙而居之。世祖即位，稱燕京為中都，以開平府為上都。其時正欲往幸上都，侍郎盧世榮、內侍咬住，已從浙江回來，用玉匣度置宋理宗首骨，輦上陵中掘得的金寶，一齊獻上。

世祖見了理宗首骨，又得許多金寶，喜得手舞足蹈，命精巧工匠，用珠玉鑲嵌，做成八寶玲瓏龍頭飲器，酌以醇醪，覺得異常甘美，十分高興，升盧世榮、咬住，官爵有差，加西僧嗣古妙高為太傅，賞其伐陵之謀，遂即攜了太子真金，啟駕至上都避暑。

上都的宮殿，係劉秉忠仿照中國的皇宮制度建築而成，除了正殿而外，其餘殿宮六院莫不全備。又造了一座西苑作為遊宴之所，其中樓閣嵯峨，亭榭重疊，有煙霞樓、聽雨樓、琴樓、鳳樓、落虹亭、九曲橋、芭蕉院、海棠榭、凌雲閣、碧雲精舍、稻香軒、涵秋墅、映月池、大宇空明軒、釣魚磯等，各種名稱。苑之正中又建著一座高大的樓閣，名為蓬壺仙境。

樓的對面，築起一帶石堤，夾堤栽著楊柳、桃花、杏、李、松、柏之類。西邊砌著玲瓏假山，疊嶂層巒，天矯空際。東邊鑿著魚池，清流縈紆，錦鱗潑刺，真是上苑仙境，回絕塵寰。

蒙哥在位之時，選了不少的美女居住其中，時來遊覽宴飲。世祖遷都燕京，心內伴記著上都的佳趣，每年一交四月，便借著避暑為名，駕幸上都。

那蒙哥汗舊有的妃嬪，並未遷往燕京，仍舊住在西苑裡面。為首的妃子叫作也速兒，聞得世祖駕臨，忙率領了合宮的嬪御出外迎接。

世祖和也速兒相見之後，眾妃嬪又上去一一行朝謁禮。世祖瞧先朝的嬪妃，一個一個花香玉笑，嫵媚異常，早已心搖神蕩起來，哪裡還顧得什麼禮義廉恥！和她們謔浪笑傲，一無諱忌。況蒙古風俗，本來沒有倫常，做兄弟可娶兄妻，做兒子的可納父妾，那淫奔苟合的事情，大都不以為怪。西苑裡的妃嬪，多半是盛年守孀，寂寂寡歡，正在不耐幽獨，得世祖前來避暑，和她們消愁解悶，自然人人爭寵，個個歡迎了。

當日世祖在西苑裡，與先朝的嬪妃日夕宴飲，酣歌妙舞，十分得趣。獨苦了個皇太子真金，他隨駕前來，住在東宮，又因素性道學，要博取清心寡欲的賢名，只帶幾個內侍在身邊聽候差遣，並未攜妃嬪同行。每日除了朝見世祖，請安一次，便枯坐在宮中，很覺乏味。又聽得西苑裡弦管嗷嘈，歌聲聒耳，也有些忍耐不住了，一時之間，覺得心煩意亂，坐又不是，臥又不好，只得步出門來，向西苑中遊覽遣懷。

知道世祖在前面歌舞宴飲，不敢去驚動他，獨自步至映水榭去，看了一會鴛鴦戲水，也覺得毫無興致。又轉身出外，行至釣魚磯上，取過預備現成的魚竿，垂綸釣魚，釣了一會，卻一條魚兒也不肯上鉤。

太子心內想道：「俺的運氣因何這樣的不好，連一條魚兒也釣不著。俺倒偏要釣著一個，方才罷手。」一面想著，把魚竿提起一著，要換個魚餌，重行垂釣，哪知上面的鉤兒，已經折了半段。

太子笑道：「俺也懵懂極了，把個已斷的鉤兒去釣魚，怎麼會釣得著呢？」遂將手中的一根拋棄了，又取過一根來，重行垂釣。

剛把絲綸垂下池去，忽聽得嚦嚦鶯喉，一陣順風吹送那歌音，甚是宛轉。太子想道：「必是父皇又得了什麼新曲，命美人歌唱侑酒了。」忽又轉念道：「不對，這歌聲不是前面來的，好像是從那邊假山背後發出來的。這又奇了，合宮的嬪御都陪侍著父皇在前面歌舞飲酒，如何還有人躲在假山後面歌唱呢？俺倒要去看個明白。」

當下拋去了釣竿，躡手躡腳向假山走來，那歌聲更加好聽了。

太子留神細聽，一字一字貫入耳中，原來唱的曲兒，乃是《繡帶兒》。太子素常也愛歌曲，如今聽見了，少不得要領略一會，便止步聽她唱下去道：

《繡帶兒》

金盞小，把偌大閒愁向此消，多情常似無聊。暗香飛何處，青樓歌韻遠，一聲蘇小。含笑倚風，無力還自嬌，好些時吹不去，彩雲停著。

《絳黃龍》

心憔。難聽他綠慘紅銷。為他半倚雕闌，恨妒風花早。倩盈盈衫袖，把玉山扶倒。憑多情似伊風流年少，暮雲飄。寸心何處，一曲醉紅綃。

太子聽得她嬌喉玲瓏，唱得宛轉可聽，不禁心下想道：「俺只說燕北地方的女子，大半是粗蠢不堪的，原來也有善於歌唱、倜儻風流的女兒，不知她的容貌生得如何，俺倒要細細地賞鑒一番。」

想到這裡，正要繞到假山後面，看那歌唱的人生得如何模樣。忽聽得後面又發出嬌聲來，太子細聽時，她又換了一種調兒，唱著《憶阮郎》的調兒道：

《玉交枝》

燭花無賴，背銀缸，暗摩瑤釵待玉郎回。

抱相偎，愛顰姐掩袖低回。

到花月三更一笑回，春宵一刻千金價。

挽流蘇羅幃顫開，結連紅襖襦解。
前人腔鶯鸞駭鳳誤春，纖搵著香腮。
護丁香，怕折新蓓蕾，道得個荳蔻含胎。
他把玉浸香怎放開，俺尤雲帶雨權眈待，
吃緊處花香幾回，斷送人腰肢幾擺。

太子聽了這宛轉的歌聲，又襯著那清脆的鶯喉，真有行雲流水，餘音嫋嫋之概，再也忍耐不住，高叫一聲「好！」這個「好」字方才出口，倒把那假山背後歌唱的女子嚇了一跳，連忙抬頭瞧看，卻又不見有什麼人，面上很現出慌張之色。

正在那裡四面顧視，太子早已從假山前邊轉至後面。見那個女子，淡裝素服，粉靨朱唇，卻是個半老佳人。但雖然年紀已長，卻還是腰肢婀娜，身材窈窕。徐娘雖老，風韻猶存，臉上不施脂粉，偏偏現出紅唇白齒，柳眉杏眼，雙頰上兩個酒窩，最足令人銷魂。太子本來不好女色，見了這個女子，不知為了什麼，心內油然起了一個愛惜之意，忍不住看著她，嗤的一笑。

那女子見是太子，連忙上前叩見道：「臣妾不知殿下駕到，偶然放肆，有汙貴耳，罪該萬死。」

這幾句話，說得又柔軟，又清脆，貫入太子耳內，不期然而然地執了她的纖手，笑嘻嘻地問道：「你是哪一宮的？進宮來有幾年了？」

那女子見問，禁不住低垂粉頸，盈盈欲淚地回答道：

「臣妾本是西夏的宮人，太祖成吉思汗時，夏主以察合公主進獻乞和。那時臣妾方才十二歲，隨侍著公主前來，便在香宮承侍左右。到了太宗窩闊台汗嗣位，察合公主斷臂完貞，不久也就懨懨而死。臣妾便侍候乃馬真太后，經過定宗貴由汗朝，到了憲宗，蒙哥汗建築了這座西苑，挑選美人，入內居住，臣妾也蒙選取，在醉香樓承值。憲宗在日，不以蒲柳見棄，嘗施雨露之恩。不幸憲宗南征，崩於釣魚山。今上皇帝遷都燕京，先朝嬪御，仍留在此，並未遷徙，因此臣妾仍居在醉香樓。冷處深宮，忽忽二十餘年，回首前塵，怎不令人傷心呢？」

太子道：「你原來是西夏人，怪道比較北地女子大不相同。不知你姓什麼？叫什麼名字？」

那女子道：「臣妾本是西夏宗族，名喚李小娥。」

太子道：「今上避暑來此，合宮妃嬪都出去迎駕，陪侍宸遊，你為何寂處宮中，甘於退讓，不去迎恩博寵呢？」

李小娥見問，低頭答道：「臣妾自知年長色衰，難中上意，即去迎駕，亦不能與綠鬢紅顏爭嬌奪寵，博得雨露，倒反不如退處深宮，安度歲月，免得趨炎附勢，失意歸來，不但徒增懊惱，還要惹同輩們在背地裡笑話。況從前曾蒙憲宗寵幸，名分所在，也不便再事今上皇帝了。」

她說著，不由得一陣傷心，兩行熱淚，如斷線珍珠一般流將下來。一片哀怨之中，更添出無限的嫵媚，淚汪汪的一雙秋水，注視著太子，越顯得流利動人。

真金太子本來是風流倜儻的性情，不過自幼便和姚樞、許衡等人在一處盤桓，很受了一番陶冶，因此能夠改變性質，把天性中帶來的佻達之氣完全消滅，頗以禮義自守，不敢逾越規範。

但先天帶來的根性雖然被後天的道學制住，他的根本究竟還存在著，一經挑逗，便如春草怒發，再也遏止不住，所以見了李小娥的一種妖媚態，頓時動了憐惜之心，便將她一把拉在懷中，舉著手替她揩拭粉頰上的眼淚，又俯下頭頸，親她的桃腮。

李小娥雖說已有三十多歲，那股情慾之性，究竟不免衝動。只因自己年長色衰，難以動人，若去迎合世祖，恐遭屏斥，致貽笑柄，所以忍耐著寂寞，讓那些年輕的嬪御去爭嬌鬥媚，本是一種沒法的事情。現在被真金太子摟在懷中溫存體貼，不覺心內跳個不住，臉上一陣一陣的紅暈起來，又帶著幾點眼淚，好似著雨的桃花，鮮妍異常。

太子初時去摟抱她，見她並不峻拒，已知她可以情動，現在又見她倚在懷內，軟綿綿的四肢無力，好似骨酥筋銷一般，那滿臉的春色，令人望而魂銷，不禁心中大動起來，便緊緊地將李小娥抱住。

小娥已知太子之意，低低地說道：「賤妾蒙殿下深情垂愛，何敢峻拒，雖是敗柳殘花，羞恥亦須顧惜。此處縱使十分隱僻，無人前來窺破秘密，但在這光天化日之下，非但有瀆三光，且於殿下的身分有關。如果真個垂青，好在醉香樓離此不遠，敢請殿下屈駕，至樓中小坐一會。」

太子聽了，連連點頭，遂攜了李小娥的手，慢慢地到了醉香樓中，也有兩

個年小的宮娥前來接著，見是太子，一齊屈膝行禮。太子吩咐起去，同了小娥，徑入臥室。

兩人唧唧噥噥地談了半日，方見小娥雲鬢蓬鬆，羅襟半掩地走出來，命兩個小宮娥用金盆盛了水，親自捧候了進去，侍候太子，淨臉洗手過了，自己方才重整雲鬢，再理髮髻，收拾得粉光膩滑，陪伴太子。

說也奇怪，這真金太子素來是出名的道學先生，雖不能說是柳下惠的坐懷不亂，平日對於女色絕不垂意，便是世祖也稱讚他老成可靠。不知如何，遇見了李小娥這樣一個年長色衰的女子，他竟至百般迷戀，十分愛惜。在醉香樓中和小娥寸步不離的，一住半月，連世祖那裡都不去請安。

世祖正在得了一個高麗的絕色美女，在那裡尋歡作樂，弄得昏頭顛倒，太子已有半月之久不來朝見，他也記不起來。所以真金太子更加放心大膽地在醉香樓與李小娥朝夕盤桓。

但是世祖所得的美女，既說是高麗來的，那高麗的美女，怎樣會到中國來呢？

原來高麗自降服蒙古之後，按期入貢，甚是恭順。現在又遣使臣進獻一個美女，名喚翔雪，另有一輛車兒，名叫自由車，賫來貢獻。到了燕京，大臣們因世祖在上都避暑，便差人引那使臣，賫了所獻的美女和車兒，一同來到上都，朝見過世祖，將國王的表章陳上。

世祖見是進獻美女和自由車的，料想美女必定生得嬌豔動人，那輛車兒也總是奇異之物，不然，高麗國王決不致使人逾越重洋，遠遠地前來進獻。遂命使臣，將貢物獻上，待朕過目。

第三十九回　東征日本

世祖召上高麗所獻的美人，果然生得秋水為神，冰玉為骨，面貌豔冶，容光煥發。世祖心中甚喜，命內侍帶往後宮。

又瞧那自由車時，金根銀輗，高有六尺，四面俱以鮫綃為幙，頂上鑲著一顆大珠，從裡望外，看得十分清澈；由外望內，卻一些也瞧不見什麼。無論什麼車兒，都是兩輪，或是四輪，唯有這自由車，乃是三輪，前一後二，裝設得精美異常。

世祖向使臣問道：「這個車兒有何妙處？為何取名自由？」

使臣奏道：「此車乃下國巧匠所造，可以來往自如，這將機關一開，不用人力推拉，自為行動，轉彎抹角，皆有機捩，任憑數尺高的階砌，只須將前面的一輪向上一提，自能上去。車頂上那顆大珠名為明月珠，到了黑暗的地方，或是夜間，自能發出光明，不用燈燭，如同白晝。還有一樁奇處，這車看時裡外通明，實則內中可以望見外面，外面不能望見內裡，所以坐車的，可以在內御女。因有幾樁特異之處，故名為自由車。」

世祖聽了使臣之言，不勝欣喜，遂命使臣退居館驛。回歸宮中，當夜召幸高麗所進美女，詢其名字，知喚翔雪。這翔雪不僅生得美麗，而且工於媚術，床笫之間格外得趣，世祖愈加寵愛。因她肌膚細膩光滑，其白如雪，遂號她為雪妃。

世祖見雪妃的肌膚又白又嫩，伸出手來，真和羊脂玉一般，便撫摸著問道：「你的皮膚為何如此嬌嫩？」

雪妃道：「臣妾自幼以玉為食，所以肌膚細膩異常。」

世祖不信道：「那玉乃是石質，如何可以為食？」

雪妃笑道：「高麗所產的玉，與做珍玩的不同，其色有黃有白，大小厚薄亦復不一，以黃色者為上品。這類的玉盡都產生於河中，有那貧寒之人，專在河內掏玉，賣給人家作為食品。人家買了玉來，洗滌清潔，置於罐內，煮了半日，再將白芨草和入同煮。那白芨草與玉的性質相反，放入罐中，那玉自然糜爛，便將白芨草取出，加入香料糖汁，調和成膏，其味香潔無倫。臣妾自幼以之為食，所以肌膚格外細膩潔白了。」

世祖笑道：「原來如此。你到中國來了，沒有玉吃，如何是好？」

雪妃道：「中國沒有這種食品也是無法。」

世祖道：「你可還想吃麼？朕可以設法取將前來的。」

雪妃喜道：「陛下既然有法可取，何不將來服食呢？據說永遠食玉，可以返老還童，延年祛病，仙家的玉液瓊漿，便是這樣製成的。」

世祖聽得此言，更加起勁，立即派了內侍哈剌圖前往高麗採玉。哈剌圖奉了旨意，乘了一隻大船，船上面插了一紅旗，大書「奉旨採玉」四字，一路向高麗進發。那遼東地方的官吏，忙著出城送迎，備辦給應。哈剌圖更是乘機勒索，幾乎沒把這一帶的地皮都挖了去。

到了高麗，又命國王派人取玉。國王懼怕上國的威風，只得唯唯應命。

採了玉來，雪妃便親自動手，煮調成膏，先進於世祖。嘗那滋味，果然覺得十分可口，從此世祖竟同雪妃一般，也有了嗜玉之癖了。居然定為規例，每一月派人往高麗採玉一次，每月支銷採玉費竟至五十餘萬銀兩，你說可驚不可驚呢？

世祖在上都這樣的驕奢淫逸，那真金太子也在醉香樓戀著李小娥，絕不出外。父子二人只知追歡取樂，把國家政事置之腦後。哪裡知道，燕京已鬧出大事來了。

你道是什麼大事？原來世祖即位在第三年上，就用了回人阿合馬專理財賦。阿合馬竭智盡能想出兩個條陳來理財：一條是冶錢，一條是榷鹽。將河南鈞、徐等州的錢礦，括民三千，大興鼓鑄，日夕煮冶，每年定要輸錢一百三萬七十斤，不准短少。因此冶錢的民工，無論採取是否及額，都要繳足此數，甚至追迫敲比，典兒鬻女，以償此數。

河東地方素多鹽池，人民越境私鬻，價值較廉，因此官鹽滯銷，歲課止有七千五百兩。阿合馬奏請每歲增加五千兩，不問軍民，皆要出稅。這件事情施行出去，弄得民怨沸騰，世祖還說他是理財能手，升為平章政事。這一來阿合馬愈加得勢，竟至營私罔利，蠹國殃民，無惡不作。內外官員，沒一個不知阿合馬是奸邪，無如世祖十分信任，沒人敢言。

益都千戶王著，深恨阿合馬專利害民，敗壞國政，暗中鑄了一對百斤重的大鐵錘，出入攜帶，意欲擊死阿合馬。

有個高和尚，自言能呼風喚雨，諸王桑阿克達爾征緬甸時，帶在軍中，命他施法，絕無應驗。高和尚回來之後，唯恐獲罪，遂詐稱身死，又殺了個徒弟，充作自己的屍首，當時果然被他瞞過。

高和尚逃了出來，恰巧遇著王著對他說道：「你移花接木之計，只好遮掩一時的耳目，若要出頭，非建立大功不可。現在平章阿合馬殃民誤國，我們把他誅了，為國除害，豈不很好麼？」

高和尚大喜答應。其時太子真金從世祖在上都，阿合馬留守燕京。王著命兩個西僧到中書省詐稱太子還都作佛事。高觿、張九思在宮宿衛，細加盤詰。西僧倉猝失對，遂即被拘。還沒有訊供問詞，不意樞密副使張易，又奉了偽太子命引兵至東宮。

高觿問他何故帶兵而來，張易低聲說道：「東宮有敕，命誅左相阿合

馬。」眾人只得出迎，王著已令黨人假扮太子，馳馬入建德門，抵東宮時，已是二鼓。傳呼百官，阿合馬還洋洋得意，打馬而來。被眾人捽下馬背，數其罪狀，王著袖出鐵錘，迎頭一下，打得腦漿迸裂而死。遂又殺死中書郝鎮，拘執了右丞張惠，禁中頓時大亂。

高觿、張九思見了這般情形，便大聲喚道：「這是賊人謀亂，並非是真太子，衛士從速拿賊。」

一聽傳呼，衛士早將假太子打倒，亂黨紛紛逃竄，高和尚遁去，王著挺身請囚，高觿等飛報上都。

世祖得報，立命和爾郭斯馳回討逆，拿獲了高和尚，與張易、王著一同處斬。王著臨刑大呼道：「我為天下除害，今日雖死，他日必定念我，便死也值得了！」

亂事既定，世祖返駕燕都，還說阿合馬冤死，擬加撫恤。樞密使博羅歷陳阿合馬罪狀，世祖方大怒道：「該殺！該殺！只難為了王著了。」遂命將阿合馬剖棺戮屍，縱犬拖食。人民聚觀，莫不稱快。

阿合馬家產抄沒入官，又逮其子江淮右丞忽辛，命廷臣審問。忽辛歷指諸臣道：「你們曾受我家錢財，怎麼問我？」

參知政事張雄飛便問忽辛道：「我曾受過你家錢財麼？」

忽辛道：「沒有。」

張雄飛道：「既是這樣，我應當問你了。」遂審實了口供，將忽辛伏法。阿合馬的奸黨，總算貶黜一清。

哪裡知道，阿合馬方才除去，世祖忽起雄心，要斂財儲餉，征討日本。於是盧世榮又以言利進用，自稱生財有法，不必擾民，可以增利。世祖信了他的話說，擢為右丞。世榮遂引用阿合馬餘黨，濫發交鈔，毒害人民。

世祖如何知道內中的弊病，還說他果能為國生財，乃命右丞相阿嘍罕、右丞范文虎、鳳州經略使實都，調兵十萬，東征日本。

你道世祖為何忽然要征討日本？原來高麗人趙彝等前來修好，奏稱日本可通，請遣使東行。世祖生性好大喜功，遂命兵部侍郎赫德、禮部侍郎殷弘充國信使，由高麗國王王植，遣使為導，前赴日本。到了那裡，無人出迎，只得回來。世祖又令起居舍人潘阜，持書而往，留居六月，不得慰問，也就回國。

世祖還不死心，再命秘書監趙良弼東行，飭高麗國王派人送至日本，期在

必達。趙良弼到了日本，總算見著官吏彌四郎，要他引去面見國王。彌四郎引他至太宰府的守護所，守吏說道：「我國王京去此尚遠，不便前去，今當先遣人隨使回報，他日再通行好。」

良弼無法，只得先令從官張鋒，同了日使，馳赴燕京。世祖又恐他是來窺伺強弱的，並不召見，日使住了多時，請求歸去，趙良弼也就回國。

到了至元十一年，高麗王王植逝世，世子睶嗣位。世祖因高麗甚為恭順，把皇女忽都魯揭里迷失下嫁嗣王，命他發兵五千，助征日本。飭鳳州經略使實都與高麗軍民總管洪茶邱，率大小舟九百艘，水師一萬五千，航海入日本境。

日本聞得元兵到來，並不出戰，只是守住了要隘，堅壁以待。元兵不識地理，如何敢輕易前進？結果費了許多糧餉，捉了幾個日本的小民，奪了些牛馬，回來報命。

過了一年，世祖又命禮部侍郎杜世忠、兵部侍郎何文著往使日本，又被拒絕。到得至元十七年，又命杜世忠等重復准往，國書裡面未免責備嚴厲一點，惱了日本的大臣，竟將杜世忠等殺死。消息傳來，世祖大怒，因此命阿嗹罕、范文虎等調兵十萬，大舉進討。

那阿嘍罕年已老邁，如何經得海中風波之險，但是奉旨的事情，只得勉強率兵前行。到了高麗，老病復發，死於軍中。范文虎本是宋朝的降將，一意圖功，常說阿嘍罕老年無用，不肯進兵。如今阿嘍罕死了，軍中算他是主帥了，便出令進兵，直向平壺島而去。

這平壺島四面皆水，日本稱為懸海，四面有五島相錯，名為五龍山。元兵來至平壺島，只見水天茫茫，一望無際，正要停泊。霎時間天昏地暗，颶風大作，波浪突起，各舟顛簸奔蕩，舟內的兵將，有眩暈的，有嘔吐的，有倒在船板上的，這時那立志圖功的范文虎也覺得禁受不住，又沒有法兒停止舟船，只得隨風飄揚，聽他亂駛。

萬戶勵德彪、招討王國佐等怨恨范文虎輕進，也不管什麼軍令了，帶了幾十號兵船，逕自乘風而去。范文虎心內焦急，只得令各船趨避五龍山。到了山下，檢點舟船，十成中已去了三四。其餘的兵艦，也都是帆折檣摧的了。范文虎傳令休息幾日，將船隻器械漸加修整。不料其時正值秋季，商飆當令，不肯遽止，颶風又復作將起來。

范文虎經過前次的驚嚇，早已魂不附體，也管不得部下的兵士了，和幾個將士揀擇了堅固的船隻，解纜逃走。軍中沒了主帥，又沒有完善的舟船，已是紛綏擾亂，日本人又縱兵殺來，這十萬人馬，上天無路，入地無門，被日本人殺死了二三萬人，墜海溺斃了二三萬，還有二三萬人都做了俘虜。日本人問明是蒙古兵、高麗兵，一概殺死。只赦了南人萬餘名，充當奴隸，後也僅有三人能夠逃回中國。

范文虎奔了回來，沒法卸罪，便歸咎勵德彪等不受制制，以致未戰先亂，遂至師。世祖命調查勵德彪來，他們逃到高麗，早已遣散兵士，隱姓埋名，不知去向了。世祖經此挫折，如何便肯甘休，遂命安塔哈為日本行省丞相，與右丞撒爾特莫爾、左丞劉二巴圖爾，募兵造舟，再圖大舉。群臣交章諫阻，世祖不從。恰值占城抗命，從事南征，只得把討伐日本問題暫時擱起。

單說占城在交趾南方，古稱占婆國。當兀故合台征服交趾，曾遣使招致，未得實報。世祖命右丞唆都率兵南下，就國立省。

占城王子補的不肯應命，唆都遂即進討。兩軍在南海中大殺一陣，占城大敗，被殺及溺斃者共五萬人。唆都乘勝進兵，又再戰於大浪湖，斬首數萬級，直薄城下。

王子補的逃往山谷裡面，唆都入城，安撫人民。正要窮追，占城大臣寶脫禿花奉了王子之命，前來納款輸誠，唆都道：「既願投降，理應來見。」

寶脫禿花推說：「貢品未備，尚須延期數日。」唆都並不疑心，任其回去。不料過了十餘日，還沒有音信，唆都方知他們施的緩兵之計，當即揮兵前進。

到了占城，四面皆是堡砦，唆都未免懼怯，下令退兵。行未數里，忽然殺出一彪敵兵，唆都連忙迎戰，眾軍拼命死戰，方才得脫。檢點人馬，已是傷亡大半，只得退出占城，奏請濟師。世祖遂以第九子脫歡為鎮南王，與左丞李恆領兵南下，接濟唆都。

原來世祖共有十子，長子朵而只、次子真金，即現在的皇太子，三忙哥剌、四那木罕、五忽哥赤、六愛牙赤、七奧都赤、八闊闊出、九脫歡、十忽都魯帖木兒。第四子那木罕早年夭亡。長子朵而只，因非嫡出，故立次子真金為皇太子。十子之中，唯脫歡最得世祖的歡心，所以這一次濟師占城，竟封為鎮南王，與李恆同領人馬。

脫歡少年性情，心高氣傲，奉命之後，欲假道安南，進兵占城，並責國王

陳日烜接應糧草。日烜只願助餉，不允假道。脫歡怒道：「他敢違俺命令麼？俺便連安南也剿滅了。」遂即不問是非，揮兵向安南殺去。

第四十回　宮闈風波

鎮南王脫歡因安南不允假道，怒他抗命，揮兵直向安南殺去。安南國王陳日烜，既不允元兵假道，自然早有預備，元兵到來，便有安南管軍官阮盎等前來接戰，連戰皆敗。

又有國王從兄興道王陳峻，扼守界口，不許通道。脫歡遣使曉諭，令他開道，陳峻不允，乃再揮兵深入。陳峻戰了一陣，即行敗退。脫歡見連次獲勝，遂不以敵軍為意，竟薄安南城下。國王陳日烜，已棄城遁去。脫歡入城，搜查宮內，絕無珍貴之物，即文牘等件，亦盡行毀去，即命將士追襲，日烜已不知

去向。

時唆都已率兵來會，與脫歡駐兵安南城中，軍士不服水土，瘴癘交作，日有死亡。兼之安南城中一無所有，糧餉又復不繼，只得商議退兵。行至富良江口，無船可渡，正在登山伐木，築橋渡江，不意山林裡面，一聲呼嘯，安南伏兵四面殺來。元軍不曾防備，倉猝迎戰，如何能夠抵敵？

脫歡忙一面督軍抵禦，一面趕築浮橋。等到浮橋築成，岸上的元軍已有一半帶傷。脫歡亟命李恆斷後，自己首先過橋。軍士見主將過江，也就紛紛爭渡，安南兵卻用毒箭順風四射。

元軍因橋狹人多，已經不能普渡，再加毒箭如飛蝗般射來，左右躲閃，溺死江中，與斃於箭下者，不計其數。李恆斷著後，待兵馬渡過，方遂帶隊渡江，左頰上已中了一箭，血流滿面，安南兵還要追過江來，幸得浮橋已經路斷，方才狼狽而回。退到了思明州，李恆傷重而死，唆都亦於渡江時跌落水中，送了性命。

世祖聞得敗耗，不勝憤怒，乃發蒙古軍千人，漢軍四千人，至思明州，歸鎮南王調遣。又諭左丞相阿爾哈雅等，大徵各相兵，陸續接濟。吏部尚書劉宣奏稱安南臣服已久，歲貢不缺，似在可赦之列。且鎮南王出兵方面，瘡痍未復，若再遇討，兵士未免寒心。且安南地方，瘴癘甚重，不如稍緩時日，再圖後舉，世祖不從。

其時安南國王陳日烜的兄弟益稷自拔來歸，世祖竟封益稷為安南國王，大發江淮、江西、湖廣三省蒙古軍，及漢軍七萬，雲南軍六千人，海外四州黎兵一萬五千人，再伐安南，納益稷為王。所有右丞阿八赤、程鵬飛及參政樊揖以下，均歸鎮南王脫歡節制。安南王陳日烜聞得元兵大舉再來，仍舊用著前次的老法子，棄了城池，逃入海中。

脫歡進了城，傳令兵將入海追尋。這樣的茫茫大海，煙波浩渺，如何追尋得著，不過徒勞跋涉罷了。

這樣的過了幾個月，右丞阿八赤對脫歡說道：「敵人遁入海中，乃是待我疲敝，再來爭戰的意思。我軍盡屬北人，到了春夏之交，瘴癘大作，如何禁受得住？更兼糧草不繼，敵兵來攻，豈不是束手待斃麼？還以從速退歸為上。」

脫歡聞言，遂即傳令退兵。哪知陳日烜已從海上集兵三十萬，自安南北方

繞至東關，截擊元兵歸路。

元兵前次上過大當，此時退兵，倒也加以防備。那安南兵也不十分擊截，沿途散處，日與元軍交戰數十合，只爭先搶奪器械馬匹，一任元軍自退。及至到了東關，四面皆山，安南兵占住了險要，一聲鼓響，萬弩齊發，元兵紛紛落馬，箭頭上又敷著毒藥，見血即斃。阿八赤與樊揖保著脫歡奔路而走。安南兵哪裡肯放，專門望著大纛殺來。

阿八赤忙對脫歡道：「王爺要保全性命，必須棄了衣甲，扮作小兵，免得敵人注視，方可脫生，我等誓死報國了。」

脫歡只得脫下王袍，棄去王冠，雜在小軍裡面逃走出來。阿八赤、樊揖等盡皆戰歿於陣。脫歡逃出重圍，聽得敵兵從後追趕，嚇得他驚魂蕩魄，不敢向大道而行，只往僻靜小路飛奔而逃。

到了思明州，收拾敗殘人馬，十死六七，損失輜重衣甲不計其數，只得據實奏聞。世祖勃然大怒，下詔切責，令其鎮守揚州，終身不准入朝。又擬簡選兵馬，另任良將，征討安南。

那安南王陳日烜，倒也知時識勢。大勝元兵之後，居然遣使，卑詞謝罷，並貢金人一座。世祖也知日烜不得好惹的，遂即就此收蓬，把安南的事情擱置起來。還虧是諸王桑阿克達爾與右丞台布，分道進攻緬國，連得勝仗，收降了西南夷十二部，所以緬甸、印度、暹邏及南洋群島各部落，都願納幣請降，總算遮蓋了面子，不至十分掃興。

其時盧世榮以言利見用，日見寵任，專權攬勢，毒害人民，竟敢利用阿合馬餘黨假公濟私，奏稱太子陰謀禪位，臺臣擅匿奏疏，不以上聞。世祖大為震怒，把個皇太子真金竟嚇出病來，醫藥罔效，薨爾殞命。

那太子真金，素稱仁孝，為什麼有陰謀禪位的事情呢？原來自王著矯稱太子命令，擅殺了阿合馬，世祖雖未想及太子，太子心中已竟自覺不安。那朵兒只又因身為長子，不得立為儲君，心內很是不服。見盧世榮深得世祖信任，便與他暗中聯絡，媒櫱太子。那阿合馬的餘黨也銜怨著太子，要想報復。恰巧南台御史上疏奏請內禪，臺臣以世祖精神矍鑠，這疏上去，必不見允，便將原奏擱起，不以上聞。

朵兒只知道這事，便和盧世榮商議，將此事舉發出來，借此動搖東宮的地位，太子竟以此憂懼成疾而死。御史陳天祥等彈劾盧世榮屈陷東宮，罪在不

赦。由世祖親加鞫訊，即行正法，朝野稱快。那朵兒只當世祖親訊世榮的時候，心內栗栗危懼，幸得世榮並未扳出他來，方得安然無事。

朵兒只僥倖免罷，便應該深自斂跡。不再胡為了，誰料他非但不知改悛，反因太子的元妃弘吉剌氏生得一貌如花，心裡十分垂涎，居然不顧人倫，做出私通的事情來了。

那太子的元妃乃弘吉剌人，名喚闊闊真，本是貧家之女。世祖出獵，覺得口渴，行經一座篷帳，見有個美麗女子在帳內整理駝茸，翻身下馬，徑步入帳，向女子覓一杯馬乳，借止口渴。

女子答道：「馬乳雖然有，在這裡，但是我的父母兄弟皆不在家中，我一個女子，不便給你。」

世祖聽了這話，不便強索，遂即退步出外。

女子又道：「我獨居於此，你是個男子，自來自去，難免嫌疑，我的父母不久即歸，你可略略守候。」

世祖只得在帳內守候。果然不到一刻，有個老頭兒走將進來，見了世祖，慌忙行禮。

世祖命他起身，問其姓名，方知老兒名喚諾延，這個女子，乃是他最小的女兒闊闊真。當下諾延取出馬乳，奉於世祖。飲畢，出帳而行，深讚闊闊真知禮，常常的對妃嬪們說及此事道：「人家能得這樣的女子做媳婦，必然能盡婦道的。」

後來為太子真金選擇元妃，不論怎樣美麗女子都不中意。有個老臣曾經聞得世祖稱揚闊闊真的賢慧，料知世祖的意思注重在闊闊真身上，打聽得闊闊真尚未許字，便向世祖言及。世祖大喜，即選闊闊真為太子元妃。果然性情溫淑，孝事翁姑，每日服侍皇后，不離左右，甚至所用手紙，也在自己面上擦柔軟了，方才進奉。

偶值太子有病，世祖駕臨東宮，見床上陳設著織金臥褥，不禁怒向元妃道：「朕嘗稱你為賢，如何也這樣的奢侈呢？」

元妃忙跪下奏道：「平時本不敢用，今因太子患病，恐有濕氣，所以用的。」

世祖聞言，回嗔作喜說：「果然天氣鬱蒸，濕熱甚重，朕未見及於此，反誤怪你了。」

等得世祖啟駕，立即把織金墊褥撤去，永不復用，因此世祖常稱她為賢德媳婦。

這時太子因病殞命，元妃盛年守孀，寂寂寡歡，每逢花晨月夕，佳時令節，未免悲傷哭泣。偏偏那個朵兒只看中了這位弟婦，常常踅進東宮來，安慰著她。

蒙古風俗，本來沒有什麼內外之分，男女之嫌，大伯弟婦，小叔嫂子，可以任意來往，互通殷勤，便是謔浪笑傲，飲食起居也不顧忌的。

元妃得著這位多情的大伯時來寬慰，早把思念太子的心完全拋卻，和朵兒只偷寒送暖，十分要好起來。

女子的魔力果然不可思議，當太子真金在日，朵兒只因自己行次居長，不能立為東宮，承繼大統，千方百計地要推翻太子。如今太子既死，他與元妃有了私情，竟把從前的心意大加改變，情願將皇帝的位置，讓於真金之子鐵木耳，不再運動儲位了。所以世祖和群臣商議立儲之事，朝臣裡面，有的主張立長，有的主張立太孫，議論紛紛不一。

世祖也弄得沒了主意，遲疑不決。朵兒只便啟奏世祖道：「故太子仁孝恭謹，不幸為奸人構陷，惶懼而歿，其子鐵木耳亦復穎慧明達，氣度不凡，父皇倘不忘故太子，立鐵木耳為皇孫，必能承繼大統，無負委託的。」

世祖見朵兒只請立鐵木耳為皇孫，不禁大為稱許，說朵兒只很有讓德，自己不願立為太子，他推薦鐵木耳為皇孫，可算是千古一人了。當下即從其請，立鐵木耳為皇孫。元妃知朵兒只捨了富貴，讓給自己的兒子，心內自然感激不盡，格外與朵兒只要好了。

誰知好事多磨，元妃正與朵兒只愛情熱烈到極頂的時候，偏偏的又鬧起風波來了。

因為朵兒只與元妃有了私情，常常地在東宮出入，那些宮女內監不免竊竊私議，大家當作一樁新聞四下傳說。有的說元妃和朵兒只不勝恩愛，便是白天也躲在東宮幹那風流勾當。有的說元妃事事都要朵兒只侍候，便是洗腳也要朵兒只替她拂拭。這樣的話說，一傳十，十傳百，京城裡面沸沸揚揚的，說個不了。

傳到了朵兒只的妻子奇兒乞妃子的耳中，不禁醋性大發起來，暗中囑咐朵兒只隨從的衛士，待朵兒只到東宮去與元妃聚會的時候，速速前來通報。

那些隨從的衛士，一則懼怕奇兒乞的威勢，不敢不報，二則得了她無數的賞賜，也要圖報。因此朵兒只到了東宮，便有個衛士悄悄地跑回，報告了奇兒乞妃。奇兒乞妃立刻帶了十幾個女侍，奔向東宮而來。

東宮的衛士早經受過朵兒只的的賄囑，見奇兒乞妃來勢洶洶，知道必是來尋事的，連忙上前攔阻住了，一面派個人飛奔入內，通知消息。

朵兒只正和元妃在那裡歡呼暢飲，聞得報告，不覺怔了一怔，遂即吩咐通報的人道：「你速去吩咐守門衛士，只道元妃娘娘玉體不快，叫她不必入內。」

那人奉命而去，照著朵兒只的話上前去攔阻。奇兒乞妃如何肯依，豎起柳眉，睜圓鳳目，高聲喝道：「將人家丈夫關在那裡，還要裝腔作勢地擺臭架子麼？好不愛臉的蹄子，老娘是什麼人，豈是你可以欺負的？」說著，便向宮內直衝進去。

那些衛士因她是位王妃，究竟不敢十分得罪她，見她如發了瘋的猛虎一般，往裡面直衝，只得讓她進來。

那奇兒乞妃衝進宮來，已鬧得披頭散髮，沿路哭著，罵著，向宮內奔去。

朵兒只聽得哭嚷的聲音，忙道：「不好！竟被她跑進來了。」

元妃卻微微地冷笑道：「好個王妃，竟這樣的不顧體統，還成事情麼？你且躲起來，自有我去對付她。」

朵兒只聽了這話，慌忙從後面繞將出去。元妃早已命宮人撤了酒肴，將宮門大開著，讓她進來。

那奇兒乞妃一直鬧到元妃的內宮，以為朵兒只總在那裡，可以當面捉住了，將元妃羞辱一場，略洩胸中的怨氣。哪裡知道衝進宮內，只有元妃同著幾個宮人坐在那裡，朵兒只影蹤全無。

從來說得好，捉賊捉贓，捉姦捉雙，如今沒有朵兒只在那裡，奇兒乞的威勢早已挫了一半。

元妃卻板下面孔，嬌聲喝道：「你無緣無故帶了許多人到東宮混鬧，該得何罪？」

奇兒乞妃也不肯相讓，用手指著元妃道：「你不把我的丈夫關在宮內，我就來混鬧了麼？」

元妃大怒道：「好個潑婦，滿口胡言，你的丈夫如何會在宮內，現在哪

裡？這樣地胡鬧，那還了得！侍衛們何在，趕快給我抓下來。」

那些侍衛聽了元妃的吩咐，都伸拳攘臂地要來捉拿。奇兒乞雖然潑辣，卻是個無用的人物，見了這般景象，不覺驚慌失措。

正在為難的當兒，朵兒只早已回到府中，派了個衛士前來說道：「王爺剛才回府，聞得王妃到東宮來混鬧，命俺前來請娘娘從速回去。」

元妃早已向奇兒乞道：「你說丈夫被我關在宮內，怎麼還在自己家中呢？現在太子雖然歸天，我也是一位殿下的妃子，你敢這樣的血口噴人，毀壞我的名節，我也沒有別的法子，只和你到金殿上算帳去。」

奇兒乞見朵兒只已經回府，知道自己把事情做壞，又聽得元妃要金殿上去算帳，不禁十分慌張。

那朵兒只派來的衛士又上前向元妃恭身說道：「王爺知道此事，不勝憤怒，命我前來請罪，要求娘娘念著骨肉至親的情誼，不要去奏聞皇上，免得獲罪不起。至於王妃開罪娘娘之處，王爺自當以家法處治，決不寬貸的。」

元妃聽了這話，還故意不肯甘休，定要和奇兒乞去見駕評理。後經宮人們做好做歹地再三勸阻，方才答應放奇兒乞回去。

奇兒乞受了元妃的羞辱，回到府中，朵兒只又將她毒打一頓。奇兒乞懷著一肚皮冤枉，無處可伸，呼天呼地大哭一場，等到夜深人靜的時候，拿了三尺白綾，居然上起吊來。

第四十一回　金帳汗國

朵兒只自私通東宮以後，日夜追歡，不顧嫌疑，被王妃奇兒乞得知，帶了些宮娥內監，跑到東宮內室捉姦。因做事不慎，朵兒只早已聞風遠避。東宮元妃裝腔做勢，假逞威迫，一定要奇兒乞去面君評理。又被東宮上下一般宮人大家做好做歹地侮辱一場。

奇兒乞滿肚皮惡氣難消，回到宮中，朵兒只反以她不顧體面，任意胡鬧，責罵了一回。奇兒乞這時真個是冤屈未伸，憤怨交集，想來想去，做這王妃有何用處，尚不如一死了卻殘生，便到了夜深人靜的時候，懸了三尺白綾，真個

上起吊來。

此時金鼓不鳴，五漏無聲，三宮六院，妃嬪媵嬙都靜悄悄入了睡鄉。獨有奇兒乞身旁一個親信婢女，平日卻很忠心，今見王妃含冤莫訴，因自己地位卑賤，也不敢參加一言半語，又見王妃悲憤異常，兩眼發直，諒來必有怪事，故此不敢就寢，只暗暗地窺察奇兒乞的情形。及見上起吊來，便慌忙叫起眾多宮娥，把奇兒乞解救下來，飛報與朵兒只知道，朵兒只聞報，也覺大吃一驚，忙到奇兒乞內室查看。

此時奇兒乞因吊的時候不久，已經悠悠轉來，嗚嗚咽咽地哭個不休。朵兒只睹此境況也覺良心發現，自思此事全是自己鬧的，本來奇兒乞平素性情雖是潑辣，而對於朵兒只卻很溫和，只因元妃放蕩挑唆朵兒只，便成了勢不兩立之地位。

朵兒只此刻也兼顧不到元妃方面，便安慰奇兒乞道：「錯是我錯了，何必一定尋死呢？」當下吩咐宮婢，略進湯藥，又經一般宮人苦勸，方把奇兒乞圖自盡的意思打消。

次日朵兒只到東宮告訴元妃，元妃也覺得昨日之事做得太過分了：「雖是朵兒只對我感情隆厚，但總是一番私情，倘若這事兒鬧糟了，主上聞之，那還得了嗎！」便也叮嚀朵兒只，以後來此，倒要愈加秘密一點。

總算這場醜史沒有傳到世祖的耳內，便告一段落。

此事方罷，忽然太監來報，朝廷中出了軍機大事，聞主上將派遣皇孫鐵木耳帶兵巡守遼河，右丞相伯顏出鎮和林的消息。元妃聽得，便令皇孫入宮，問是一段什麼原由。

鐵木耳稟道：「此次西北相侵，早已預伏亂源，自我先皇太祖接大汗位以來，迄今已七十餘年，當今主上統一神州，蕩平四海，凡亞細亞洲全部及歐羅巴洲東北土，均已歸我版圖。因諸王族分封在外，不知感德，反同謀作弊，擾亂邊疆。主上調兵遏止，未見必克。故遣皇兒提大兵巡守，因有此報。」

元妃道：「皇兒此去，倒要小心。」

鐵木耳退出，便整頓軍馬，面辭了世祖，一路出發而去。右丞相伯顏亦領旨提兵，出鎮和林去了。

原來這段原由潛伏已久，自世祖統一中國後，復威及歐、亞。中國皇帝歷來沒有元時之盛，真是一個絕無僅有的大帝國。

當時蒙古諸王族各有分土，如旭烈兀之子孫封伊兒汗國，亦稱伊蘭王國，自阿母、印度兩河以西，凡亞細亞一帶領地，統歸管領，都城在瑪拉固阿。如拔都子孫，封欽察汗國或稱金帳汗國，在伊兒汗國之北，東自吉利吉思荒原，西至歐洲馬加境，凡禿納河下流，及高加索以北地，統歸管領，都城在薩萊。

如察合台之子孫封察合台汗國，都城在阿力麻里。凡阿母河東面，及西爾河東南，天山附近的西遼故土，即中亞細亞新疆一帶統歸管領。

如太宗子孫窩闊台，封窩闊台汗國，以也迷里附近作為根據地，凡阿爾泰山附近的乃蠻故土統歸管領。

以上四個汗國就封後，一切的內政，均由他自己設施。名義上雖由世祖統率，其實早已各懷野心。世祖乃建設阿母河行省，監制伊兒欽察兩汗國。又置嶺北行省，監制窩闊台汗國。並設阿力麻里及別失八過兩元帥府，監制察合台汗國。還有一般比較疏遠一點的皇族宗親，各分鎮滿洲，因立遼陽行省，作為監督。

世祖心中總以為這一下內外相維，上下相制，好作子孫帝王萬世之業了。

誰知徒法不能自行，福兮禍所倚。窩闊台汗國自憲宗嗣位之際，已經懷抱不平，不過那時尚不便發作。及到世祖入繼大統，阿里不哥乘機構釁，時太宗孫名叫海都，為窩闊台汗國首領，也曾暗中幫助阿里不哥，希圖推倒世祖。

不久阿里不哥敗亡，海都便靜蓄兵力，圖謀大逞。當這個時候察合台已死，其從孫亞兒古嗣位，為察合台汗，與海都同謀。事為世祖探知底細，即遣使至察合台汗國，斥逐亞兒古，更別立警合台族內曾孫名八剌的為汗。

在世祖之意，欲使八剌連結欽察汗國。與拔都之孫蒙哥帖木耳共制海都，殊不知八剌亦不懷好意，竟暗暗嗾使海都，共圖欽察汗之地，事成各分疆土。海都就派兵侵略欽察境。

蒙哥帖木耳探知究竟，早為之備。及海都兵到，蒙哥帖木耳出奇兵攻破海都後部，海都首尾受敵，便引軍退走。而八剌不但不發兵幫助海都，見海都軍敗，反引自己的軍去侵佔海都的土地。

海都大怒，大罵八剌不守信義，便欲引軍轉攻八剌，卻恐欽察兵尾其後，腹背受敵。只得卑辭向蒙哥帖木耳謝罪，並請其援助，方把八剌殺退。八剌卻貽書恐嚇海都，只說要到燕京請師。海都正怕八剌聯合燕都，興師問罪，只得

又與八剌講和。蒙哥帖木耳來會，於是三汗模仿庫里爾泰會，同訂盟於恆羅斯河畔。海都遂被推為蒙古大汗。

此時獨伊兒汗國沒有通謀，因伊兒汗的始祖是旭烈兀，乃世祖的親弟，從來服從世祖，永不肯違背。傳至其子阿八哈，亦繳承父志，歸順朝廷，世祖頗嘉許。

及三汗謀叛，海都傳秉阿八哈，叫他起兵響應，共抗燕都，阿八哈自然不允，海都便與八剌聯兵，來攻伊兒汗東境；又約欽察汗蒙哥帖木耳，起兵侵略伊兒汗西北。

阿八哈聞海都、八剌聯兵來攻，大怒，當即調集部眾計議，如此而行。於是阿八哈支配停當，先引一軍迎出，與海都、八剌聯兵交戰，約數合便退。海都、八剌驅兵趕來，阿八哈且戰且走，誘敵深入其境，忽然四面埋伏屈起，奮勇殺來，阿八哈又回兵來攻，把海都、八剌弄得驚慌失措，幾乎被擒，幸虧逃去得快，方保了性命。

阿八哈方戰勝海都，又復堵截欽察兵，唯欽察兵甚是狡猾，聞伊兒汗兵來，不戰便退。阿八哈收兵回時，他又驅兵趕來，弄得阿八哈進退不得，疲於奔命，未幾染疾身死。

其子阿魯渾嗣主，其叔阿美德心中不服，常欲奪取位置。故阿魯渾不暇對外，任憑海都鴟張勢焰，海都得寸進尺，竟欲逼入燕都。

世祖先以為誼關宗族，未忍往討，只遣派使臣去撫諭他們，唯海都性頗驕傲，竟不肯奉詔。世祖不得已乃遣皇子耶木罕為大元帥，同憲宗之子昔里吉，及木華黎孫安童，統兵防禦。

不料昔里吉受海都運動，竟把耶木罕、安童二人拘禁營中，反響應海都，導敵兵將入和林。

世祖聞報，急遣右丞相伯顏統兵兼程而進，抵鄂爾沖河畔，與昔里吉相遇，被伯顏攻破營帳，救出耶木罕、安童。

昔里吉事敗遁走，海都等固素憚伯顏善戰，亦不敢進兵相逼。伯顏乃派留守防禦，引兵還燕都。

適西北諸王中乃顏謀逆，原來也受了海都運動，欲起兵助之。乃顏即太祖之弟別勒古台的曾孫，別勒古台會封於廣寧、路思州二城，以斡難克魯倫兩河之間為駐地，子孫永襲為王。

世祖怒乃顏甚，與右丞相伯顏商議起兵往討。

伯顏道：「西北諸王眾多，若一起兵，反脅從乃顏，恐怕禍亂蔓延，倒不可治。不如乘他未發，宜遣使宣撫為是。」

世祖亦以為然，但沒有適當之臣可使，伯顏自願前往，世祖乃派伯顏北行。

伯顏自思此去，乃顏未必便肯順從，不如先結好驛吏，倘其中有變，方能保得萬全。故每至一驛，輒把衣裘等物頒給，驛吏都甚感激。及與乃顏相見，反覆慰諭，乃顏卻含糊答應。

伯顏窺知其意，料必無挽回希望，即不辭而去，驛吏爭獻健馬，遂得速遁。言於世祖，世祖憂慮，有宿衛使阿沙不花出謀，宜先安撫諸王。世祖乃得阿沙不花赴西北，揚言乃顏歸順；諸王束手，皆被阿沙不花說得屏足斂容，不敢抗衡了。

世祖見諸王收服，便決議親征乃顏。朝中用桑哥為尚書，桑哥乃盧世榮餘黨，今得政權，便大起私心，橫徵暴斂，弄得朝野不寧。

世祖統領大軍，也不暇顧及，竟抵乃顏的境地。

左丞相葉李密奏道：「蒙古將士多與乃顏親暱，恐不能戰，不如啟用漢軍，用漢法擊之，必能獲勝。再遣大軍斷其後路，乃顏雖頑橫，亦不經敵了。」

世祖命左丞李庭等統率漢軍衝鋒至撒兒都魯地面，與乃顏交戰，乃顏經不住漢軍勇猛，退去堅壁不出，兩下相持數日，乃顏終不肯出戰。

世祖用鄉農司鐵哥的疑陣計策，張蓋胡床飲酒，態度自若，乃顏偵騎探得，報知如何情形，乃顏忙與塔布台等商議，塔布台以為世祖如此閒暇，定必兵精糧足，若與他相抗，乃受牽制，不若乘夜退走，據險處抗守為妙。

乃顏亦憚世祖兵強，便諭部眾潛退。被李庭探悉，請世祖發令引敢死士十餘人，執火炮、火箭進攻，乃顏部眾歸心似箭，哪裡還肯交戰，當即一齊敗走。漢軍個個奮勇，倒反感動了蒙古軍，大家爭先殺敵。

乃顏部眾左衝右突，死傷大半，塔布台為亂軍所殺，乃顏只單獨逃出來，喘吁吁地抱頭亂竄，不意道路崎嶇，戰馬不行，忽然一聲響亮，乃顏連人帶馬一齊踏入泥陷之中，不能得脫，眼見得乃顏被獲，梟首示眾。

世祖平定地方，諸王均畏服威從，乃班師回燕都。忽遼東宣慰使塔出飛章馳奏，言乃顏餘黨失都兒等竄入，擾亂咸平，請速發兵救濟。世祖遂遣皇子愛

牙赤領兵萬餘人前去破敵，愛牙赤驅兵前進，與叛黨相遇，兩下混戰，叛黨東出西沒，倒把愛牙赤牽制著，不能援濟塔出。

塔出知愛牙赤不能會兵，乃星夜與麾下十二騎，及沿途徵集數百餘勇士直抵建州，與失都兒前軍部將大撒拔都兒相遇，敵眾約千餘人來攻，塔出奮勇當先，毫不畏懼，麾下騎士見主將如此勇敢，大家鼓舞殺入，真個是一人拚命，萬夫難擋，一陣砍殺，竟將大撒拔都兒部眾殺退，投降約數百人。

塔出兩中流矢，卻不甚要緊，仍然指揮兵士衝殺前去。叛黨帖古歹卻不來戰塔出，而引兵圍擊愛牙赤。塔出知愛牙赤不能抵敵，乃調兵千餘名，繞道至懿州附近，猛攻帖古歹，敵眾意氣揚揚，蜂擁抵禦，帖古歹騎著戰馬，執旗揮眾。塔出看得親切，忙拈弓搭箭，颼的一聲，穿入敵陣，不偏不倚，端端射中帖古歹口中，鏃出項間，頓時死於馬下。餘眾見頭目喪亡，盡皆喪膽，便不戰而潰。塔出追至阿爾泰山方才收兵。

回至懿州，人民感謝塔出之德，肅清叛黨，皆互相涕泣羅拜。塔出安撫已畢，上表告捷，世祖下詔嘉獎，並賞賜明珠虎符充蒙古兵萬戶。皇子愛牙赤亦引兵還都。

唯乃顏餘黨未完全消滅，尚有頭目火都火孫及哈丹等出沒西北，侵掠邊郡，世祖經前幾番出征，亦覺疲勞，乃命皇孫鐵木耳，帶領大軍北巡遼河，以控制乃顏餘黨，又患海都等屢寇和林，即遣右丞相伯顏出鎮和林，兩路發出。

皇孫鐵木耳遣都指揮土土哈等，奮勇擊破火都火孫，復以得勝之兵殺敗哈丹。總算鐵木耳能戰，收復遼左，置東路舊戶府，解除世祖憂慮。獨海都一部甚是猖獗，忽傳來皇孫甘麻剌兵援和林，被海都擊敗，甚是危急；世祖覆議親征，朝廷中又鬧出事來。

第四十二回　官逼民變

皇孫鐵木耳方引兵巡守遼河，遣都指揮土土哈把乃顏餘黨擊退。海都復屢寇和林，世祖命皇孫甘麻剌往征，叫他與宣慰使怯伯會師，共擊海都。又將土土哈一軍調去接應。

甘麻剌與怯伯相會，不知怯伯早已暗通海都，軍行至杭愛山，忽然叛變，怯伯、海都共擊甘麻剌。勢在危急，幸得土土哈援兵到，才將救他出重圍。

土土哈親自斷後，敵眾雖是不肯相捨，總算土土哈能幹，幾番殺退。但叛黨蹤跡無定，時隱時現，所以土土哈反難遏止。

世祖聞報，復親征西北，土土哈領軍來迎，世祖撫臂安慰，便調大隊四面進攻。叛黨聽得世祖自來，大家鼠竄而去，西北平定。

世祖引軍還都，方到龍虎台地面，世祖叫部兵在此處暫駐幾日，觀看山水形勢，因連年交兵，干戈不息，真個是赤地千里，鴉雀無聲，民困兵疲，不勝感慨。

當日至夜深的時候，世祖步出帳外，仰觀天色，月黑無光，四境無煙火相照，百姓無雞犬相聞，平沙雁落，鬱林秋老，戎車嚦嚦，驚破鳥語鶯啼。胡馬蕭蕭，席捲蓬枯草蘼，黯兮慘悴，不禁銷魂。

世祖看罷，自己言道：「歷年雖用兵在外，朝中尚有桑哥等一般人輔政，難道民間荒涼如此，不設施賑救的法麼？」

時有侍臣乘機奏道：「桑哥丞相只徒在朝中把持政權，哪裡還想得到民間的苦況呢！」

世祖略點點頭道：「我也有幾分不相信他了。」

正在四處仰望，忽覺空中有震盪的聲音，當時足下忽然轉動起來，弄得世祖頭昏眼花，站立不定，不覺驚訝失色。忙問近臣原由，有的說是地動，有的說是此山中必有怪異，宜掘開看看。

世祖搖頭道：「汝等所見都非確實。還是快點去到各處調查罷！」

過了幾日，各處飛來警報，言地震為災。平武路一帶，好好的地土忽然奔開，穴內黑水湧出，突陷地盤數十里，損壞官署四百八十餘間，民房不可勝計，百姓奔走呼號，無家可歸。

世祖聞報大為憂慮，乃駕還京都，召集大臣商議賑救之策。左丞諤爾根薩里及各部官僚等，均疑是丞相桑哥濫用苛法，剝削民膏，以致天怒人怨，有此災異，但懼桑哥權重，未敢直呈；又兼世祖雖有幾分疑忌桑哥，究竟信任已久，並且沒有實憑實據證實桑哥的罪惡，所以各大臣大都猶豫不定。

正說話之時，忽聞侍御徹里及大臣不忽兀署內，同時接到河北鄉民呈訴府尹徹木哥阿諛丞相，威迫民間繳納錢穀，虐害百姓，貧民死亡載道。並放縱惡吏，強佔人民妻女，種種不法，鄉民受苦不堪，不得已捨命來告，請求俯察等等的詞語。

當下各大臣便詣徹里、不忽兀署里探詢事實，不忽兀道：「這事關係重大，據詞內所云，儼然是官逼民變。至屬吏奸人妻女一事，還須確實調查，方

好上奏。」

各大臣遂大家歸衙，派員訪查真相。原來此事，在燕已風聞燕都，因世祖連年出征西北，桑哥的一切惡跡不暇追究，以致法寬弊出，上下通謀。其始是為福建參知政事，執宋朝遺臣謝枋得往送燕京，硬要他投降元室。枋得生性梗直，素負奇氣，前為宋朝江西招撫使，及宋亡，枋得秉忠不屈，逃至建陽，每日在驛橋賣卜，雖布衣粗食，而人都知道他是大大的忠臣謝侍御。

後來世祖遣文御史程文海訪求江南人才，文海遍訪名士，那時有一班想升官的都去應詔，如趙孟適、葉李、張伯淳及宋室宗族趙孟頫等約二十餘人，並把枋得也列入表內，也不管他降不降，硬要他去。

那時候枋得在建陽居母喪，效李密上《陳情表》的故事力辭當選，無奈文海置之不聽，又有前宋朝的宰相（本是一個狀元）留夢炎，以自己貪生怕死降了元朝，此時也推薦枋得的才學，並致書與枋得，叫他歸順為是。

枋得覽書，大罵留夢炎不識廉恥，令人愧煞。夢炎聞言，反以枋得不識抬舉，致書建陽邑丞天佑。天佑以枋得才高，正在求賢之時，若把他送進燕都，樂得討些賞賜，便假欲問卜，將枋得召進城去，邀在後花廳中，勸他北行。

枋得勃然大怒，以正義責天佑，天佑曲為容忍，偏偏枋得左虜因右虜囚地罵個不休，天佑怒道：「你如今在我掌握之中，難道還怕你罵不成？你既是忠於宋朝，又是封疆大臣，為什麼張世傑、文天祥、陸秀夫都死節了，你卻偷生在世間呢？」

枋得道：「燕雀安知鴻鵠之志？今既入你圈套，任你把我怎麼樣辦。」天佑憤甚，硬令伕役，把枋得挾制北行。

枋得臥眠篙中，只有一子一女隨從而去。在途中，他卻水米不沾，子女苦勸也置之不理，如此在路上餓了二十餘日，尚是未死，其子定一、女兒定芳苦苦哀勸他稍進飲食，並說道：「聞故太后攢所，及瀛國公所在，都在燕京，父親此去，正好借此入謁，若今日不食，就難往燕京了。」

枋得聽言，慟哭流涕，勉強略進蔬果，及抵燕京，已是困疲不堪。世祖聞枋得至，大喜，即賜御醫調治，又使一班大臣來安慰一回。無如枋得生成的硬漢，於第二日即勉強起身，問知故太后攢所，及瀛國公所在地，匆匆入謁，再拜慟哭，回至寓所，仍然水米不沾。

留夢炎又忍著氣派遣醫士並穀粟以進，枋得看見大怒，棄之於地，如此過了五七日，便奄然去世。世祖聽知枋得死節，大加嘆息，取命以公禮安葬，並命定一、定芳扶柩還信州原籍。

定一此時只二十三歲，定芳只十九歲，頗具姿容。今見國壞家亡，父親死節，當下搬運靈柩，一路徑往信州進發。

路經河北地面，正當桑哥鉤考錢穀，府尹撒木哥苛刻百姓，怨聲載道的時候，定一嘆息不止，撒木哥聞枋得靈柩經過，他早聽得世祖異常愛惜，也就派了一個邑吏劉炳前去照料安置，不過亦欲順世祖之意，得邀稱讚罷了。

劉炳迎接了定一兄妹，安寓館舍，帶著一副假面具，問長問短地談說了一會，又嘆息枋得怎樣怎樣的難得，又說派幾個差役，隨同定一前去幫助幫助。種種的甜言蜜語，定一倒覺得劉炳情重，十分地感激他，本來劉炳做的是縣知事，今天打從此地經過，巴不得有個人來照料照料，所以對於劉炳一番的仁德，又萬分地敬重他了。

然而劉炳的心意，他卻自有道理，試想：他是一個苛刻人民錢財的辣手，又是強佔民間妻女的魔王，怎樣獨獨顧惜定一兄妹呢？難道他真個恭敬枋得麼？

實實在在他才因為色膽中的餓鬼，在他肚皮裡打鞦韆，弄得他七上八下，他平時仗著他上司撒木哥是丞相桑哥的心腹，他就努力地獻媚，把撒木哥歡喜得了不得。

他於是乎無所不為，凡是民間的婦女，長得有幾分姿色的，他便千變萬化尋進了衙門，日夜尋樂，如不願意，也難逃他的慘刑，隨便汙你一點小事，便說你是叛黨，或殺或刑，任憑於他，所以受害的老實人不在少數。有不怕事的，到上司方面去首告，上司不但不准，反說你是侮蔑官長，仍然辦罪，故百姓只好敢怒而不敢言。

今領撒木哥的命，叫他去安置枋得的行靈，他走至館舍，正見定一兄妹在吩咐伕役搬運靈柩。他那一雙賊眼卻端端地看中了定芳這模樣兒，他心裡便已有幾分計較，所以對於定一的一番假仁義假慈悲，完全是出於那一點私見，什麼誇獎啊，幫助啊，他兄妹倆哪裡會猜著他葫蘆裡的藥呢？

劉炳照料妥貼之後，又叫人送了幾桌酒席來，替定一兄妹洗塵。定一感謝不盡，暗自與妹妹說道：「這位劉知縣倒還很通人情呢！咱們從這裡過，舉目

無親，難得他這番情義，我們是應當要感激他的。」

定芳道：「依妹子看他的動靜，恐怕對於我們這番意思，有所利用罷。」

定一道：「妹妹總是過慮，想我們現在已成了零丁孤苦的人，難道還怕他殺害我們不成？況且他對待我們的那番情意，未必還有他種的歹念麼？」

定芳道：「歹念不歹念，此刻尚不能證實。不過以妹子想來，還是要留意一點。」兄妹倆談談說說，便安息了。

到了第二天早晨，便有從人來報，說知縣衙門裡送來兩桌早膳，並應用一切物件等等，定一自然回覆了謝條。本欲即日就要起身，又有劉炳那邊的人說道：「府尹還要召見你呢！」因此定一只得再住一二日，候見了府尹再說動身返鄉。

每日的飲食物件，全是劉炳派人送來，定一也曾到衙門裡去拜謝過。唯有定芳總是一千個不放心，她頭一次看出劉炳的神氣，又見他百般地安慰，便早已起了個大疑團，細想這位知縣從來又不認識她，且與父親也並沒有什麼情誼，怎樣會如此的照顧？心裡就有幾分猜著了。所以時時刻刻叫定一提防著，因為不好說明，所以定一亦不在意。

當日見哥哥往衙裡去道謝，她便想著尋一個人，問一問這劉知縣的為人究竟是好是歹，遂信步出了房門，恰看見對面一間房屋裡，有個半老的婦人，坐在窗口邊做針線，料想此處是過客的逆旅，哪裡會有婦人家長住在這兒的道理？諒一定是老闆娘子了，這卻好去問問她呢！

便走到那房門口施禮道：「媽媽你太忙了，怎麼成日家地做生活，不怕勞苦了麼？」

那媽媽看見定芳小姐來問她，連忙起身還禮，她也早知道他兄妹倆是本地知縣親自接來的，所以不敢怠慢，便請定芳進房內坐坐。

媽媽道：「小姐貴處何地，所搬的靈樞是府上何人？」

定芳答道：「我們是信州人，先父在日做江西招撫使，後因國家變故，遷官至福州前朝亡了，便遺居建陽。因當今皇帝要先父北上，先父不肯，故憂鬱而亡。如今搬的靈柩便是先父的啊！」

媽媽道：「難得你們這孝兒孝女，千里風霜，倒使人敬重的。小姐府上是不是與我們這裡父母官有親誼麼？」

定芳答道：「沒有什麼親誼，不過也因為當今皇帝的意思，略為照應

罷了！」

定芳乘此機會，便問媽媽道：「本地知縣甚是慈祥，料來待你們這裡的百姓，是很好的了？」

媽媽聽了，略略把頭一低，便不言語。

定芳又問道：「難道媽媽怕煩麼？」

媽媽便抬起頭來說道：「我聽小姐先說劉老爺不是府上的親誼，是麼？我也略略地給你說一說，小姐千萬卻不可說出來，那我是吃不下的。」

定芳道：「你儘管說罷！」

媽媽遂嘆口氣說道：「我們這劉太爺，不曉得是哪一個閻羅夫子遣來的魔王，他到這裡也快要兩年了，他不管百姓的事也罷了！卻偏偏愛管閒事，無緣無故地把人家男女拉進罪門裡去，什麼叛黨啊，強盜啊，誣賴著活活地辦了投刮的罪，還要把人家的田產沒收了，妻子女兒們卻又待得很好的。我們這裡的豪富家，哪一個不曾是這樣辦呢！好了，我也不曾記得清楚。並且平常我們老闆也不許我亂說。小姐，還是講別的話罷！」

定芳聽她東拉西扯地說了一會，也曉得其中的意思，遂起身對媽媽道：

「我還有些小事情，明天再來談罷！」

媽媽送出房外，定芳回到自己的屋裡，悶沉沉地望著，想到自己的身世這樣的艱苦，父親為國盡忠，只落得一個枯骨還鄉。留下可憐的兄妹，奔走天涯，偏偏又遇著這不識廉恥的劉知縣，究竟你居心要怎麼樣？哥哥一脈老誠，尤恐落其圈套，想來想去，不覺淚下如雨。

時值秋末冬初，涼風習習，便無聊似地執著禿筆，寫了幾句兒道：

平沙雁渡，秋老蟲眠，良辰已逝菊花殘，剩得孤雛冷豔。

本欲再寫下去，心中卻一陣的酸痛，又儘量地哭了一會，拋下禿筆，倒頭便睡。

直到下午，定一才從衙門裡回來，看著妹子擁被高臥，他推醒她道：「妹妹你吃過飯麼？」

定芳見兄長回來，便起身問了定一到衙門裡去的事情。

定一說道：「這劉知縣卻很是難得，以後我們回家，倒要常常寫信來問候

問候。」

定芳嘆道：「曉得以後的事體如何？我想還是明天快走為妙。」

定一道：「又說府尹要召見，不知怎麼，今天一天都不見有人來。明天我去問問劉知縣，如其不召見了，我們便走。」

不覺又是一天，到第二日早晨，定一方欲往衙門裡去，忽人來報道：「門外有一官人來見。」定一便出去接見，原來是縣衙中的一位紹興師爺，當下請到裡面入坐。

定一問道「老先生來此，有何事賜教？」

師爺說道：「來此別無甚事，特來討杯喜酒，料閣下必不見吝。」

定一道：「此話從何說起？愚兄妹正當父喪，還有什麼喜事！」

師爺道：「閣下不知嗎？劉知縣慕令妹的才華，欲聘為內助，想近日待閣下這番的恩義，諒閣下已必心許可了。」

定一聞言大驚，忙說道：「焉有此意？請老先生轉致縣台，就言孤苦人感謝盛德，且今要即速回里安葬靈柩，愚妹之事，以後再提罷！」

師爺笑道：「哪裡有這樣便宜的事，你難道不知道本縣台的性格兒麼？

依我說還是順從的妙，鄙人也落得做個現成的月老，並且閣下以後的事還好辦些，不然怕有些不便罷！」

定一聞言，無語回答，心中又恨又怕，呆呆地把頭低著，師爺便起身說道：「閣下快進去商量罷！鄙人午後來聽回信。」說罷出門去了。

定一見他走出，便回身至後面來，定芳接著說道：「所講的話，我已經明白。哥哥，我以前給你說的怎麼樣？今已果然露出了原形，這便怎了！」

定一道：「這賊子既起了壞心，諒我們也逃走不了，只好聽天安命，否則，拼著一死，去見父親便了。」

兩人痛哭不已，心中再也想不出一個主意來。

到了午後，紹興師爺果然來討回信，並說縣台決定三日後迎娶的話，定一也不理睬他，便欲即時要搬起靈柩回去。

師爺說道：「我好好地勸你，還是答應了罷！如其不然，恐怕你也飛不到天上去，再會罷。」

定一見他憤憤地走去，必有緣故，急忙同妹子商量辦法。

定芳哭道：「只因父親靈柩在此，我們不能遠離，哥哥，你快先行逃走，

妹子守著靈柩，若他來相逼，便以一死了之。」

定一道：「這是要不得的，妹妹是女流，必不可一人在此，還是妹妹先走罷！」

定芳想著，便去尋到老闆娘子屋裡，備說這樣情形，請她設法。媽媽道：「天啊！怎麼小姐遇到他的手裡，這怎麼辦呢？」

定芳哭得淚人兒一般，媽媽道：「依我的主意，還是小姐先躲避一時，然後叫你哥哥先走，你父親的靈柩放在這裡，倒不要緊。」

定芳哭道：「此地無親無眷，躲到什麼地方去呢？」

媽媽道：「你快同我去，領你一處地方罷！」定芳便告訴了哥哥，即同媽媽變裝束到了鄉下去了。

這裡定一正欲收拾逃走，被衙門中差役把他拿去，誣他是違背朝廷，私集黨徒，欲與枋得復仇等詞，鎖押監內。然後便欲正式要脅定芳的婚姻，方知早已逃匿無蹤。劉炳大怒，痛斥定一沒有天良，以怨報德，把前次那一番情義忽然變卦。定一無奈，只得任他擺佈，卻憂著妹子是怎樣下場。

誰知定芳自逃到鄉下以後，又打聽得哥哥被拿收監，悲痛不已，乃聽媽媽之計，請人下府暗裡去告了一狀，卻連一張批示也沒有。明知道府尹是他們一黨，若不去上告，難道眼見得定一坐死牢獄，且靈柩不能還鄉，終朝哭泣，結果還是央求媽媽設法幫助了些旅費，收拾行李，不分晝夜地跑到燕京來，準備尋著前朝的遺臣在元室作官的，投進狀紙去。

就有人給她指示道：「現在那集賢直學士趙孟頫，很為當今皇帝信任，他又是前朝的老臣，與尊父亦很相得，若到他那裡去告訴，必定能替你復仇了。」定芳便直到學士府，將呈詞遞上去。

這個直學士趙孟頫，號松雪，係宋朝宗室，世祖前派御史程文海聘來，同趙孟適、葉李、張伯淳、留夢炎等齊出仕。會丞相桑哥黨羽在朝野不法，剝削民膏，天怒人怨，曾上疏奏請下詔蠲除桑哥所鉤考之錢穀，世祖准奏。後世祖又召孟頫，問葉李與留夢炎優劣，孟頫奏稱葉李能伏闕上書，彈劾賈似道，並諷及桑哥行為。世祖為之動容。

後徹里、不忽兀接到河北鄉民陳稟撤木哥等種種枉法，那時怕沒有證據，反不能制服桑哥，今他既接到定芳的陳訴，當下往徹里閣門裡來。

第四十三回　世祖駕崩

朱門啟處，虎帳開時，現出侍御徹里，同參知政事不忽兀，正在討論，連日接到河北鄉民呈訴府尹撤木哥及屬吏等虐害百姓的種種罪惡，並調查得丞相桑哥得賄款四十餘萬，強佔民間少女，充作歌妓，約五百餘戶。撤木哥及其屬吏因姦逼死貞節婦女，約數十名。真憑確據，收集不少。

當下不忽兀說道：「此案已有頭緒，明日不妨奏聞聖上。」

徹里道：「桑哥丞相久得主上信任，此事關係重大，最好還須聯名上奏。明日餘當先啟，公等將證據呈詞，檢點呈進，諒桑哥也難逃此咎了。」

正言之時，直學士趙孟頫以謝定芳訴狀帶到，述明一切情形。不忽兀不覺拍案道：「有此實證，何患聖上不能聽從？」遂一面召集各官，預備明日早朝奏本。

次日世祖見龍案上堆滿了告發丞相桑哥黨羽的奏摺，徹里又上跪奏道：「丞相不務德政淆亂朝野，殘暴不仁，民不堪命，乞請懲罪，以伸民怨。」世祖因一時淺見，以為徹里等詆毀大臣，即命衛士批頰，血流口鼻，百官見此光景，大驚失色。

少頃徹里復涕泣奏道：「臣與桑哥本無仇怨，不過為國大計，所以方敢直諫，若臣偷生畏死，奸臣何時除？民害何時息？望陛下今日殺了桑哥，明日殺臣，臣死瞑目無恨了。」

不忽兀、趙孟頫、諤爾根薩里等，均俯伏進言桑哥種種不法的實證，並將撤木哥放縱劉炳陷害謝定一兄妹一事，及定芳本人來京告狀等詞詳細奏聞。

世祖不覺感動，又聞謝侍御行靈被桑哥黨羽阻擋，欲陷害其子女等事，當即大怒，遂下旨，凡群臣所知桑哥及其黨羽不法之事者，准其奏聞。於是廷臣你一本我一本，哪怕你桑哥口吐蓮花，也經不住眾人的劾奏了。

世祖見百官都言桑哥種種失德，遂著衛士協同徹里、不忽兀一般大臣抄查桑哥產業，計算比宮廷還要殷實，世祖方才十分地怨恨桑哥，立即下詔免職查辦，府尹撒木哥及屬吏劉炳等，並桑哥朝內朝外一切黨羽，概行遞解來京伏罪。並派謌爾根薩里放糧賑濟河北民眾，獄內放出定一，賜錢千貫，同定芳扶柩回信州安葬。

世祖深怪桑哥在朝既已四載為惡，臺臣怎麼隱而不言。有御史杜思敬奏道：「奪官追俸為上所截，於是臺臣中斥去大半。」謌爾根薩里亦不能辭其咎，詔即免職留任。葉李同任樞要，一無匡正，亦令罷官。

前桑哥一班趨勢至炎的人，與桑哥建祠，令翰林學士閻復撰文，至是已改廉訪使，亦令免官坐罪。

這一場朝中大事，幸虧世祖尚能明察，剷除奸黨，內外一新。於是世祖欲以不忽兀為丞相，召不忽兀與語道：「朕過聽桑哥，以致天下不安，目下悔之無及，只可任賢補過。朕觀卿幼時，使從學政，正為今日之用，任卿為相，卿其勿辭。」

不忽兀道：「桑哥此次忌臣甚深，幸蒙陛下聖鑒，諒臣愚忠，得全首領，

得備位朝廷，已稱萬幸，若再不次擢臣，無論臣不敢當，就是朝廷勳舊，亦未必心服呢。」

世祖道：「依卿看來何人可任？」

不忽兀道：「莫如太子詹事完澤。」

世祖道：「何以見得呢？」

不忽兀道：「曩時完澤借河合馬家，後抄出借簿，所有賂遺近臣，統錄姓氏，唯完澤無名，完澤又常謂桑哥為相必敗國事，今果然不出他所料。有此器望，為丞相定能勝任了。」

世祖乃命完澤為尚書右丞相，不忽兀平章政事，朝右一清。

時又有中書崔彧奏請桑哥當國四年，賣官鬻爵，無所不為，親戚故舊，盡授要職，其妻舅要束木現充湖廣平章政事，以桑哥關係，行為更屬不法，請清查嚴辦云云。又有臺臣糾參黨附桑哥之納剌丁、忻都、王臣濟等作惡不類，流毒江南，乞即加誅，以謝天下等云。

世祖一併准奏，下詔凡屬桑哥黨羽查其罪輕者，一律削職為民。要束木系遞來京，抄沒家產，得黃金四千兩，即命正法。納剌丁、王臣濟等罪在不赦，理應斬首，唯念忻都長於理財，暫加赦宥。

不忽兀力爭不可，一日連上七疏，世祖只得從獄內把桑哥提出，同忻都一併推出午門，梟首示眾。於是內外肅清，人心大快。

世祖正欲安坐朝廷，忽江南各省飛遞告急文書，言廣東民董賢舉，浙江民楊鎮龍、柳世英，循州民鍾明亮，江西民華大老、黃大老，建昌民邱元，徽州民胡發、饒必成，建平民王靜照，蕪湖民徐汝安、孫惟俊等，先後倡亂，擾亂百姓，本地官軍不能制止。

世祖急派大員統兵前去，只因此時左丞相伯顏出鎮和林，不在朝中，所派將士不能致勝匪眾，反轉弄得來前後牽制，世祖只得又親自出馬，轉戰千里，才把匪黨全滅。但是也累得宵旰勤勞，一點空閒兒也沒有了。

世祖駕返燕都，幾天不能出朝，又思念著北方軍務，究竟已成了什麼地步呢，乃遣大臣持詔，往西北慰勞皇孫甘麻剌及左丞相伯顏，曉諭他們早些結束軍事，也免顛沛百姓。

看官，你道甘麻剌、伯顏在北邊是怎麼一回事？因為敘朝中的變故，未暇顧及。

原來伯顏自出鎮和林後，威望素著，海都倒怕他的威勢，不敢像從前那樣猖獗；他卻另想一法，去唆使諸王中的明里鐵木兒，統兵來攻和林，伯顏出兵阻截，行至阿徹忽突嶺的地面，看見敵營倚山下寨，伯顏當先揮著令旗大呼道：「養兵千日，用在一時，眾軍宜當奮勇，以報國家。」便揮槍縱馬直闖入敵營，眾軍見主將奮勇如此，大家鼓勵，個個爭先。

明里鐵木兒見手下兵士抵敵不住，忙轉回後營，爬山而逃。伯顏揮眾掩殺，又令速哥梯迷禿兒等驅兵追趕，大勝而回。

伯顏徐徐退軍，行到必失禿嶺，仰見鳥飛不下，獸梃亡群，伯顏諭眾軍道：「此地必有埋伏。」叫在山下立營，不准外出。倘遇敵軍，可用箭飛射，違令必斬。

眾軍個個膽戰，守至夜深，果然山中有戰兵前來衝營，卻盡被飛箭射退，延至天明，伯顏揮眾速追，如風掣電擊一般，那前面所有的敵眾，急急如喪家之犬，忙忙如漏網之魚，又經速哥里迷禿兒由斜裡圍裹上來，把敵軍殺得叫苦連天，有些好容易逃出去的還算是僥倖了。

伯顏得勝收兵，共斬首二千餘級，還兵和林。

這明里鐵木兒打了敗仗，又怕伯顏追蹤趕來，日夜膽戰心驚，後來知道此次交兵，全由海都唆使，便想道：若無海都，我何致到這步田地？只得遣兵投降伯顏，伯顏也就容納下了。

海都聞報，大起軍將來攻，伯顏持定慎重態度，不准出戰。朝中官員以為伯顏怯敵，遂劾他久鎮地方，觀望遷延，日月既久，毫無尺寸之功，甚至有人說他通好海都，不肯出戰。

世祖將信將疑，遂詔回皇孫鐵木耳，授以軍符，統率北方軍務，又以太傅玉昔帖木兒相輔而行。召伯顏還居大同，靜候旨命。

伯顏聞旨，亦無慍色，部下諸將卻大都有些不服，均言：「我等從丞相甚久，也曾替國家出了好些氣力，看看賊勢稍平，何故要調回丞相？我等知道將在外，君命有所不受，請丞相先破敵，再詳理，我等願出死戰。」

伯顏道：「只要你們肯戰，我就先遣人去制止君命，然後破敵。」遂遣使止住鐵木耳等。

伯顏揮軍出境，用驕兵之計，傳令將官，只許敗，不許勝，敵戰五日，連敗五陣，退兵五十里，諸將均不解其故，大家請願猛力攻敵，伯顏只是不肯，

一連又敗了三五陣，又退四五十里，諸將大憤，入帳稟道：「我等自願出戰，如不勝，甘當將令。」

伯顏嘆道：「海都懸軍入環，十步九疑，我若勝他一仗，他即遁去，我今誘他入險，使他自投羅網，然後一戰可擒，諸君定欲一戰，倘海都遁去，誰人負責？」

諸將又道：「話雖如此，不過此時皇孫鐵木耳同太傅在後監軍，倘見我等不勝，反以言奏聞主上，那時不是太冤枉了嗎？」

伯顏復嘆道：「既如此，諸君可努力一戰，看誰立功，不過便宜海都了！」當下萬眾一心，勇躍前進，以一當百，奮力死殺。

海都卻也老於戎事，見此次來攻與前大不相同，知道必不能抵抗，遂命部眾向平原路退走。

伯顏軍兵趕來，他不過略略傷些兵士，僥倖地逃脫了。

伯顏看不能擒獲海都，沒奈何只得退軍而回，入帳埋怨諸將，諸將惶恐無地，伯顏也未十分責備他們，大家感德。

伯顏遂遣人往迓欽使，鐵木耳和太傅到來，伯顏置酒接風，然後交割印信與玉昔帖木兒，便欲起程。

鐵木耳道：「公去何以教我？」

伯顏道：「杯中之物請勿多飲，還有一件應當謹慎的，便是酒色二字。」

鐵木耳道：「謹受教。」於是伯顏心裡安安穩穩到大同去訖。

是年已是至元三十年，安南王遣使入貢，因前傲慢天國使臣梁曾，世祖欲興師問罪，命諸王亦里吉解等，整兵聚糧，擇日南征。

忽司天監奏稱：彗星出現，紫微光芒數尺。世祖頗引以為慮。至夜召不忽兀入宮問道：「卿博學多聞，如何可弭天變？」

不忽兀道：「昔漢文帝時，同日山崩，多至二十有九，日食、地震，也是連歲頻聞，文帝乃求言省過，所以天亦悔禍，海內承平。為今之計，願陛下善法古人，天變自然消了。」

世祖聞言，不覺悚然，不忽兀復口誦文帝《日食求言詔》，世祖方道：「古語深合朕意。」於是輕賦稅，賑災民，大赦天下。

明年元旦之日，世祖臥病不朝，次日召丞相知樞密院事伯顏入京，越十日伯顏自大同來，又七日世祖病危，伯顏與不忽兀等入宮受命，越三日世祖崩，

在位三十五年，享壽八十。

親王及諸大臣發使哀告於皇孫，知樞密院事伯顏鎮靜料理內外一切事宜井井有條，雖皇孫未歸，亦猶有天子在，百官莫敢絲毫隱微。

過了數日，靈駕發引，葬起輦谷，從諸帝陵。

世祖一生，功不補過，迭任貪官，崇拜僧侶，汙亂官闈，最是失德的地方，不過尚能納忠臣之言，稍可自解罷了。

且說皇孫鐵木耳聞訃，急從和林還朝，生怕朝中諸王謀變，於路上同太傅玉昔帖木兒商議，星夜馳入上都。

將至虎台地面，有右丞相張九思率兵來迎，並奉上傳國玉璽一枚，此璽並不是世祖所用的御寶，乃是周秦傳國之至寶也。

在世祖未崩的時候，為木華黎的曾孫碩迪所得，碩迪家中貧寒，死後無有錢舉辦喪事，其妻始將此寶賣於市，恰好為中丞崔或所得，或與尚書監丞楊桓辨認印上的文字，乃是「受命於天，既壽永昌」八個篆字，或驚異道：「此乃秦璽，怎麼落在市間呢？」他便抱定忠君的定義，恭恭敬敬地去獻給皇孫鐵木耳之生母弘吉剌氏，弘吉剌氏看見此寶，不禁大喜，遍召群臣入賀。

這些大臣都明知道將來是皇孫鐵木耳的福氣，個個卑卑曲曲地給弘吉剌氏頌德，並且隱瞞著不與世祖知道，遂到世祖崩從，方才遣右丞相張九思率領禁軍來獻。

鐵木耳見璽，十分地慰勞他們，遂入京城，文武百官齊來道賀，獨諸王中有數人不與。左丞相伯顏帶劍殿上，宣揚顧命，備述選立皇孫的意思，太傅玉昔帖木兒及甘麻剌諸親王一致附和，諸王無可如何，只得偕同百官奉鐵木耳為皇帝。

鐵木耳乃南面即尊，下詔大赦天下，上大行皇帝尊謚曰聖德神功文武皇帝，廟號世祖，追尊故太子真金為裕宗皇帝，生母弘吉剌氏為皇太后，改太后所居舊太子府為隆福宮。以玉昔帖木兒為太師，伯顏為太傅，月赤察爾為太保，並罷南征安南之兵。

於是朝政大定，後來鐵木耳尊號成宗。以下便稱成宗了。

是年十二月，有大星隕於西北，聲如巨雷，廷臣共以為不祥。忽數日後，人報太傅知樞密院事伯顏病歿。成宗聞報，悲悼異常。誠念伯顏智勇足備，功冠廷臣，遂贈太師，謚忠武。

第二年即成宗元年，改元元貞，立伯岳吾氏為皇后，又授嗣漢三十八代天師張興材為太素凝神廣大尊人，管領江南各省道教。

還有一件很為元宮帝后妃嬪作代表的一件事，便是元宮中淫亂情形寫真的一件奇聞，在下不能不慎重表明，詳細記載。目今第一段的題目，便是太后弘吉剌氏寵愛西僧，建造五臺山佛寺的一樁隱情。

原來這件事實係在成宗的第三年改元大德的時候發生。其山在山西省五臺縣東北，五峰聳立，高出雲表，山岡上峰巒重疊，無林木叢生，形狀如臺，故名稱叫五臺。

從前世祖在的時候，就很相信佛教，那時就推八思巴為帝師，尊崇備至，所有西域土番之官吏盡歸帝師管轄。又每天設朝，百官拜跪，獨帝師擺坐龍案之旁。又命宮中上至后妃，下至宮娥均要受戒，向帝師前虔誠頂禮。帝師卻公然受拜，這是多麼尊貴。復號八思巴為大寶法王，到八思巴死後，其弟亦憐真嗣職，尊崇如故。亦憐真不久亦死，西僧答兒麻八剌乞列承襲，所有權力與八思巴相同。

及世祖駕崩，朝中大臣以為這下可以解除帝師的權柄了，偏偏這位久死丈夫、寂寞終朝的弘吉剌氏太后坐著無聊，比世祖信任西僧越發來得厲害。

也是這一班僧人從來沒有走過這步紅運，見太后這樣的寵愛他們，他們更拿些玄秘不傳的妙語哄得太后及一班妃嬪，莫不眉開眼笑。這些僧人，每當念經誦咒的當兒，又特別表示嚴肅態度，高歌朗唱，常常得著太后的獎賜。其中的景況，一時也難細述。便是成宗亦受太后的指揮，深信難疑。

這八剌乞列拿帝師的資格，請太后建築五臺山一座大佛寺，以便眾弟子為國家祈禱福祿。太后當然一聽便從，並欲造成之後，討厭宮中太覺冷淡，要常常到那裡去玩玩，所以立刻傳旨，命司程陸信等統率工役前去監工。

這樣一個旨意下去，便苦壞小百姓，在五臺山下演了一幕大慘劇！

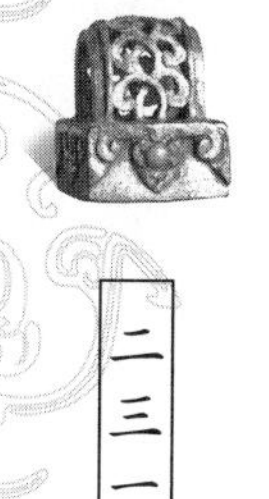

第四十四回　五臺西僧

司程陸信領了太后的旨意，叫他於一月之內，招集民工修造五臺山佛寺，倘違旨遷延，令有司拿辦等辭，不覺恐慌起來。

本來平常間太后的話是非常有效力的。當今皇帝又是她的親生兒子，誰敢違背她的命令？想來想去，還是一個沒有辦法，不覺嘆道：「旨意這樣的緊急，我也顧不得道德不道德了！」遂催著工部，火急行文山西都護府，要開工之前十日，招集民工五萬，日夜輪流監造，自己便領了八剌乞列的圖樣，往五臺山去訖。

這邊都護府接到文書，哪裡還敢怠慢，便派員到各縣分派民工若干，齊到五臺山做工，這些小百姓，明知道國家的事體不好辦，也因為前次徵往開通惠渠，不但沒有半文工錢，就是一天兩頓飯也吃不飽，有時候工作慢了些，還受著很重的鞭笞，所以此時聽見又要他們去修造五臺山佛寺，哪個還肯去做？便大家藏頭縮尾，連門縫也不敢望一眼。

無奈這些領著聖旨的大官人，走到一個地方，兩隻眼睛暴烈烈的，露出威嚴的氣象，他由戶口清查，每家應抽一人前去，也不管你能與不能，一絲兒也不敢反對。

這些小百姓到了此時，就有不能分別的地方，也要叫你分別了，弄得哭哭啼啼，相對悲哀，只見爺娘妻子走相送，牽衣頓足攔道哭，那些催督工人的官員，哪個還耐得煩等著你麼？當下用了個最簡便的法子，拿一根麻繩，十個一排穿著，然後用一根總繩在前面拉起就走，後面又用武器押著，不走便老實地打，這卻便當得多了，不到十天的工夫，把各縣的民工招齊，連夜趕造起來。

陸信倒覺得這麼多人幫他的忙，也就不管你們百姓苦不苦了。如此地做下去，不到一月，公然把一個大佛寺造成，不過佛寺的後山下面，已埋著枯骨不少了。

陸信回京覆旨。太后聽得佛寺完工，便命廷臣準備鑾駕，擇日偕同西僧及一班吃閒俸的王公大臣，浩浩蕩蕩徑向五臺山來。

成宗心裡雖然是相信佛法，總覺得此次太后同許多僧人一路，外面上總有些不雅。又見平日太后常常召些僧人到內庭誦經，一個個都有些鬼鬼祟祟的，本欲禁止僧人入宮，又懼著太后的威嚴，所以心中不樂，朝中大臣也不敢冒昧啟奏，大家嗟嘆一回罷了。

卻說太后不一月到了五臺，該地官民自有一番跪接之禮，太后入得廟去，見造得同心合意，便對八剌乞列道：「帝師觀著，頗雄壯否？」

八剌乞列道：「佛寺雖壯，惜乎材料不堅，恐怕經不住風雨催折。」

太后笑道：「誰教你不中用，畫這個小小兒的圖樣，還須另覓好的罷！」

八剌乞列也笑道：「謹當為太后留心。」當下遺俯至正殿坐下，隨行百官及寺內僧眾俯伏叩賀。

太后傳旨，要在大佛殿參禪一月，所有朝中大小事務，一概著大臣代表，無故不得擅入，百官俱唯唯而退。

這位太后的意思，好容易才得到這清閒娛樂的機會呢，想當初充太子元妃時，與朵兒只偷偷摸摸的勾當，倒實在有些不快活，虧得朵兒只用盡全副精神，才免了那暗中的寂寞。

不幸好景不長，嫩不經抽，在那又驚怕，又勞動，而又黑暗無光的地步，活活斷送了朵兒只一條性命，卻又好不容易得到帝師的傳授，使成宗深信不疑，遂常常借著誦經頂禮的一個題目，把西僧弄到宮中，做那不明不暗的事體，搭些久旱逢甘露的頭陀到了宮內，不知勾搭了多少妃嬪宮娥，只因太后與八剌乞列做出了那些事，倒也不便干涉這些宮人，由他們興之所盡，卻只瞞著成宗一人罷了。可憐這位皇帝還在夢中未醒，每日家還阿彌陀佛的在八剌乞列當面領教。

從太后與帝師私通以後，卻是人心不足，常常要想得隴望蜀，作他下半世的快樂。所以想著建修五臺山的佛寺，可以放開膽子到那裡詳細領略一回。

八剌乞列自知此次的職務委實有些抱歉，便想尋著一個比我高明一點的去代替一下，果然這個主意被他射中，當進獻與太后時，得到許多獎勵的言語，照這樣過下去，不覺一月有餘，各大臣以為太后如此的誠心念佛，倒覺不好去催促鑾駕回都，甚至一二月間，連太后的面也不能一見。偶而有朝中的事前去啟奏，只聽得太后傳話下來，叫他們斟酌辦理，勿擾亂太后參禪的心，百官只好遵命不言。

此時卻惹動了一位不識相的監察御史李元禮，實在有些看不過意，便想捨卻那個官兒不做，竟直言草奏。其奏章中有扼要的幾句，道：

五臺山建造寺宇，工役俱興，供應煩重，民不聊生。伏聞太后臨幸五臺，為時既久，當此盛夏酷暑，飲食起居多所不便，遠離朝廷一千餘里，水土既不相符，萬一調養失宜，悔之何及？我佛以慈悲為教，雖窮天下珍玩供養不為喜，雖無一物為獻亦不怒。今太后欲為萬民求福，遠勞聖體，數月以曠，使天子失定省之禮，萬民增勞苦之怨，伏望命期回轅，端處深宮，上以循先皇后之懿範，次以盡福天子之孝誠，下以慰元元之望，如此則不祈聖而福自至矣。

參至五臺，百官正欲有一人出諫，以規太后之心，當即奏上。太后覽奏，觀言語多所諷刺，料定參禪的事必瞞不過他們，倘若一鬧糟

了，還有面子回宮麼？不得已順水推舟，命駕回鑾，免成宗有了疑惑倒有點不便。百官聽聞太后有意回鑾，這才大家附和著請行。太后傳旨所有僧侶，均著寺內供養，撥費巨萬，八剌乞列帝師仍舊回朝供職，這才算把太后迎回。

成宗奉駕回宮，文武百官齊來道賀。左丞相完澤、參知政事不忽兀均奏道：「李御史請鑾駕回朝有功，望聖上獎賜。」成宗便加元禮的官爵。元禮私嘆道：「太后回朝，萬民俱幸，於我何功乎？」遂辭加爵，仍就原職。

總算五臺山的趣事，未鬧得十分的糟糕，尚不致給成宗失盡體面。這事方罷，忽又來驚報，言海都復猖獗得很，請朝廷火速發兵援救。於是成宗命欽察都指揮使床兀兒領兵抵敵，卻因為前次海都被伯顏戰退，兩年不敢入寇，即聽聞世祖已殂，伯顏又歿，便乘隙進兵，佔據八鄰，即今阿爾泰山西北，地勢非常險要。

欽察都指揮使床兀兒，是土土哈的三子，前曾隨土土哈肅清遼河，多積功勞，封昭勇大將軍，出鎮欽察。聞海都復猖亂，攻陷八鄰，會成宗使命至，遂領兵越過阿爾泰山來攻海都。

海都遣大將帖良台與床兀兒抵抗，兩軍遇於答魯忽河，帖良台阻水紮營，堅壁不戰，床兀兒心生一計，命眾將調兵至兩河岸之山後埋伏，每人拿金鼓之類，夜深出山前吶喊，作攻營狀。帖良台慌忙驚起，命兵卒抵禦，當他們出兵時，山後又無影無形了，候他們解甲安宿，山前又齊聲吶喊，聲震山嶽。帖良台出來時，又不見了。

如此五夜，弄得帖良台上下兵將，一個個心驚膽戰，帖良台只得退兵五十里下寨。這裡床兀兒復進攻，行至雷次河，遙見大旗招展，塵土沖天，料是海都援兵到了，當下揀選精壯士卒作為先鋒，自己一馬當先，衝上前去。

敵將孛伯擁眾來迎，剛到河畔，被床兀兒兵士奮勇衝入彼陣。孛伯兵大亂，不及施威，早被床兀兒帶領眾軍東砍西殺，屍橫遍野，血染通渠。帖良台落荒敗走，計點兵士，十死去九，遂還報海都去了。

床兀兒得勝收兵，表奏天子，成宗大喜，下詔慰勞。

時有諸王也不干叛應海都，成宗以駙馬闊里吉思往討被執，不屈身死，成宗封其子術安為趙王嗣位。海都便乘此機會，復統兵入寇，並令察合台汗八剌

之子都哇同領兵南侵。成宗命叔父闊闊出總兵前去，闊闊出無膽不能勝任，乃改任兄子海山前往。

海山有智略，抵敵境時，一夜便殺退海都。海都遁去，休養約一年，又同都哇傾寨而來，海山忙召集各路援軍抵禦。

有都指揮使牀兀兒來會，海山聞他智勇足備，忙迎入帳中，慰勞已畢，問道：「今海都、都哇傾寨而來，勢較前盛，將軍以何策退之？」

牀兀兒道：「海都之兵，狀如飛鳥，一經弓彈則皆驚散了。哪怕他傾國而來，何足道哉？明日某請作先鋒，王爺領兵夾攻，必能取勝。」

翌晨，天色將明，海山便點齊兵將，吶喊而進。

牀兀兒帶領三千健卒，奮勇殺入敵陣，海都、都哇倉卒舉兵，毫無頭緒，被牀兀兒圍裹攏來，砍殺大半，又經海山後軍攻陷敵營，海都、都哇前後不能救應，倉惶逃逸，所領兵士見無主將，各自逃生，海山與牀兀兒合兵一處，降敵眾千餘人，收拾折馬匹無數，遂領兵還。

這一次大戰，海都失卻銳氣，強兵猛將折卻無數，只逃得些少兵卒回境，不覺把從前一番雄心灰去大半，嘆道：「孤出兵以來未嘗若此，今天亡我乎？」遂鬱鬱回國，憂病而死。

其子察八兒嗣位，都哇因見元室兵強將勇，未可入寇，遂乘勢勸察八兒同齊遣使歸降成宗。成宗遂詔諭床兀兒、海山累建大功，賜以衣帽金珠，又拜床兀兒為驃騎大將軍，仍使回鎮欽察部，一面諭都哇及察八兒略有嘉獎。

至是，欽察汗忙哥帖木耳見都哇、察八兒均已降順，自己孤掌難鳴，亦遣使請降。成宗亦派員至欽察安慰，總算把四十餘年的邊患一朝停止。

成宗見內外肅靜，不覺喜形於色，一日鎮樂太后問道：「母后前遊五臺，尚安樂否？」

太后鎮靜道：「也不過欲為萬民祈福，雖是天氣酷熱，倒未感冒病症，想必帝師之功也。」

成宗正色道：「帝師之功，兒當知之，唯望母后以後勿再召僧侶入宮誦經，兒心安矣。」

太后此時明知有了風聲了，只得隨說道：「皇兒說話很是，以前也不過以為宮中清靜些兒，故此叫他們入內，從此在外殿去諷誦罷了！」

成宗退出，自此也不像從前那樣尊崇帝師，面子上卻與八剌乞列如舊，免

群臣疑惑太后之行為。太后亦自想年紀高邁，什麼滋味也嘗試過了，何必一定要鬧得翻臉才收手呢！於是也就改形斂跡，尚不致母子間發生惡感。

清清平平地過了一二年，就算元室無爭戰之秋。

唯久靜必動，是年又有南方緬甸之亂，鬧得委實厲害，朝廷免不得又要派兵前去征討，其中一段原故，是在成宗收伏諸王之時，緬王的立普哇拿阿迪提牙，遣子僧合八的奉表入朝，並每歲增加銀帛，年年入貢。成宗頗嘉許他恭順朝廷，便賜以冊印，並命僧合八的為緬國世子，賞給虎符。僧合八的歸國，事元維謹。

時緬人僧哥倫欲驅逐緬王，糾眾作亂，緬王發兵往征，大破其叛黨，並執其兄阿散哥也而回，繫之於獄。後來阿散哥也和僧哥倫同時請罪，緬王便將阿散哥也放出。誰知他懷恨在心，常思報被囚於獄中之仇，竟招集亂黨，勢甚猖獗，乘緬王不備，突兵入緬都，將緬王拘禁在豕牢之中，痛恨他前番幽囚之罪，旋即將緬王弒了，並害其世子僧合八的。

獨有次子窟麻剌哥徹八逃至燕都，哭訴其父兄被害情形，請成宗發兵報仇。成宗遂命雲南平章政事薛綽爾發兵一萬二千人往征。薛綽爾奏報軍務，言緬賊阿散哥也勢焰日張，又有八百媳婦為援，恐些少之兵難以濟事，請再發精兵助陣，方免後患。會雲南行省右丞劉深亦貽書丞相，具言八百媳婦應該興師往討，以振國家之威，否則徒增阿散哥也之勢力，當不利於西南云。

此時不忽兀已卒，完澤當國，已得劉深之書，深信劉深的見識不錯，遂入朝奏請成宗發兵，道：「昔先皇世祖，神武聰明，統一海內，功蓋萬世。今陛下嗣統，未著武功，現聞西南有八百媳婦之猖獗，助逆叛順，正宜遣兵往征，以彰陛下之神明，永垂功績於不朽。」

言未畢，中書省臣哈剌哈孫出班奏道：「山嶠小夷，遠隔萬里，雖有叛黨倡亂，亦不啻患疥癬之疾，若遣使招諭，自可使之來廷，又何必遠動兵力呢？」

成宗猶豫未決，會弘吉剌氏太后闊闊真病勢垂危，不久即崩，成宗守制，未暇言兵。

平章政事薛紹爾不能征服叛囚，以致賊勢蔓延，八百媳婦更加助紂為虐，緬王次子復哭章於朝廷，為父兄雪恨。成宗便議起兵，不從哈剌哈孫之言，撥精兵二萬，歸劉深節制，詔諭火速進兵，征討八百媳婦。

御史中丞董士選又入朝諫道：「輕信一人，勞及萬民，亦非陛下恤民之道。」成宗不從，竟發兵去訖。

劉深奉到聖旨即統兵前進，無如他野心勃勃，此去反使自己斷送了性命，損朝廷的威儀。

第四十五回　紅娘子

雲南省中丞劉深奉到成宗的發兵旨意，便點齊五六萬人馬，浩浩蕩蕩直向緬甸進發，各官俱送至長亭餞別。

看他得意洋洋地催促兵丁前進，真個是金鼓鳴而山嶽崩，鐵騎嘯而風雲變，劍戟叢叢，甲士螻螻，說不盡他那一種像煞威嚴的氣象。原來他部下所徵集之兵，全是在民間強迫來的，百姓當然有不願意的，卻也無可如何，只大家拋妻別子，垂頭喪氣罷了。然而一路之上備嘗艱苦，本來交趾地面全是山嶺重疊，又無大道可行，劉深走到這裡，自己也帶三分懼色，何況這些不願意去的

兵士呢？於是死亡載道，慘不忍睹。

劉深沒法，便選些健壯的兵丁先行，令這些老弱的拋在後面。故聲勢雖大，完全不能實用。緬匪得知其詳，大為準備，又因時屆炎暑，瘴氣横行，兵士從來未受過此苦，當然一觸即斃。劉深見行軍不順，著眾將火速前行，正午休息，晚涼南進，如此六十餘日，始抵番邦關隘。守關蠻將哈里孫同嬌妻蛇節，聞劉深遠來，便商量開仗。

哈里孫道：「北蠻子深入重地，是來自尋死路，明日待我出去，殺他個片甲不回。」

蛇節道：「丈夫勿去，諒此小賊，何足稱道。明日待妾出去，發付他回去罷了！」

原來蛇節素有女中豪傑之稱，武藝高強人才出眾，一副花容月貌，令人見了真要銷魂，番邦給她取個號，叫做「紅娘子」。但她既生著這樣姣好的面孔，亦自負不俗，平日對於哈里孫確實沒有得到十分的滿意，心目中水性楊花，一夫萬難止其欲念。所以每每背了哈里孫，出去以打獵為名，見有標緻一點的後生，便被她眉來眼去，勾搭到無人之處，努力工作。

哈里孫久後也稍稍知道些隱情，卻怕她武藝比自己高強，也就沒奈何得她了。今見紅娘子自己願出去和北方蠻子打仗，口頭雖是在答應，心中頗有點不放心，想來想去，便說給蛇節押陣，以保萬全。

次日劉深兵臨關下，攻打甚急，忽見關門一開，閃出一員雪也似白面龐的女將，飛馬衝來，劉深見了，便先一馬躍出，問道：「小娘子，你來看新郎的麼？我勸你不要怒氣衝衝的，好好同我回去，不失你夫人之位呢！」

蛇節大怒道：「番奴，誰在同你饒舌，還不快來送死？」說著一刀砍來。

劉深忙用槍架著道：「小娘子何必這樣恨我？難道你還看不起我麼？」

蛇節聽他一味地胡說，便乘勢連砍數馬。劉深有些招架不住，虧得四員副將一齊上來，方把蛇節殺退，撥馬回關上去了。

這裡劉深回營，思念紅娘子美麗，欲要而不可得，幾乎把軍國大事忘卻，害成相思病了。

有一副將道：「大帥欲要那一番婦這也不難，只要驅眾兵攻破此關，何愁此婦不得？諒小小的城池也經不住我們的兵眾。」

劉深以言之在理，遂同眾將拼命地攻打城池，把哈里孫倒害怕起來，想自

己兵少，萬一打破，還有什麼生路呢？連日又接到城外射進來的恐嚇信，言只要把美娘子獻出，便不打關，否則打破城池，玉石俱焚，弄得哈里孫晝夜惶恐，不得已看看危險萬分，乃乘夜攜同紅娘子往南遁去。劉深打破關隘見沒有紅娘子，便火速前追。

卻說哈里孫逃到一位蠻酋宋隆濟的麾下，請發兵前去收復失地。宋隆濟也聽得他有美妻，便約哈里孫召來一見。蛇節到來，做出那種千嬌百媚的狀態，把宋隆濟弄得神魂不定，恨不得便上前去擁抱著，卻又見哈里孫在那裡怒目而視，遂暫時息下火氣，滿口承認給哈里孫發兵報仇。至夜晚，乃托言要蛇節商議軍事，密召蛇節入內，用陳酒將她灌醉，抬至帳中，將衣褲脫去。

此時蛇節被酒力轄制，心中也有幾分明白，只是四肢嬌嫩無力，卻乘勢假寐，任隨宋隆濟縱橫轉戰，樂得吃個大飽。

後來徐徐蘇醒，也無什麼怨氣，反覺得樂不思蜀，就此被宋隆濟隱藏帳內。蛇節放出平生的本領，與宋隆濟日夜宣淫。哈里孫明知其故，卻因為要他幫助，不敢得罪他，只好忍耐不言。

宋隆濟見他十分老好，也起了幾分良心，給他兵眾數千，前去攻打前站，自己帶了嬌娃統兵去攻打貴州各郡。日間在郊外相互行兵，夜裡在帳內交頭而眠，紅娘子此刻大遂心願，倒也想不起哈里孫了。

番兵竟抵貴州境，宋隆濟出戰，大敗元兵，知府張懷德被流矢所中，不一日死去。城內看看危險，劉深便提兵前來救應，星夜兵抵貴州。當頭便遇著一員女將攔住去路，劉深抬頭一看，正是朝暮思念的那位紅娘子美人兒，便說道：「好娘子，你真被我愛煞，你怎麼一點不識相吶？」

紅娘子也不答話，把刀就砍，劉深見勢不佳，只好奮勇圍將上來，希圖把美娘子活捉過馬。

蛇節見他們圍著戲戰，便虛砍一刀，跳出重圍，向山後而去。

劉深哪裡肯捨，急忙率兵趕來，大叫道：「美娘子，你往哪裡逃走，你就上天去，我也要跟了你來。」縱馬追逐，直至深山窮谷之中。

恰才轉了幾個彎頭，蛇節不知去向。劉深又追了一程，方欲收兵回去，忽聞一聲蠻鼓響亮，數千名番兵從山谷中殺出，一個個面目猙獰，狀貌可怖，耀武揚威，手提大刀，奮勇殺來。劉深見他們來勢洶湧，倒也有些懼怕，無奈被蠻兵團團圍住，左右衝突，不能得脫。

蛇節又回兵助陣，揮刀直砍劉深，弄得他前不顧後，後不顧前，向著蛇節道：「美娘子，你不願意也罷了，何必把我恨得這樣狠？」

蛇節道：「北蠻子，你今天已死在臨頭，還要說這樣話？看老娘給你個快信罷！」

劉深殺蛇節不過，又不能逃走。忽然宋隆濟又驅兵圍裏上來，雙戰劉深。這一來，弄得劉深如走馬燈兒一般。看看力怯起來，見自己的兵丁被蠻酋殺了一大半，恰才眼睛一花，被蛇節揮起一刀道：「北蠻子，我給你個快活罷！」說時遲，來時快，當頂一刀，眼見得劉深的魂靈，纏繞蛇節的馬後去了。

眾元兵見主將被殺，回頭亂衝，盡被數千蠻兵洗刷得乾乾淨淨的了。宋隆濟便提兵乘勢圍攻貴州省城，勢在危急。

成宗得到此消息，驚惶道：「若貴州有失，又長緬酋銳氣。」連忙遣劉國傑為帥，楊賽因不花為副，起四川、雲南、湖廣各地之兵，分道火速前去征討。

這道旨意被緬酋得知，深為恐懼，雖是連連在打勝仗，因為劉深不會用兵，又兼雲南統帥薛綽爾受賄，不參加作戰，以致宋隆濟等方有如此的快利。

至是，想元廷大兵一來，如何能抵擋得住呢？只得自行停止變亂，派使至燕京請罪，並願意擁戴屈麻剌哥撒八為緬王。

成宗見他們自肯改過自新，亦只好收回成命，並命雲貴川廣各省兵將停止前進。於是薛綽爾乘此機會把兵撤回。卻被南台御史陳天祥調查得薛綽爾受賄情形，及雲南參知政事高慶、宣撫使察宰均曾受緬酋金銀貽誤軍機，一併上表啟奏。

成宗見奏大憤，即行免薛綽爾職，廢為庶人，高慶、察宰二人解京正法，遂將南征之事擱置不提。而西南諸蠻又乘勢擾亂，幸得陝西平章政事伊遜岱爾統兵前去，不久即收服，成宗很為嘉獎。

唯有宋隆濟一部猖獗不尊王命，見元廷未遣兵來攻，便妄自尊大，竟自稱為王，佔據一隅，官兵也沒奈何得他。他遂肆性猖狂，每日縱酒極樂，虜掠民間；蛇節又賣弄風流，迷惑著他殺了好幾個姬妾，於是一人得寵，同宋隆濟日夜宣淫。

有一日，她竟向宋隆濟道：「妾前夫現在軍中，頗不願意，恐於王爺不便罷。」

隆濟道：「我是為王，諒他也不敢犯我吶！」

蛇節道：「他日欲封妾為妃，恐不好當面做出，還得從長計較呢！」

隆濟道：「那麼依你的意思要怎麼樣呢？」

蛇節做哭道：「妾今為王爺寵愛，本來也不顧得許多，但總是沒有他那個人作梗才好！」

隆濟思想此話，大有意要除卻哈里孫的，而自己也想哈里孫在當面是有些障眼，便借一個土官不服從命令的原故，竟將哈里孫斬訖。可憐哈里孫，自己的老婆被人占去不算，還斷送了性命。

蛇節見殺了障礙物，亦肆行無忌，隆濟便正式封蛇節為王妃。於是又聯絡八百媳婦，起數千蠻眾來擾亂邊疆。

成宗派遣劉國傑前往，幸國傑善能行軍，一到敵境，諸蠻子都有恐懼之意。隆濟、蛇節尚不知道國傑的厲害，還帶了數千餘名蠻兵闖入元營，國傑慌忙指揮將士四面抵敵，方把他殺退。自己的兵卻因不及布陣，傷了千餘名。

國傑恨隆濟入骨，與副將楊賽因不花商議道：「蠻兵倚眾欺人，絕不可力敵，以本帥之意，明日請將軍先帶數千兵，各執鉤連槍到蠻王後路上去埋伏，可如此如此而行。隆濟、蛇節逃來，便乘勢捉住。」

楊賽因不花依計帶領三千兵去訖。

這裡劉國傑喚眾將聽令道：「蠻兵善於馬戰，倘遇著他，可預備鉤聯手千餘名，先砍馬腳，然後用長槍刺之，必能取勝。今夜本帥前去劫營，諸將務必努力前進，以便促拿蠻酋，給死亡的將士報仇。」眾將無不願意前去。

當夜三更造飯，四更竟抵敵營，人銜枚，馬折鈴，悄悄圍裹上來。

諸蠻子因前天打了勝仗，大家得意洋洋縱酒為樂，晚間一個個橫七豎八地呼呼酣睡。就是隆濟與蛇節，也是方入羅帳，兩口兒脫得赤條條地擁抱著睡熟了。

國傑當先見蠻營毫無動靜，便一聲令下，三軍齊聲吶喊，火把照耀得天地通紅，槍刀劍戟，只管照著悶葫蘆亂砍。可憐這一千蠻子，一個個醉眼昏花，手足無措，聽得在營內喊殺，哪還了得，連兵甲都不曾帶上，急忙沒命地向後營逃走。跑得慢些兒的，全被元兵一刀一個，連怎麼樣死的都不曾明白。

宋隆濟同蛇節正在暢做其風流夢時，忽然被喊殺之聲驚起，急忙探頭一望，原來元兵已在營中衝殺，他倆也來不及穿上衣服，即奔至後帳牽了馬，急

向墨特川逃走，被元兵前隊看見，即發喊道：「捉拿妖婦啊！快努力上前，這蠻婆到了死路，還帶著男人一路走。」

他聽見有兵來追，自己又沒武器，赤手空拳只好拼命地逃走。後邊國傑催動人馬奮力趕來，把宋隆濟、蛇節跑得氣喘吁吁，又不敢休息，蛇節道：「這便怎了呢？」

濟隆道：「還有何說，我們快樂的日子也太過多了，今天就死也值得些兒。」

蛇節道：「死恐怕還未必，萬一若被擒，可請求投降或可免一死了！」

宋隆濟道：「這事兒你可以辦得到，我卻絕對不能夠的。美人兒，我們來世再會罷！」

他倆正一面跑，一面計較，只圖逃出重圍，沒有劉國傑的兵來趕便算了事。

殊不知將至普濟河畔，方欲渡河，忽兩邊蘆葦叢中一聲炮響，槍刀齊舉，楊賽因不花持槍殺來，罵道：「無知的蠻酋，快樂得連衣服都懶穿了，今天也碰在爺的手裡，還不下馬受降？」

宋隆濟見兩岸都是元兵，又有不花擋住去路，他尚欲隻身逃走，便縱馬向河下游飛奔。

楊賽因不花看得真切，忙拈弓搭箭，叫一聲：「蠻子你往哪裡跑，請你回老家罷！」弓弦響處，隆濟應聲落馬，眾兵士上前捆個結實。蛇節見無可逃脫，已先跳下馬匍匐請罪。

楊賽因不花見她一種柔媚情狀，雪也似一身的白肉，倒把自己弄得眼花，不知不覺呆呆地立住。

眾兵丁看了蛇節這一身的好貨，也不由得齊聲道：「主帥不要殺她罷！你看怪可憐的，如不要她時，就賞給我等也好。」

不花聽眾兵說得太不成樣，忙喝道：「給我捆起，一併到元帥那裡去發落。」眾兵只得上前將蛇節用軟繩綁起來，有支癢的便乘勢在暗中夠索。

蛇節覺得北蠻倒很恭維她，也就放心大膽同著不花前去見元帥。

劉國傑兵至半途，聞不花已擒獲隆濟，便折兵回營，升帳坐下。左右擁隆濟至，國傑罵道：「無知的狂徒，看你就猖獗到什麼地步，你也有今日！」喝令推出轅門斬訖。

隆濟俯首就戮，蛇節淚汪汪地看著，也有些兒傷心，有幾個兵丁道：「美娘子，你不用懼怕，我們楊副帥很看得重你的，見了元帥自會保你不死，或者還要把你升做夫人呢！」

蛇節心中暗喜，不時聽元帥傳她進去，她身上只有兵士給她的一條被單，把上下身子圍著，左右擁上前去。

劉國傑恨恨道：「好個妖婦，竟敢橫行不法，唆使鑾酋殺死了自己的丈夫，還敢抵抗本帥的天兵，今已被擒，留你有何用處？」喝左右推去斬了。

蛇節聽得一聲斬字，戰兢兢的魂不附體。

第四十六回　大題小做

緬酋宋隆濟被擒，當被元帥劉國傑處死，獨妖婦蛇節，一心望著楊賽因不花替她講情，看可以偷生人世否。殊不知劉國傑一生正直無私，雖見蛇節如此貌美，卻因自己是元帥身分，不便起登私見，並且看見副帥和一班將士都有戀戀不捨的意思，如不早些除去妖孽，但恐弄出事來反為不美，當即喝令左右，將蛇節快快地斬首。

蛇節聞道一聲「斬」字，頓時魂不附體，兩眼兒不住滾出淚珠，忙哀求道：「元帥在上，妾身犯重罪，都是被人唆使，蒙格外施恩，無論叫妾做什

麼，也願意的。」

旁邊楊賽因不花倒早已有一百個不忍在肚皮裡，卻不好明說。只見蛇節不住地拿兩隻眉眼兒溜過情來，只好在一旁著急萬分。

誰知劉國傑主意已定，見眾將大家有救護之意，當時大發雷霆，連連地喝刀斧手斬訖報來。刀斧手卻不敢再遲疑了，便拽起蛇節向轅門而走。

蛇節眼淚已嚇得流不出來，面白如灰，四肢綿軟，眾兵丁也覺得元帥忒無情了，這樣一個好端端的美人兒，卻不自己享受，偏要活鮮鮮地殺掉了她，不是怪可憐的麼？把蛇節解至轅門外，卻已軟臥在地上了。

不一時，元帥催刑的令到，執刑的兵向著蛇節揮幾點眼淚道：「美人兒，你好好地走著吧！明年的今天，我們替你燒幾張錢紙，表我們記念你的情義。你今天不要怪我無情了。」說道，便橫橫心兒，狠命地揮下一刀去。

眼見得眾兵丁圍繞著流淚，卻早有楊副帥的兵士前來，將蛇節的芳屍搭去安埋去了。

兵士回帳交令。劉國傑當即遣將收復餘寇，八百媳婦聞風披靡，也就煙消冰釋了。

劉國傑上表奏聞朝廷，成宗非常嘉獎，從此便無南征之意。緬王亦歲歲入貢，總算大題小做，收拾殘局。時丞相完澤病故，成宗便任哈喇哈孫繼承相職。

朝外事平，宮中又起大患，緣因成宗見朝臣得力，平定四方，自己便偷閒宮中，日夜與眾妃嬪縱酒取樂，各宮妃子因前斥去西僧，不准在庭中說法，大家都有些兒不慣，就不免嬌嗔啼妒，時時怨著成宗不親近她們。

本來元宮中對於貞操一事，素來不甚注意，成宗雖是知道她們同西僧弄的勾當，卻既斥去在外，久之也就不以為意了。今見眾妃冷落，倒也可憐些兒，乘四野無事，遂與她們歡敘舊情，日夜酒海肉山，鶯聲燕語，眾宮妃各逞己能，取悅聖上，弄得成宗兼顧不暇，不久便弄出病來，寢臥床榻，聲息塞蔽，忙得三宮六院無法措施。

明知道此病是酒色過度，藥石不靈，把個皇后伯岳吾氏急得十分厲害，倘成宗一旦有了差遲，眼見次后弘吉剌氏必與自己爭權，那怎麼得了？

原來伯岳吾氏無子，弘吉剌次后有一子名德壽，早立為太子，伯岳吾氏心中怨恨，常常要想弄殺他母子，免異日後顧之憂。唯弘吉剌氏性安簡默，久為

成宗所寵愛，也不能奈何得她，獨太子立未久，偶一不慎便染病而死，諒難逃伯岳吾氏之手。弘吉剌氏雖然懷恨著她，卻因她是一個元妃，只提防著暗害自己便了。誰知元妃於心未足，見其從子愛育黎拔力八達在朝中，恐生他變，復遣他移居懷州。

這愛育黎拔力八達是海山的母弟，海山時封懷寧王，出鎮青海，聞知乃弟被皇后所忌，心中似有不悅。又兼前次元妃謀殺太子已憤恨在心，此時便欲興師反抗，惜乎成宗在世，不敢輕舉妄動，乃暗暗遣人連絡朝廷中一班大臣，作他日幫助之資。時丞相哈剌哈孫與海山甚密，當即暗中叫海山留意。

是年冬天，成宗病勢加甚，氣息微弱，臥床呻吟。眾妃環繞榻前，一個個淚珠朵朵，其中最悲痛得厲害的，要算御妃奇剌，因她從前是右丞哈托哈的次女，後為成宗選為宮嬪。當西僧穢亂宮廷的時節，她卻不願做那牛馬之事，因此不及捲入漩渦，常居宮禁之中，自嘆命薄，好在自抱不凡，不肯與眾妃為伍。

一日成宗肅清宮禁，駕臨南院，見氣象與他處不同，清雅光潔，花明柳暗，佈置得十分景致。成宗不禁稱讚道：「同是一地，怎樣此處如此清雅，不知何妃所居？」

侍兒稟道：「此處是奇剌貴人所居。」

成宗道：「難怪有這樣的美景，朕不聞汝等言，幾忘卻美人矣！快快給朕召來。」

當時宮娥去不一時，只見遠遠地揚花拂柳而來，跪在成宗的面前，低低嬌聲言道：「婢子不知聖上駕臨，有失迎接，多所得罪，伏望陛下恕婢子之過，感恩淵海。」

成宗抬頭一望，見她玉質婷婷，品貌翩翩，顰笑如玉環復生，淡嫵如貂嬋在世，聽她輕言小語，餘音娓娓，連忙命侍女扶起，一旁賜坐。奇剌俯首侍立，不敢便坐。成宗見她如此情形，免不得有一番愛憐的意思，當時便止住御駕，不復他遊，是晚就與奇剌同宿，自有一番不同流俗的意味。從此之後，成宗覺得一步也離不開她，成日價在宮中飲酒作樂。

正值天下無事，朝野一清，亦不復問政事。眾妃嬪見聖上如此流連，大家賣動風流，百般嫵媚，弄得成宗招待不暇，一天一天地大病起來。奇剌美人倒覺得罪由己出，見皇上病勢日重，不禁十分地悲哀，此時侍奉臥起，淚汪汪的

一句話也談不出來，可憐一個受美人包圍的皇天子，也只好含淚而視。

旁邊皇后伯岳吾氏憤怒道：「聖駕不安，都是你們這些狐媚子與妖作怪。這會還在一旁假慈悲，此地用不著你等，一個個給我滾出去，看聖上不見你們，這病還得好否！」

眾妃嬪一個個踱出宮去，連奇刺也免不得讓她三分。

成宗見眾妃一去，美人又離開，不得不怒氣奮發，一煞時寒熱交作，咬牙恨皇后道：「朕在一日，汝總與朕作對，朕也明白汝意了。」說著忙坐起身子，侍兒慌忙扶持，上諭道：「快宣丞相哈剌哈孫進宮，朕有話吩咐。」

皇后慌忙稟道：「陛下龍體未安，何必如此慌惑，倘有聖諭，異日再得召見，萬望陛下善保龍體。」她一旁說著話，便也假流下淚來。

成宗嘆道：「朕病不復望了，朝廷諸事必須由丞相哈剌哈孫辦理，勿得亂法，卿等其勉之。」語未畢，氣喘吁吁，少時駕崩。

伯岳吾后忙宣心腹大臣安西王阿難答，及諸王明里帖木兒進宮，言道：「現萬歲駕崩，海山同愛育黎拔力八達擁兵在外，必將回朝攝政，恐不利於吾等，為之奈何？」

明里帖木兒忙答道：「太后宜早設妙計，免後掣肘。依臣愚見，不如明詔立阿難答為帝，太后垂簾聽政，方稱萬全。」

太后側眼望望阿難答，含笑道：「好是卻好，恐廷臣有異議奈何？」

明里帖木兒道：「此事並不為過，阿難答雖屬叔嫂名分，不過暫時攝政之計，他日改立太子，難道不正當麼？」

廷臣中有丞相阿忽台贊助：「臣當集合諸臣，共行此議便了。」

看官，你道為什麼要阿難答攝政呢？原來阿難答是成宗的異母弟，常常出入宮禁，成宗封他安西王，他倒有一些勢力。時皇后年華豐盛，玉容卓絕，且生就體態風流，腰肢嬌娜，青年時代同成宗也鬧了不少的風流事兒，後來成宗一天一天的覺得厭了，同奇剌等種下不解之情，於是她頓時受一打擊，常常向隅嗟嘆，深恨皇上何忒情薄，又兼中年情慾較甚，不久便同小叔阿難答私通起來。以後不時幽會，阿難答百般體貼，深得她愛憐之心，計算成宗死後，便正式立阿難答為君，自己也得快樂半世。

明里帖木兒素與阿難答要好，也知同皇后有曖昧之事，趁此結好他的心事，以便將來得些權柄，阿難答固然感激他厚薦的美意。

當時太后命明里帖木兒，偕同丞相阿忽台，議立阿難答為君。阿忽台本與他們一黨，無不竭為奉承，獨丞相哈剌哈孫閉門不出，暗使心腹家將，連夜往報海山及愛育黎拔力八達速速起兵回朝，遲則有變。海山得訊，忙命愛育先行，自己後面跟來。

卻說阿忽台等召集廷臣，發表太后懿旨。廷臣中有反對的，也有附和的，獨御史中丞何瑋、太常卿田忠良、博士張升爭言不可，並道：「先帝祔廟神主上應書嗣皇帝名，今書誰人？且阿難答有叔嫂名分，豈有嫂立叔之理？」

阿忽台變色道：「法制並非天定，全由人事主張，你等獨不怕死麼？」何瑋道：「不義而死，恰是可怕；若捨生取義，怕他何為？」

阿忽台恰待發作，明里帖木兒忙擋住道：「不須如此爭執，一任太后明命便了。」當下無定而散。

不一日，愛育黎拔刀八達到京，丞相哈剌哈孫將儲藏府庫的印信符節，奉往呈上，愛育忙與哈剌哈孫計議，兵圍困明里帖木兒、阿忽台一班反臣，一面禁止王后的自由。阿難答聞訊早已先逃，一面肅清宮禁，專候海山到來與成宗成禮。

不一日海山抵都，由哈剌哈孫率領群臣奉之為君，是為武宗。廢伯岳吾氏，出居東安州，內臣奏稱阿難答曾與后私通，穢亂倫常，又下詔賜死，伯岳吾氏到了此時，也無可如何，只得仰藥自盡。

又將明里帖木兒、阿難答等一併處死。奉弘吉剌氏為皇太后。加哈剌哈孫為太傅，答爾罕為太保領左丞相事，田忠良、何瑋、張升等一班有功之臣，均加一級。一面又立弟愛育黎拔力八達為皇太子。

此事倒是破題兒第一朝，歷來並沒有立弟為太子之理，元室卻有如此荒謬，煞是奇聞。

復禮葬成宗於東陵，頒詔大赦天下，其文道：

昔我太祖皇帝，以武功定天下，世祖皇帝，以文德治海內，列聖相承，不衍無疆之祚。朕自先朝，肅降天威，撫軍朔方，殆將十年，親御甲冑，力戰卻敵。方諸藩內附，邊事以寧，遽聞宮車晏駕。乃有宗室諸王貴戚元勳，相與定策於和林，咸以朕為世祖曾孫之嫡，裕宗正派之傳，以功以賢，宜登大位，朕謙讓未遑，至於再三；還至上都，宗親大臣，復請於朕，稟命太后，恭行天

罰。內難既平，神器不可久虛，朕勉徇輿情，於五月二十一日即皇帝位。任大守重，若涉淵冰，屬嗣服之雲初，其與民更始，可大赦天下。

此詔。

武宗即位未久，重儒尊道，即遣使闕里，祀孔子以太牢，加號大成至聖文宣王，敕全國尊行孔教。於是文風日甚，這都是太平無事，上下歡樂。

武宗每日無事，不免要尋些娛樂事體，除聽朝而外，好在宮中與眾妃嬪宴飲，恆歌酣舞，徹夜圖歡。或與左右近臣，蹴鞠擊球，於是媚子諧臣陸續登進。一班伶官亦趁此取悅聖上，成日家宮中演唱，單說內中一個扮女角兒的伶官，名叫沙的，生就一副天然的手姿，歌喉婉轉，無與倫比，每日在宮中演唱後，武宗便命他侍酒。久之，武宗還覺眾妃嬪有些氣厭，便想出一個新題兒。

一日，與眾妃縱酒作樂，連沙的也叫起來陪酒，又命樂工奏起八音，歡聲雷動。眾妃嬪你一杯，我一觥，把個風流天子，略有醉意。令樂工奏《流水》之曲，飾沙的歌辭。

沙的放開曲嗓，慢慢譜來，音韻嫋嫋，抑揚清晰。武宗嘆賞不已，眾妃嬪亦無不起憐愛之心。移時，歌音停歇，群芳帶醉。武宗起身攜沙的手兒，信步踱去。其時眾妃都醉，見聖上未命她們隨陪，也就各回宮闈，隨行者只宮女數輩而已。

武宗攜沙的來至偏殿，指兩院草木花鳥語他道：「卿在此亦樂否？」沙的跪奏道：「蒙陛下恩寵，感佩無涯，宮中賜飲，正思報德萬一，此樂亦與陛下同矣。」

武宗笑容滿面，忙雙手扶起道：「何須名奏，以後朕賜你入朝不拜。」沙的略知上意，遂賣弄眉眼，把武宗弄得一發難捨，又忙命侍臣備酒深闈，攜沙的醉酒酣歌，流連忘返。不禁玉兔東升，漏聲半殘，武宗此時見沙的雙頰暈紅，眉眼含情，不由得心花怒放，忙命侍臣暫退：「今夜朕就宿於此，倘后妃探問，切弗實言。」侍臣微笑而退。

當夜沙的便陰陽顛倒，讓武宗臨幸。這位風流天子，方覺得異趣橫生，愛沙的特甚。次日后妃亦略略知道昨夜皇上幹的好事，卻也不好明言，只暗中勸諫他便了。然武宗迷之太深，非沙的不足以適口，除每日命他唱幾支曲兒助酒興外，亦常常暗召他共寢，這樣的荒唐了月餘，沙的卻慢慢不守禮了。

第四十七回　宮中奇談

武宗寵幸伶官，沙的漸漸放出手段。他明知道武宗捨他不得，且又百般的嫵媚，使這位風流天子常常採擇一些新花樣，把所有一切事體，都由沙的怎樣就怎樣。

那沙的人雖十七、八歲，卻很會用情在女子身上。今見一個巍巍天子都被他顛倒手中，以外還怕什麼？這宮闈之中，又非朝外可比，眼睛所見的都是一些花紅柳綠，媚姿嬌態，不由得鹿鹿兒躍動。偏偏這些妃嬪膢嫱，見沙的玉貌翩翩，年輕力壯，想他在聖上當面尚有這般魔力，引人入幻，何況遇著女人

呢！常在武宗之側，假侍奉為由，一個個俟著空兒給沙的溜些情去。

沙的暗暗歡喜，他卻在眾妃嬪之中，很嚴格地選中了一個美人，這美人便是武宗在和林時得意的美妾，後來跟武宗入宮，頗得武宗的歡悅，她的美名兒叫做阿娜，生就一副嬌嫩的眉眼，唱得一口晉婉的詞曲，雙十年華，體態腴豐，往時武宗也曾夢魂流連。今皇上寵幸伶官，冷落香巢，也有意同沙的勾搭，不時與沙的眉來眼去，朝影暮形，趁著武宗酒醉心迷的時節，他倆兒便雙雙做出那些好事來。

沙的竭盡本能奉承阿娜，博得美人兒喜溢眉梢。武宗沉迷酒色，哪裡還知道這些勾當？沙的乘此機會，鬼混了不少的宮嬪，無論三宮六院粉黛三千，誰不樂與沙的流連？此事慢慢地揚播朝野，上下作為奇談。

時御史大夫趙廉，實在看不過意，便草奏一本，諫武宗道：

臣聞聖王治朝，以孝悌為先；后妃率宮，以禮儀是得。方今六合清平，百事咸怡，正宜振治紀綱，以增先朝之不足，然後始彰陛下之威儀。乃迷樓歡娛，聲色滿階，朝事荒廢，內宮越法，伏陛下鑒五代之穢形，正六朝之劣跡，伶優亂制，論罪施刑，肅清群魅，以開聖顏。儻事姑息，禍亂肅疆，庶黎失望，而天下危矣。臣敢冒昧瀆奏，冀張聖聽，維陛下察焉，謹惶恐百拜上聞。

此奏一上，百官均陸續勸諫，丞相兼樞密院事哈剌哈孫，亦竭力敘述沙的種種罪過。武宗倒也有些動容，無奈為聲色所迷，見他們絮絮叨叨，哪裡還有心去理會？早晨聽在耳朵裡，晚上便又忘記了。宮廷中還是一樣的風流，並且連弘吉剌氏太后見著沙的，也覺得可憐愛似的，心裡雖有些搔癢，卻硬著是太后的身分，所以各大臣連連請命太后，一點兒也沒有決意。

哈剌哈孫心中十分著急，一日集合各大臣，私議道：「朝廷迷戀酒色，污穢宮闈，眼見先朝法紀一旦廢弛，諸君何以除逆、整理綱紀呢？」

趙廉說道：「職前上奏，渺若流沙，是此非用強毅手段，不能剷除沙的。依職愚見，俟下月元旦，萬歲到太廟降香，那時丞相召沙的以演劇為名，別以他法殺之。聖上見罪，我們全體大臣去回稟，也足以對先帝了。」

哈剌哈孫頗以為然，諸事準備。

到了元旦，百官請武宗入祭。武宗的意思，在子時上朝，丑時祭廟，晨刻賜宴百官，然後叫沙的演劇。

此意傳出，哈剌哈孫及一班大臣忙商議辦法，何瑋道：「聖上要午刻演劇，那怎能奈何沙的？」

哈剌丞相道：「不如乘聖上丑時祭廟，命太尉浪都統禁兵把住宮門，將沙的搜出，請太后懿旨，先斬後奏。」眾臣稱善。是晚武宗鑾駕赴太廟，哈剌丞相早已準備停當。

卻說沙的等正在宮中周旋，忽有太監飛跑進去報道：「丞相有變，不知何事。」正徨訝間，浪都太尉領禁軍入宮，四下包圍，立將沙的及一班伶人拿住，哈剌丞相等跪奏太后，言沙的種種混亂朝綱，請旨正法。

太后初不欲表示決意，多得百官執意啟奏，太后也深知沙的誤國家大事，便遲疑道：「皇上未歸，恐有他議。」

御史大夫奏道：「上有太后懿旨，除奸安國亦是正意。」各官互相奏請，太后拗理不過，只得下旨將沙的一干人依法懲辦。

丞相等退出，立將沙伶在禁宮絞斃。眾妃視之，也無可如何，阿娜美人眼巴巴望著聖上回宮來救，哪裡來得及？只在暗中一陣一陣的心痛罷了！

哈丞相等正法了沙的，不一時已有太監報知皇上。武宗聞之大驚，急率群臣返駕，已知沙的氣絕，大怒，立下旨將丞相以下臣僚，一將繫獄。虧得太后懿命，言哈剌哈孫等為國盡忠，亦不是非法行為。武宗哪裡肯聽？硬要嚴辦他們。

此時朝中赤膽忠心的老臣，要算阿沙的不花，平時倒也得武宗敬服，至此乃上疏道：「陛下身居九重，所關甚大，乃唯流連曲蘗，暱近伶人，恩寵備至，紊淆綱紀。丞相等忠直敢諫，正陛下股肱之臣，誅伐奸慝，彰陛下聖明之道，陛下即不自愛，獨不思祖宗付託、人民仰望？宜寬丞相等之刑，以標聖德伏乞察鑒。」

武宗覽奏，復沉思了一回，總是沙的一時不能去懷，只得下旨道：「恕卿等微過，宜自深省，然不得朕命，擅殺內臣，著哈剌哈孫停樞密院職，調和林行省左丞相，太尉浪都革職留任，凡通謀諸臣，皆降級。」把這件朝廷大事，方才弄得清平。

此後武宗在宮裡雖有這班妃嬪承歡，總覺得沒有沙的那樣合意。每日雖

是飲酒作樂，卻只是龍顏不悅。阿娜美人又常常奉承萬歲，亦無有效果，一天一天的便染起病來，弘吉剌氏太后忙亂得了不得，御醫診過數脈，服藥亦很平常。結果還是太后出的主意，遣大臣至上都迎西僧入朝建醮，禱告皇天后土，與聖上祈福。

此旨傳出，著大夫魏鼎速往上都迎請，魏鼎奉旨起程，百官多有異議。原來弘吉剌太后迷信佛教，曩時太皇太后寵任西僧時，也曾領略過三規五戒，當伯岳吾后專政時，只在宮中修佛，也可算是一個忠實的信徒。今武宗染病，服藥不癒，便想出這個懺悔的法子。

殊不知從此又釀出許多事情來了。這是怎麼一段緣故呢？

本書前回表過成宗母后寵幸西僧，又封八剌乞列為帝師，世世襲職，弄得西僧勢焰日張，甚至穢亂宮闈，遺元室莫大之羞。其黨羽仗帝師之力，在民間強迫財帑，占霸奸淫，無所不為。後來成宗雖明白其事，只把帝師之權柄取消，對於民間的事不甚注意，以致彼輩目無王法，一味胡行。

武宗臨朝，雖未尊重他們，卻也不暇過問，一班臣子見主上不說，也就得了便了，所以民間受僧徒之蹂躪，不堪其苦。彼等亦深知太后相信他們，所以放心大膽地作惡了，因此得寸進尺，後來不但顛倒小百姓，甚至連朝廷的命官，也要隨意侮辱。

當時且說上都一個地方，人民受西僧之虐，委實不少，誰的妻子和女兒面龐得俊俏一點，便為他們占迫強姦，假如不從，你也難逃他的辣手。百姓們呼天喊地哭聲遍野，不得已，俱到留守司衙門來告狀。

上都留守李璧接到他們的狀文，倒左右為難起來，本知道平素西僧不法，目見耳聞，久欲拿辦他們，但他們是仗著太后的寵幸，皇帝尚不敢說個不字，何況我等呢？欲置之不理，又眼見百姓們受苦不過，呼吁無門，只得把肇事的西僧捉了一兩個來審訊。

將坐堂審問的時節，忽有許多僧人蜂擁而來，不分青紅皂白，竟先將留守司李璧拖下，著實地打了一頓，打得頭開目腫，還將他牽拽回去，閉入空室，禁個數日方才放回。

百姓等見上司都如此受難，哪個還敢惹他們？任他們橫行算了。

這李璧氣不可遏，跑到燕都哭告皇帝，初次還有些安慰的好言，後來竟有旨袒護西僧的意思，弄得臣下只得忍氣吞聲。西僧等見皇上如此，也就肆無忌

憚了。

時有諸王合兒八剌之妃行走要道，被西僧等瞥見，竟向前恣意調笑。王妃衛士大怒，與僧爭論，僧人便逞其武力，將王妃拉墜車下，拳足交加，罵道：「你好大的王妃，不受我們抬舉，就是皇帝老子，也要受我等戒敕，況你等麼？」

諸王聞知此事，連忙奏聞聖上，隔了數天，竟有旨意到來，認為西僧無罪，諸王未免多事，並將宣政院所定之西僧保護條例，大約是「毆打西僧罪應斷手，詈罵西僧罪應斷舌」等詞公布，諸王誰也不敢惹他們了。

看官，你道皇帝有這昏庸麼？殊不知這全是皇太后的意思，這且不必細表。

此時皇太后因武宗有病，遂借此派大臣來請他們前去解厄，這班僧眾誰不願到宮裡去玩玩，當即率眾來都，在深宮建設清醮，眾僧人喃吶其中，皇太后率領六宮妃嬪都來佛堂頂禮，於是男女混雜，界限不清。眾僧等見了這些嫦娥仙子，揚風拂柳，一個個嬌滴滴令人心醉，大家眉來眼去，有些風騷點的妃嬪，竟與這些僧人做出那些不明不暗的事來。

獨僧人中單有一個叫做龔柯的，年紀不過二十來歲，生成一副白淨面龐，口齒伶俐，在宮裡做法事，也要算他最出力，所以皇太后倒注意著他了，常常把龔柯叫來談論佛經。

這龔柯性情極為聰明，便極力迎合太后的意思，老佛爺短，老佛爺長，弄得太后喜歡得了不得，什麼好吃的，便先叫宮娥送些給龔柯吃。龔柯受此大恩，越想報效太后，每天的經卷越發誦得響亮。太后每到佛堂，他便先去跪迎著，樂得太后心花兒都朵朵開了。

本來太后在幼年守孀的時節，衾單被冷，每至花晨月夕，茶餘酒後，想起孤獨，常常暗中流淚，惟身居宮禁亦無可如何，只有個同族周親叫鐵木迭兒，不時地安慰她，但總不以為快意。

後來武宗接位，是自己的兒子，權柄在手，方覺寬心，今見妃嬪等同那些僧眾你恩我愛，朝會晚聚，倒把當年的芳心一盆火似地引了起來，又經龔柯那般年華，口兒又乖，眉眼兒又秀美，一見著他，恨不得一口水吞了。白日倒與龔柯在一塊兒鬼混，夜晚間孤衾獨眠，頗不快意。

當佛事告天的那一晚上，太后同著眾妃嬪賜眾僧飲宴，不一時紙醉金迷，

頭兒紅昏，遂各人尋各人的同伴去了。唯有太后在寢宮獨坐，心忙意亂，臉龐上一陣陣地現出朵朵紅雲，心中異常煩躁。

眾侍婢以為太后感疾，均上前問訊，太后盡數的把她們揮出去，只留兩個貼身的侍兒在旁，服侍她睡下，卻心事在懷，無論怎樣睡，也睡不著。呼侍婢道：「余心神不安，必是神明所怪，快到佛殿前請龔柯兒來，替我解咒。」侍兒慌忙請龔柯兒前來。

龔柯同侍兒入寢宮，倒有些膽小，由侍婢一層一層地引入裡面，便大著膽向裡走。他想深夜被召，必有事了。走到太后的寢宮門口，見裡面並無多人，又不見太后在何處，只得停步問侍兒道：「太后老佛爺在何處相召？」

侍兒微笑道：「太后現已安寢，請你到裡面吧！」

龔柯張著膽子走至玉榻前，連忙跪下行禮，侍兒扯開錦帳之一角，稟太后道：「法師已到了。」

聞太后懶嬌嬌的聲音答道：「在哪裡？」

龔柯忙稟道：「臣謹叩崇老佛爺。」

太后忙坐半身軀，將龔柯拉了起來。侍兒見此景況，藉故避去。

太后便一把抱住他，親著臉兒叫道：「你怎麼這樣的乖兒？連魂靈都叫你攝去了。」

襲柯本來對於女性是極有經驗的，見太后這樣的歡喜他，雖是年紀老了，卻皮膚兒尚存嬌嫩之態，一意的奉承，百般的體貼，他倆兒便如狼似虎的，跑到雲裡霧裡去了。從這夜以後，便常常自由出入，甚至白天也被太后呼了進去。

那些妃嬪也不消說得，一對對裸體交歡。眾僧卻傳了一個佛號，叫做捨身大布施。凡是能捨身的，都要得到上天的好處。於是乎太后也借這個名兒，同襲柯青天白日在深宮裸體說法，卻把武宗的病軀，反轉無人過問了，以致聖上病勢日加，服藥不遂。

太子愛育黎拔力八達日夜侍奉龍榻，宮廷混亂之事，稍稍聞聽，自己也想西僧不法，宜即早除，卻梗著太后顏面，袒護備至。近以武宗病危，也不去過問他們。

隔了數日，病容不佳，太后這才慌忙起來，連忙召集尚書省丞相乞台普濟脫、左丞相脫虎脫及蒙哥帖木兒等，進宮商議後事。武宗只囑咐太子善理國

事。皇后弘吉剌氏真哥，及次后速哥失禮，愛妃亦烈氏、唐凡氏，均叫她們謹奉太后勿違。移時駕崩，六宮舉哀，諸大臣奉皇太子接皇帝位，是為仁宗。

頒詔佈告，大赦天下，唯有一令，不准西僧在宮建醮及侮辱朝臣等事。這班僧眾也只好硬起心腸，與妃嬪分別，即是龔柯兒，亦免不了叩辭太后出宮。太后自知此事又不正當，哪敢留住他呢？也只得約以後會罷了。

仁宗在宮時，很不滿意這班廷臣，自接位後，便下詔廢尚書省丞相，蒙哥帖木兒等一律免官逮禁獄中。命中書右丞相塔思不花知樞密院事，又召前朝忠直之士如程鵬飛、董士選、李謙、張閭等均復職，唯太后有旨意道：「命鐵木迭兒為中書右丞相。」仁宗仁孝，只得遵命。

你道皇太后是什麼意思？在前段中，不是說過皇太后幼年在宮中守孀時節，只有鐵木迭兒常常安慰她麼？今把右丞相備給他，也是溫敘舊好的意思，卻暗中他倆又有別的事兒了。

仁宗崇拜孔子，尊重儒士，四方文學淵博之士，都漸漸地出來振頓。平章政事李孟，幼擅文名，博學強記，貫穿經史，嘗開門授徒，遠近多歸之，嗣入東宮為太子師傅，與仁宗很是契合，至此君臣相得，如魚得水，常諭他道：

「卿係朕的舊學，朕有不及，全仗卿忠心輔佐。」

孟受命後，力以國事為己任，又因大德，以後封拜繁多，釋、道二教，俱設官統治，權抗有司，撓亂政事，大為時害，遂奏請信賞必罰，賞善懲惡，並免僧道各官，使上下融洽。仁宗一一准奏，復下詔揀策蒙漢人才，令各地方升送考試，分三場考驗，在《孟子》、《中庸》內出題，若三場試完及格，便賜第一名進士及第，從六品。第六名以下，從七品。蒙人一榜，漢人一榜。復用齊履謙、吳澄等為國子監，一時文風大盛。

仁宗又常將《貞觀政要》、《大學衍義》並程復心所著《四書集注》，陸淳所著《春秋纂例辨微疑旨》及《資治通鑑》、《農桑集要》等書，悉令布頒行學宮，復以宋儒周敦頤、程顥、邵雍、張載、邵修、司馬光、朱熹、張栻、呂祖謙，暨元儒許衡，學宗洙泗，令從祀孔子廟廷，重儒尊道。

此正皇慶三年改元延祐的時候，仁宗很有心治世。偏偏在這時兒，有鐵木迭兒用事，因為他被皇太后寵幸，一切的措施，從中播弄，舉佞斥賢，朝廷中免不得又生變故了。

第四十八回　狐假虎威

仁宗天子本來是很仁孝很賢明的皇帝，朝廷一切政事均勤修不怠，就是那班臺臣見主上如此勤政，個個也深加自勉，故即位以來，朝政為之一新，無如元朝氣數不遂，常常鬧出許多奸臣蕩婦的事，把個錦繡江山弄得成了糟糕一團。

看官們看了以前的幾位皇太后及西僧、優伶的混亂，就大概知道了。在他們蒙古族的風氣，本來不怎麼講究倫常和貞操，只要男女間得到了情感作用，便最容易苟合起來，是這樣的一代傳一代，把姦淫的事像煞傳國玉璽一樣，所

以朝朝都免不了的。

在下目今敘述丞相鐵木迭兒與太后弘吉剌氏的一段外史，頗多奇情。

鐵木迭兒先前並無資格來做丞相的職位，因太后執意地下了這一道旨意，任他做丞相，仁宗雖是不願意，卻是母后的旨意，哪裡敢違背呢？於是鐵木迭兒公然坐起高位，作威作福起來，他手下放出不少的官職，作他的黨羽，把個仁宗皇帝倒反看不在眼，又因得了太后的懿旨，常常在後宮進出。有時得著太后的賞光，竟日夜承居宮中，只瞞著仁宗一人的耳目。

這是什麼一段緣故呢？原來太后從前被伯岳吾后所忌的時候，冷居宮禁，吊影傷情，那時滿宮上下，全是伯岳吾后的勢力，誰肯來安慰她這被棄的次后？此時卻有這個宗親鐵木迭兒，看了弘吉剌氏被棄，倒有些可憐見的，心中總想去結識她，或者將來有別的希望也未可知的，便去買通了弘吉剌氏身旁的幾個宮人，引他常常去問候起居，每逢弘吉剌后傷心的時節，又苦苦地解勸一回，就是武宗和仁宗，那時都遠居和林，也靠鐵木迭兒去通些聲氣，所以弘吉剌后慢慢地感激他起來。

有一日，鐵木迭兒進宮去通機密事體，被弘吉剌后留住他，死也不放他走，在她的意思，是要報答鐵木迭兒的一番苦心，鐵木迭兒見著她一團美貌，早有附鳳之意，卻不敢直接做了出來，便乘她不得意的時候，極力地獻些小殷勤，不想入了他的彀中，便認定他是個好人。

又兼弘吉剌后自孤處宮中，許久不曾與皇帝臨幸，心裡也實在有些不安，便於鐵木迭兒這時的機會，勾他上手，也略略解解悶兒。當時卻懶越越地拉著鐵木迭兒的手，兩隻眼閃搖搖地向著他發呆。

鐵木迭兒此時已明知道至成熟期了，卻還故意地說道：「蒙皇后深寵，已感激不盡了，倘若此事兒做出來被皇上知道，臣雖死不足惜，皇后怎受得起這番干係呢？」他一面說著，又一面跪在地下不起。

弘吉剌后聽他一番推卻的言語，不覺眼淚兒一點點滴了下來，恰恰一顆滴在鐵木迭兒後頸上。

但弘吉剌后的欲念已積蓄了許多時，哪裡還能抑止，當下不由自主地把鐵木迭兒抱了起來，說道：「余今被棄之人，心中已如死了一半，其餘事還怕他做什麼？」

鐵木迭兒聽了心中暗喜，便順勢扶了皇后的臉兒，實行親熱起來，當晚便

匿宿宮中，做出許多好事。

從此鐵木迭兒常常到宮中服侍弘吉剌后，或三五日不出。後來武宗回朝，弘吉剌后便尊為太后了，無奈鐵木迭兒被武宗遣放外省作官，一時不能回來，惹得太后一番熱烈的情火無處發洩，後來才有小沙彌的福氣。

又這樣的廝混了沒幾時，仁宗接位，便首先禁止了西僧入宮，把太后從前的寂寞又引了起來，好容易說得仁宗把鐵木迭兒任了丞相的位置，又附了好些大權，於是鐵木迭兒上逞太后之寵，下逞自己權大，遂和太后振起舊情，無法無天的了。當初還遵守法度，糊裡糊塗也料理些國家大事，後來簡直不顧體面了。

這時候雖有一班大臣埋怨，卻自料非他的敵手，又當這時候，仁宗巡幸上都，便留鐵木迭兒留守，鐵木迭兒得此機會，更大加擴張起來，出入宮禁，均撐羅張蓋。太后又賜他衛士百人，排執半副鑾駕，赫赫威威，可謂烜耀極了。廷臣見了他，也要有三分畏懼的。

太后又憂慮他出進不便，索性教他搬在宮裡，不放他外出，外面揚言就說與太后料理國家大事。其實他倆在宮中，長夜淫樂，日色當午，他們還在溫柔鄉中，你歡我愛，真個連天日也不知了。

此時太后年紀已及耳順，鐵木迭兒亦五十有餘，無如太后老而善淫，更比少年時還發育得厲害，把鐵木迭兒弄得一點也沒有閒置時間。又因為太后從前經過了西僧那番年富力壯，倒覺得與鐵木迭兒究竟乏趣，於是乎鐵木迭兒自知羞愧，只好盡心力而為之。

誰知情郎精力有時盡，老婦淫欲無絕期，鐵木迭兒一天天的便告哀憐起來，跪請太后恩施格外，賜他幾時靜養，自願折自己俸祿請人庖代。太后至此也念他可憐兒的，當即准其所奏，放他出宮。

這鐵木迭兒到了外面，即遍選候補人員，仿呂不韋進嫪毒的故事，好容易尋著一個替己，便送入宮去，深得太后的歡心，這且不表。

他一面候仁宗回燕都提出辭職的本章，仁宗天子見太后未有異言，就准許了他。廷臣也暗暗歡喜，大家相慶道：「此老不揣冒昧，倒自己告起回避來了，這樣也免得我們費盡心血去參他呢！」

其留下丞相一職，仁宗著禿忽魯代任。到了延祐改元的時候，禿忽魯因事

免官，仁宗欲以左丞相哈克繖繼任。

哈克繖本是鐵木迭兒的羽翼，今見鐵木迭兒已靜養年餘，復有復位之志，當下奏仁宗道：「臣才智不足，恐負陛下聖恩，且非世勳族姓，不足當國，前丞相鐵木迭兒賢能勤謹，堪荷重任，請陛下乃復丞相之職。」

仁宗對於鐵木迭兒宮闈之事不甚明白，只得迎合太后懿命，乃復拜鐵木迭兒為開府議同三司，錄軍國重事。居數月，仍進為右丞相。

他此次復任，自己倒思想做一兩件正當事體，以服眾心，乃想出一條理財的政策，便毅然上奏道：

臣聞國以民為本，民以食為生，食足則民備，備而相安，國家賴以鞏固者也。今內侍隔越，奉旨者眾，陛下如不禁止，欲治實為困難。請詔敕諸司，中書政務毋輒干預。又昔時富民往諸番商販，率獲厚利，商者益眾，中國物輕，番貨反重，今請以江浙右丞曹立領其事，發舟十綱，給牒以往，歸則徵稅如制。私往者沒其貨，又經用不給，苟不豫為規劃，必至愆誤。臣等集諸老議，皆謂動鈔本則鈔法愈虛，加賦稅則流毒黎民，增課額則比國初已倍五十矣。唯預買山東河間，運使來歲鹽引，及各冶鐵貨，庶可以足今歲之用。又江南田糧，往歲雖曾經理，多未核實，可始自江浙，以及江東江西，宜先事嚴限格，信罪賞，令田主手實頃畝狀入官，諸王駙馬學校寺觀，亦令如之，仍禁私匿民田，貴戚勢家，毋得阻撓，請敕臺臣協力以成，則國用足矣。

謹此奏聞。

鐵木迭兒這番議論，倒很有些見識，無奈官吏貪財好貨，不顧民生，連年剝削，重徵田賦，弄得一般平民毫無生活能力。這班貪官污吏，乘間營私，無論若何良法，總歸弊多利少，故此奏雖得仁宗准其施行，而所委各官便乘勢循行各省，括田增稅，苛急煩擾。

江西使臣尼匝馬丁酷害尤甚，據信豐縣撤民廬千九百區，夷基揚骨，作為所增田畝，居民怨恨入骨。贛州土豪蔡五九素有武力，與一般避難流民行俠仗義，居民賴以為生。五九又集合同流抗拒官長，不納糧稅，本地官吏派兵往捕，反被鄉民糾眾痛毆。五九便乘此機會，揭旗發難，一時萬眾響應，頓時江

渚諸路，烽火連天。

五九率眾占奪汀洲寧化縣，戕殺有司，於是就自稱南漢王，改定國號。接連發眾四出，打家劫舍，官府不能禁，忙申奏朝廷。

仁宗覽奏，便命江浙行省平章張閭提兵往剿，五九也率眾來迎，誰知一班烏合之眾，出戰毫無秩序，抵敵了數次，弄得九死一生。張閭又四圍斫殺，五九勢力孤弱，只得逃入山谷，卻被官兵追蹤而至，生擒活捉去了。仁宗旨意，叫就地正法，當下蔡五九便成了無頭之鬼，其餘難民也就四散消滅。

張平章上表奏蔡五九之亂，實由括田增稅所致，乞罷各省經理，有旨准奏，方把百姓的冤苦減輕了一點。

卻是鐵木迭兒威權如故，見仁宗雖是准了張閭的奏章，卻對他仍無怨望的意思，他卻越發驕傲起來，貪虐加甚，凶穢愈彰，這時他的身體自然比從前強健一些，便與太后那番風流事體又復大演起來，他卻奏准太后，平日仍用替己的去代勞。

太后又愛他特甚，就是仁宗知道了，也是沒法擺佈，朝廷諸臣雖是心中怨恨，卻也無可奈何，要想與他作對，誠好比以卵擊石，誰又肯去犧牲性命呢？

大家樂得附和著他，得些權利。不久又得太后下旨，徵鐵木迭兒為太師，他越發了不得了。

時朝廷忠直之士，如中書平章政事張珪，向來深得仁宗信任，珪本性梗直，嫉惡如仇，至此不禁進言道：「夫太師要論道往邦，須有才德的宰輔方足當此重任，如鐵木迭兒輩，恐不稱職。」仁宗本器重張珪，奈迫於母命，不便違悖，只好不從珪言，加鐵木迭兒為太師。

張珪嘆氣而退，此話被鐵木迭兒黨羽徽政院使失列門知道，忙報知鐵木迭兒，他便矯太后懿旨，召珪切責，珪抗論不屈，惹得失列門裝出狐假虎威，竟喝令左右加杖，可憐張珪為了忠直，受此刻虐，打得皮開肉爛，奄奄歸家，當下氣憤填胸，次日即繳還印信，上表辭官歸養，其子張景元亦奏請解職侍親。仁宗驚問其故，景元只稱父疾，尚未說出受杖之事，也懼鐵木迭兒勢大，恐生其他禍患，故仁宗亦糊裡糊塗地准他所請，也未追究失列門等，廷臣都心中不平。

會上都富人張弼為毆傷人命，繫於獄中，張弼使人行賄鐵木迭兒贖罪，鐵木迭兒密遣家奴令上都留守賀巴延，叫他釋弼。這賀巴延平素有些不滿於他，

乘此機會，便將鐵木迭兒的書信和家奴所報的言詞，一併奏聞聖上。

此奏被御史中丞楊朵耳只接得，忙與平章政事蕭拜住商議參劾，他二人平素蓄志除奸，都因為無隙可乘，至此遂連同監察御史四十餘人聯銜抗奏道：

丞相鐵木迭兒，罪顯惡彰，陰險殘暴，誤政害民，天人共怨，朝廷上下悉佈滿爪牙，爭權奪利，狼狽為奸。曩者取晉王田千畝，占與教寺園林百畝，受諸王哈剌班第錢鈔十四萬貫，又金珠寶貝值二十餘萬貫，永興寺僧賂金四百餘兩，受殺人囚犯張弼賄銀五萬餘兩。穢行百端，以致陰陽不和，黎庶轉死溝渠，縱家奴凌虐官府，驕橫尤甚，誠如阿合馬、桑哥之流，誰不欲車裂其身？伏望陛下明施典刑，即早剷除奸匿，以靖宇內，庶使後之為臣者，知所警戒，臣等不勝惶恐侍命之至。

仁宗覽此奏章，十分震怒。平素耳聞鐵木迭兒之過失，已有心將他拿辦，無如常被太后庇祐，弄得進退兩難，今又見各大臣據此實憑實據，若不懲辦，致國法於無用。當即下詔，著六府逮問鐵木迭兒之罪，從實上奏。

是時鐵木迭兒聞知這個旨意，急得汗流浹背，想來想去，還是去要求太后要緊，忙跑入興聖宮，一頭跪在太后面前，哭哭啼啼，磕頭如同搗蒜。

太后見他這樣情形，真個莫名其妙，他那番狀態，使人又驚又笑，忙叫道：「你做什麼來了？快快說罷。」

鐵木迭兒氣喘吁吁地道：「老臣赤心報國，偏遭臺臣嫉忌。今又誣臣重罪，聖上要逮問老臣，務乞太后為臣剖白，臣死亦感激了。」

太后聽了強笑道：「這點小事，就怕成這個樣兒？你且起來，凡事有我作主，難道聖上就這般糊塗？」

鐵木迭兒又磕頭道：「聖母厚恩，老臣感激不盡，但此刻，朝中諸人都與老臣作對，無處容身，奈何？」

太后笑道：「那麼你就住在這裡罷！」

鐵木迭兒忙道：「要是這班狗才知道了，還要罪上加罪呢！」

太后笑怒道：「你這老頭兒倒會放刁，你平常在宮中進進出出都不怕，卻到現在住一天也不敢住了。我叫你在此地是保護，沒人敢來欺你，你卻怕人議論，那樣，你就快快地走罷，我管不了你的事體，出去仍憑他們殺也好，剮也

好，你不要怨我，快去快去。」

這一番話，駭得鐵木迭兒心驚膽戰，抱住太后的腳，放聲痛哭起來，隨說道：「老臣就住在這裡罷，萬望聖母慈悲，憐恤我這條老命。」

太后卻又好笑，忙扶起他道：「你不要驚怕，我是恐駭你的。」忙命貼身侍女安排酒宴，替他壓驚，當晚便歡宿宮中。

第四十九回　釜底抽薪

錦帳融融，花田納李，三更不忘枕，五鼓不酣眠，此正太后和鐵木迭兒之綢繆景況也。

太后在錦被中說道：「今日之會，你亦自知罪否？」

鐵木迭兒言道：「蒙聖母厚德，恨老臣筋疲力盡，異日當為聖母另簡賢能，再度佳期，老臣得保全殘生，已感恩不淺了。」

太后瞅他一眼，怒嗔道：「老頭兒倒有許多花言巧語，你可量力而行罷！」

他倆一邊睡著，一邊談天，鐵木迭兒仗著太后之寵，好像沒事一樣，直睡

到紅日正午，才慢慢地起來。

且說這班廷臣，奉皇帝之命，逮問鐵木迭兒，便四處緝拿，連人影兒也找不到。後來有個宮人私報，說他匿居在興聖宮中，有太后庇護著呢。

御史中丞等乃上奏皇上，請仁宗親到宮中查拿，仁宗也為之動容。退朝之後，便踱至興聖宮。誰知該處宮女都是受了太后的命令，當下見聖上不稟而入，知道必為鐵木迭兒的事，忙回報太后。此時剛剛梳洗完畢，聽說皇上來了，嚇得鐵木迭兒直是發抖。太后忙命宮娥領他到別室藏著，然後讓仁宗進內。

仁宗謁母畢，太后賜坐，略問朝廷正事，仁宗漸漸說到鐵木迭兒，遂啟奏道：「鐵木迭兒擅納賄賂，刻剝吏民，御史中丞楊朵兒只等聯銜奏劾，臣兒令刑部逮問，據言查無下落，不知他匿在何處。」

太后聞言怫然道：「鐵木迭兒是先朝舊臣，現入居相位，不辭勞怨，為國為民，功勞實高，所以我命你優待，加任太師。自古忠賢當國，易遭嫉忌，你也應調查確實，方可逮問。難道憑著片言，就可糊塗加罪麼？」

仁宗道：「臺臣聯銜奏牘約四十餘人，所舉悉是鐵木迭兒真實罪過，想總有所依據，不會是憑空揑造的罷！」

太后轉怒道：「我說的話你全然不信，臺臣的奏牘，你卻信之尤恐不深，背母忘兒，不孝不義，恐怕祖宗的江山要被你送掉了。」一面怒氣勃勃地說，一面淚珠兒點點滾了出來。

仁宗見此光景，不覺把逮問鐵木迭兒的心已灰下去了，又兼仁宗平素孝思頗重，見太后哭了，大為不忍，不由得跪地謝罪道：「臣兒一時惶惑，妄罪無辜，母后之命，將旨意收回便了。」太后尚嘮嘮叨叨說個不休，仁宗又認了多少的不是，方才退了出來。

過了幾天，只下詔罷鐵木迭兒的右相職，其餘不問。令哈克繖代理右丞相，又遷楊朵兒只為集賢學士，群臣見皇上如此，知道是太后的門路，大家嘆息一回。

鐵木迭兒在宮中住了好些日子，方才出來，太后囑咐他道：「你此後好好地辦事，不要再被他們尋著短處，那我可不能管了。」鐵木迭兒諾諾連聲而退，當時藏頭縮影地出了宮門，便去找著失列門敘話。

失列門便是從前矯詔拿問張珪的徽政院使，鐵木迭兒語他道：「目今太后

脾氣太怪，我身體儒弱不堪其任，以前尋了一個庖代，也是不合上意，我想你可以替替我罷。」

失列門想了一想，忙回道：「丞相命我去，焉敢固辭，卻未知太后之意若何？」

鐵木迭兒道：「你放心罷，此事我曾對太后提起過，太后很是歡喜的。」失列門心中暗喜，想道：若得太后的歡心，不怕大權不歸我掌握。

次日鐵木迭兒便私領失列門入宮。此時失列門年紀只三十餘歲，比鐵木迭兒雄偉得多，當夜太后便命他侍寢，大為滿意，遂厚賞鐵木迭兒，並加封失列門的官職。於是失列門得寵，一天一天地權大起來，居然連鐵木迭兒也要在他手上遞手本。鐵木迭兒卻也無可如何，甚且太后愛他之心全遣到失列門身上，因此鐵木迭兒要想保全地位，便常常到仁宗當面去湊些趣。

時值陝西平章塔察兒急奏，報稱周王和世疎勾結陝西統帶，變在旦夕。原來和世疎為武宗的長子，從前武宋即位，因念乃弟愛育黎拔力八達（即仁宗）勞苦功高，乃仿宋太祖傳位與兄弟的故事，遂將仁宗立為太子，而和世疎便絕了希望。

是時丞相三寶奴，欲固全己之相位，進言於武宗道：「夫國家立嗣，總以自家的長子為當，未聞以弟作太子者，宜廢之。」

武宗以弟兄情重，不聽三寶奴的話，後來仁宗即位，鐵木迭兒用事，當此時建議立太子，仁宗便欲承兄長之心，將和世㻋立為太子。

鐵木迭兒阿諛進言說：「先皇帝捨子立弟，係為報功起見，若彼時陛下在都已正大位，還有何人敢說，就是先皇帝亦應退讓，今皇嗣年將入冠，何不早日立儲，免人覬覦呢。」

仁宗道：「侄兒和世㻋年齡比朕子較長，且係先皇帝嫡嗣，朕承兄位，當立侄為是。」

鐵木迭兒又說道：「從前宋太宗承兄之位，後來也未見要立太祖之嗣，國家亦非常相安的，何況陛下首先掃清宮室，讓大位於兄，功德巍巍，正宜傳統萬世，難道皇侄尚能越俎麼？」

仁宗沉吟不決。鐵木迭兒又用許多道理去諄勸，仁宗總是躊躇。

到了延祐二年，此時正失列門得太后寵，鐵木迭兒乃竭力阿諛仁宗，想固全己位，又復請立太子。仁宗矍然道：「卿言雖是，但朕心總以為未決，奈

何？」鐵木迭兒無法，只得去同失列門商議。

失列門道：「太師才高望重，難道連這些小事也解決不下來麼？」

鐵木迭兒委屈道：「我實在是年老無用，請你給我設個法兒罷！」

失列門想了一想，笑道：「這事不難，只要用釜底抽薪法子，太子自然會立的。」

鐵木迭兒躬聽下文，他卻又不說了，不得已給失列門作揖請求。失列門道：「我只為太師設這條計，但我也要請求太師一件事，如果允許了，這事即不難辦到的。」

鐵木迭兒忙問道：「君有何事，老夫無有不肯。」

失列門道：「太師從今日起，不要再入太后宮裡去好麼？」

鐵木迭兒低頭一想，這廝我把他薦到太后當面，不知報德，此時反欲一人專利，把持強權，還有點人心麼？又自思道：「現在我已年紀高邁，這些事我本來不願意再去幹的，既是這廝如此，就讓他去罷！我只要討得到皇帝歡喜便了。」乃說道：「我從此就不進宮罷！請你快給我辦這事。」

失列門道：「太師請回去聽我的消息，自然使皇上策立太子。」

鐵木迭兒坐聽數日，忽有旨封和世𤆬為周王，賜他金印，出鎮雲南。鐵木迭兒點頭道：「是了，這廝倒有些本事呢！」

又過了一年，即策立皇子碩德八刺為太子，兼中書令樞密使。鐵木迭兒知道功已告成，仁宗以為他見識不錯，賞他不少的御用品；太子心裡也很感激他的，這且不說。

唯有和世𤆬在雲南知道仁宗立了太子，不禁大為怨望，遂與屬臣禿忽魯、尚家奴及武宗舊日之臣釐日、沙不目丁、哈八兒禿、教化等會議。

教化道：「天下是我武宗的天下，當今背義私立己子，如王爺出鎮，亦本非上意。大約都由讒臣奸相唆弄是非所致，請王爺先聲聞朝廷，杜塞讒口。一面邀約省臣，即速起兵，入清君側，不怕皇上不改前命。」大眾聽教化一番言論，都稱妙極。

教化又道：「陝西丞相阿思罕，前曾職任太師，後被鐵木迭兒排擠，把他遠謫，今若令人前去商議，定可使為我助。」

和世𤆬道：「那麼就煩卿一行罷！」教化遂率領數騎，馳至陝西省城。阿思罕問明情由，很是讚許，當下召集平章政事塔察兒、行台御史大夫脫里伯、

中丞脫歡共議大事。

塔察兒口雖承應，心中別有計較，他一面順著阿思罕運謀設計，一面便將詳細的情形寫表申報朝廷，言周王等造反。當時仁宗覽表，遂密敕他在暗中準備，朕有妙用。

塔察兒奉旨遵行，佯集關中之兵，請阿思罕、教化兩人統帶，先發河中去迎周王和世𤬂，他便同中丞脫歡引大兵後隨，陸續到了河中府。

那裡周王的兵也同阿思罕、教化等到來，比即見面，塔察兒便奏道：「目今大兵會聚，尚未正式檢閱，伏請殿下不辭辛勞，跋涉一朝罷！」

周王心中躊躇，當著塔察兒的面上又不好說不去，只得佯應道：「依卿所請，明日孤當到來。」塔察兒心中頗喜，自出外準備去了。

這裡周王與群臣道：「依孤所見，塔察兒形跡可疑，明日檢閱兵隊，孤到底去好呢，不去好呢？」

教化道：「依臣看來，還是不去的好。」

阿思罕道：「殿下若不去，倒使他們起了疑惑，又怎能到達燕都呢？不如殿下托言身體不爽，委一、二臣前去，就有什麼變故，也不甚要緊，並且使塔察兒去了疑惑，豈不兩全麼？」

周王道：「此言甚善，明日之事，就委託二卿前去一行罷！」阿思罕、教化二人領命。到第二日即去校場檢閱，剛剛走到軍前，塔察兒以為周王親身來了，便一聲暗號，軍士齊起，車中均藏著軍器，大家取出，直奔阿思罕、教化殺來，大聲喊叫，奉旨捉拿周王。阿思罕、教化二人只帶了幾十名兵士，知道有變，急忙後退圖逃。這些如狼似虎的軍士蜂擁直上，趕到他二人身後，剁作數十段。

細查此處並無周王，塔察兒遂揮軍殺奔周王營中來，誰知周王早已得逃兵報告，已從間道馳去。塔察兒搜尋無著，只道他奔回雲南，忙飭軍士向南追趕，偏偏周王反轉往北奔走。塔察兒南追無著，收兵回來，急修下本章，呈經過情形，一面再發兵北追，馳至長城以北。

看看將及周王後軍了，忽然之間有一隊大軍從斜刺裡出來，將塔察兒兵截住去路，塔兵已奔走數晝夜，將卒疲乏，見著這支生力軍，哪裡還能抵敵？致使他軍以逸待勞，竟將塔軍殺死大半，只剩得幾個敗殘兵卒，逃回陝西去了。

再說這一支軍是誰的呢？原來他是察合台汗也先不花遣來迎接周王的。

也先不花係篤哇的兒子。篤哇在日曾勸海都的兒子察八兒共降成宗，在前文已經表過。嗣後察八兒復蓄謀異志，又由篤哇上書陳變，請元廷遣帥，夾擊察八兒。這時成宗已殂，武宗嗣位，遣和林右丞相月赤察兒，發兵應篤哇，相遇於也兒的石河濱，攻破察八兒。察八兒北走，又被篤哇截殺一陣，弄到窮途無歸，只好入降武宗了。於是窩闊台汗國土地，遂為篤哇所併。

篤哇死後，其子也先不花襲位，妄自稱大，欲襲和林，反抗元廷。誰知弄巧成拙，反被和林留守乘勢將他東邊地方奪去。也先不花失了東隅，轉思西略，方侵入呼羅珊，適周王和世㻋奔至金山，馳書乞援，於是反旆東馳，來迎和世㻋。既與之相會，遂駐兵界上，果然塔察兒軍行很快，便即趕至，被也先不花大殺一陣，掃盡追兵，得勝而回。和世㻋隨他入國，彼此親暱，元廷也未去深討，遂相安無事。

過了幾年，這魏王阿木哥又造起反來。

阿木哥是仁宗的庶兒。順宗少時隨裕宗（即故太子真金）入侍宮禁。時世祖尚在，痛愛曾孫，特賜宮女郭氏侍奉順宗。郭氏生子阿木哥順宗以郭氏出身微賤，雖是生了個兒子，究竟不便立為正室，乃另娶弘吉剌氏為妃，便是武宗、仁宗的生母，頤養興聖宮中，恣情娛樂的皇太后。

仁宗被徙懷州，阿木哥亦出居高麗，至武宗時遙封魏王。到了延祐四年，忽有術士趙子玉好談讖緯，與王府司馬脫不台往來，私下通信說是阿木哥名應圖讖，將來應為皇帝。脫不台信以為真，潛蓄糧餉，兼備兵器，一面約子玉為內應，遂偕阿木哥率兵，自高麗航海，通道關東，直至利津縣地面。遇著探報，說子玉等在京事洩，已經伏法。於是脫不台等慌忙東逃，仍回高麗去了。

仁宗因兩次變亂都從骨肉起釁，不禁憶起鐵木迭兒的密陳，還道他能先機料事，思患預防，幸先立皇子，方得臣民傾響。平定內訌，事後論功，應推鐵木迭兒居前，因此起用的意思又復發生。

這鐵木迭兒雖去相位，仍居京邸，時與興聖宮得寵者時通消息。仁宗或在宮中談及鐵木迭兒的見識，這班得寵的舊黨，大家稱讚鐵木迭兒的能幹，請仁宗仍起用為太師。仁宗尚未便應，偏這位多情的皇太后又出來大為幫忙，傳旨仁宗，令起用鐵木迭兒為右相。仁宗含糊答應，暗想：若再用鐵木迭兒為右相，臺臣必群起而攻，不如用為太子太師，省得臺臣側目。主意已定，即下詔

任他作太師。

將將詔下一日，便有御史中丞趙世延呈上奏章，內呈鐵木迭兒從前的種種劣跡約數十起。仁宗不待覽畢，便將原奏擱起。

又過了數日，臺臣陸續上表反對此舉。仁宗一一覽奏，都是說鐵木迭兒以前的大過，不宜輔導東宮，便惹起煩惱，索性將數十本奏章一併付於字紙簏內。

適案上有佛經數卷，遂順手取閱展覽了好一會，覺得人生在世，不外生老病死四字，所以我佛如來厭紅塵齷齪，入山修道。朕名為人主，一日萬機，尚弄得食不能安，寐不能，即用一個大臣也是這樣的為難，做人主有什麼趣味？不如設個良法，做個逍遙自在的閒人罷！想了一會，便有什麼主意似地默默入宮去了。

再說這佛經是什麼地方來的呢？原來這金字佛經，就是《維摩經》。仁宗嘗令番僧繕寫作為御覽，共糜金三千餘兩。此時已經繕就，仁宗置於案側，以便隨時取覽。故引起了仁宗厭世之心，自思前朝代有太上皇之名，不如乘此時將位傳於太子，自己居太上皇逍遙自在，有何不可？當即將此意飭知臺臣，約於明年正月禪位於太子。

群臣得悉，大以為不然。右司郎中月魯帖木兒上表勸道：「前朝唐玄宗、宋徽宗均襲此制，結果都未得著好處。方今陛下正當力壯，慎勿徒羨太上皇虛名，恐失民望。」

仁宗方才醒悟，便打消此意。後勤修政治，把佛經置之高閣，這也可算是有果斷的了。

此時有皇姊大長公主祥哥剌吉作佛事，令將全寧府重囚二十七人釋出，為仁宗所聞，怫然不悅，傳旨道：「信佛釋囚，是歷年的弊政，若長此不除，貽誤國家殊甚。」即令索追囚徒還獄，並逮問全寧府官守等等。以後才未見釋囚之舉了。

唯人事不齊，天數有定。仁宗自受了一番冷淡後，雖是照常秉政，卻精神已不如從前，鬱鬱月餘，便一病不起了。

第五十回　間接示恩

仁宗因二王之亂，悲感人世蒼涼，鬱鬱於懷，病臥龍榻，臺臣均上疏問安，月餘不癒，反一天一天地加重起來。

太子碩德八剌頗賢明仁孝，見父皇染屙不痊，心中怏怏不樂。至夜步出庭中，叫宮婢擺設香案，沐浴淨身，虔誠禱告上天，祝道：「至尊以仁慈御天下，庶績順成，四海清晏，今天降大厲不如罰及我身，使至尊長為民主，幸蒙昭鑒。」拜祝已畢，又到寢宮問安。

如此數晝夜，仁宗的病，反日日大劇。即傳旨宣臺臣等入宮，告以上諭，

不過勉勵一回。

此時太后亦顧不得別樣，也來宮看視。仁宗見了太后，只朝著流下幾顆淚珠兒，太后也陪著淌了幾點老淚。太子更不必說，暗暗地悲痛不已。仁宗又囑咐太子幾句，移時駕崩。時年三十六歲，在位十年。

太子碩德八剌素服寢地。此時太后弘吉剌氏見仁宗已殂，便乘勢宣旨升鐵木迭兒為太師右丞相、失列門為左丞相。越數日後，命江浙行省赫嚕為中書平章政事。臺臣見太后這樣專權，頗為不滿。

原來赫嚕本是微賤出身，因為他的母舅亞列斯巴練得一手好工夫，更加內功厲害，能舉三五百斤的鐵鼎，常投鐵木迭兒門下為爪牙。鐵木迭兒見他年輕力壯，眉眼俊麗，又生就好一身的白肉，鐵木迭兒為之所迷，時乘酒興，便叫亞列斯巴同寢，更始知他陽具異常，當即大喜，次日帶他入宮，奉呈太后。

太后得了他的好處，如同獲著珍寶一樣，心想要封他官職，卻為失列門說他尚無功勞成績，若一封官，恐臺臣又起煩言，太后方才打消此意。

此是失列門忌妒鐵木迭兒，怕亞列斯巴得寵專權，他便沒有好處了。誰知太后感亞列斯巴的厚德，雖是受失列門從中播弄，卻總消滅不了一點良心，便想了個法兒，叫做間接示恩。把亞列斯巴所有的親屬都授以官職，發在各行省聽用。

當時赫嚕本是亞列斯巴的外甥，也當然得了個江浙行省左丞的差事，而平日又得亞列斯巴在太后面前通些關節，自然此刻要委他做中書平章政事。自此鐵木迭兒威權復盛，如參議中書省事乞失監，平時亦不過諂事鐵木迭兒得的官爵，此刻也公然制就冊子，賣官鬻爵起來。

當下惱怒了一班忠直之臣聯名上奏太子，陳他種種不法。太子亦頗憤怒，著有司逮問罪狀，痛加杖責，繼太后知之已來不及了。

復有失列門乘太子未即位之際，矯太后之命任意升陟，亦被太子申斥一番。於是宮廷內外，始畏懼太子英明幹練，不敢胡作了。

太后這時見太子一任己意，不體她的意思，心中頗悔當年立他為太子之意。然而太子雖是有意整頓朝綱，卻當太后的面子，總有些妨礙之處，想亦無可如何之事。每日在宮中供奉上皇，其餘的事也不去問。

是時鐵木迭兒高居顯職，又有亞列斯巴在太后前暗中幫助，於是想乘此時陷害幾個仇人。第一個便誣楊朵兒只來家飲宴，將他下獄逮問，誣衊種種罪

惡，不得太后旨意，就私將他推出斬首。楊朵兒只臨死痛恨咬牙，俯道受刑。

又遣家奴巴賽帶領數十名走狗，到楊朵兒只家中抄沒產業。巴賽得命，如狼似虎地跑到楊朵兒只家中，適其妻劉氏在內，巴賽見她美貌如花，頓時起了憐愛之意，冒昧上前道：「你夫犯罪已斬，丞相命我來抄殺你們全家，我因見夫人年紀尚幼，死了是很可惜的。夫人若從了我的請求，管教在丞相面前說情，救你們滿門的性命好嗎？」

劉氏見他一種垂涎情形，料到必是為己，當下勃然大怒，指著罵道：「把你們這班千殺的狗才，無緣無故害殺我的丈夫，還要妄生他念。今我夫既為國盡忠，我亦是拼就一死，生不能啖汝等之肉，死後必為厲鬼攝汝等之魂。」說著便回手拿過剪刀，向自己咽喉便剁。

巴賽被她罵得夠了，正在出神，卻看她要去尋死，連忙上前去搶她手中的剪刀。劉氏見他竟敢向前來了，恐被他所染，反用剪刀將臉面劃得鮮血淋淋，巴賽無可奈可，惱羞成怒，罵道：「你這賤婦不受老爺抬舉，看你死得成死不成。」遂命眾家奴抄沒家產，硬將劉氏看管起來。回丞相處覆命，反說劉氏抵抗官府命令，詈罵丞相如此如此。

鐵木迭兒發恨道：「這賤賊還敢如此麼？」喝命家奴去斬首報來。

這事為臺臣知悉，輿論鼎沸，大家要聯名上奏，鐵木迭兒方才收回命令，總算保全了劉氏的名節，從此劉氏便遁跡空門，過她半世的生活。

無如這位奸相心願未已，害了楊朵兒只，還思得上都留守賀巴延從前報告他的秘密，此時便欲設法陷害。唯賀巴延遠隔上都，又兼手擁眾兵，頗不容易入手，於是也就沒有那樣急烈。

第三個還有四川平章政事趙世延，以前也常常與己作對，亦想參劾了他，卻想候太子去即位後再行舉動，總算他兩個未走到歹運，不曾受害。

其餘的在京官員，只要是他的仇人，便馬上殺的殺，因的囚，把個元朝江山猶如他開的畜牧園一般，弄得群臣憤恨填胸，明知他有太后做保障，又不敢十分的去抵抗，只得上疏催促太子早接皇帝位，看可以制服他麼。

是時太子孝服已滿三月，便受太后之命，於大明殿即皇帝位，循制大赦天下，佈告四海，是為英宗皇帝，追先帝為仁宗孝武皇帝，尊太后弘吉剌氏為太皇太后，皇后鴻吉里氏為皇太后。

百官叩賀將罷，太皇太后也來大明殿朝賀，英宗因鑒她往時異常專政，不

得不將容顏持正，太皇太后見了這樣莊嚴情形，全不像仁宗當年那樣和藹，免不得心中憂恨起來，暗罵道：「悔恨從前主張立這個小蹄子，如今反把我制刻到這樣！」怏怏不已，遂先行回宮。

亞列斯巴跪接進去，太皇太后攜著他的手流淚道：「我的老運這樣的，汝等將不知後事怎樣了！」

亞列斯巴伏問道：「老佛爺為了什麼事就這樣發煩？」

太皇太后哭訴道：「當今天子在今天頭一個日子，就這樣臉色對我，毫無他父皇一點孝道的習氣，你看我憂慮不呢？」一面說，一面又流淚不止，弄得全宮宮婢忙亂得你勸我慰，亞列斯巴亦長跪在太皇太后膝前哀懇地安慰，好容易才把她勸得動容了。侍婢連忙斟上美酒，跪奉到她的口內。亞列斯巴又百般地做作媚態，方才引得她笑了，於是大家也歡喜起身。

但是太皇太后平常的脾氣，凡是酒一下肚，便能引起她的笑容。一歡喜了便想做那些事兒，此刻眾婢見她有了笑容，忙不約而同地退下，就只剩亞列斯巴一人在前，太皇太后便弄出她的故態，把亞列斯巴扶起，到寢宮臨幸去了。

這且不去管他。只說英宗即位，賞罰嚴明，朝內為之一新，唯鐵木迭兒、失列門二人偏偏受太皇太后的恩寵，硬要加他們的官爵。英宗拗他不過，只得加鐵木迭兒為上柱國太師，失列門為右丞相，並詔中外「勿沮議鐵木迭兒」敕令。

這樣一來，鐵等愈加橫行，料定一班朝臣，一個也非他的對手。他首先便要想陷害李孟，當即奏請英宗召李孟為直學士。他預料李孟必不肯就，那時，就說他違背聖旨的罪，將他下獄。殊不知李孟欣然而來，參見英宗已畢，英宗念他先朝舊臣，又兼老誠忠實，見了面很是惜愛。鐵木迭兒見他們君臣這樣的和好，怎能害得了他。

李孟亦思鐵木迭兒弄權，自己的年紀已邁，不如在皇上面前告假還鄉，還可苟延殘喘，當下叩請英宗准他所請，英宗也很體貼他，便放他回去，未幾病卒，也可以消權奸的氣。

唯小人行事，非達到其目的不止。一事將罷，又想害殺上都留守賀巴延，以消從前報告他隱微之恨。想來想去，沒有起禍的頭腦，正在無計可施的時節，忽有人報說失列門丞相有要事請太師一商，鐵木迭兒當下乘轎前去。

失列門迎接進去，言道：「今有上都留守賀巴延的家奴匪耳特刺，因犯罪

逃出，願舉賀巴延的事實出首。」

鐵木迭兒忙問道：「是怎麼一回事呢？」

失列門道：「說是他暗備軍器，有意連絡察哈兒周王和世竦謀反。」

鐵木迭兒大喜道：「老夫正在沒有頭緒，有這件事再好沒有了。」

原來賀巴延在上都留守多年，先朝很是信任他的，並沒有什麼謀反情形，皆因賀巴延養了三五個妻小，都是有點姿色，獨第四位夫人眉眼兒還要出眾，從前亦是賀留守用大價在北裡中買來的，起先甚是寵愛，唯以賀留守年將耳順，倒有點自嘆力弱，又兼五位夫人常常以不平相醋，弄得留守只好抱閉關主義，都給她們一個無趣。

殊不知此計雖妙，卻害了這班楊花水性的夫人，頓時鬧起饑荒來，面子上又不好說得，而四夫人更加拗他不過，不免孤衾深嘆。

時有這個家奴匪耳特剌垂涎四夫人已久，苦無機會可乘，彼時留守寵幸，更沒有一點法兒。今見她們都現出一種哀豔的形象，他便使弄手段，眉來眼去地去勾引她。

你想這位四夫人正在沒法的當兒，還禁得起這樣的引誘麼？不久也就流水落花，陳倉暗渡，他倆晚來朝去，如膠似漆，更因匪耳特剌年輕力壯，當然得四夫人的歡喜，時間一久，便有形跡露了出來，幾位夫人都有些知覺，只是不敢言語出來，有一二個拗情不過的，也就步了四夫人的後塵，另找府中的俊僕，去成雙結對去了。

這樣一來，誰也管不了誰，每日除晚間賀留守回府的時候，大家規規矩矩的樣兒，卻只等賀巴延睡了，或白日不在府中，便弄得確實難看。這也不必多說。

一日賀巴延晚歸，因接到英宗皇帝即位的詔旨，內中很稱他為國忠直的話，他喜得心歡意樂，一到府中，便叫五位夫人擺酒，環座痛飲。五夫人中，除了大夫人年紀已邁，不管別事外，其餘四位都各有各的心事，誰懶得煩吃酒，而賀留守不知底細，還一味地叫這個呼那個，十分快意地吃了一會，略有醉意，幾位夫人也勉強應酬下去。

大夫人勸留守少飲幾杯，怕年老禁不住罷。留守還勉強吃了數杯，方轉書房裡去，這幾位夫人見老頭兒走了，如遇大赦一般，大家都走了個乾淨。

大夫人自回房去睡。唯這留守在書房裡閒坐一會，又將平日書卷展閱，

約將三鼓，尚不肯就寢，只以酒存肚內，不免鼓動了餘興，兼之許久未行過房事，心裡也有些心欠欠的，自思從此國家太平，正宜樂享家庭幸福，又何樂而不為呢？想至此，不免情慾擺動，欲回房行事，又想道：「幾位夫人，還是四夫人能體貼性情。」便立意到四夫人房中去罷。

看此時已經不早，先又未曾說過，也就不必去驚動她睡覺，自己步去便了，心中如此思想，也不言語的叫僕人收拾書卷，單獨步出書房，向四夫人房裡來。

唯平素這些隨身僕僮都受了匪耳特剌的賄賂，若留守有什麼動靜便前去通知，獨獨今夜，留守並不言語，又因夜交三鼓，這些僮僕白日忙亂了一天，個個都有疲乏的形象，見留守一去，又未叫他們，只得各人睡覺去了，因此匪耳特剌恰恰在四夫人房中廝混。

也是四夫人倒楣，留守端端地到自己房裡來，四夫人正同匪耳特剌酣戰之際，一種淫聲浪語，正被留守聽見，忙伏身竊聽，方覺是匪耳特剌在內私通主人，一時無明火高耀千丈，一足將門踢破，奮氣而入。他倆正在難割難捨，猛被怒聲驚起，一聽是留守的聲氣，嚇得來如鷹爪下的雞兒，雙雙被留守赤條條地抓了下來。

試想賀巴延是個沙場的戰將，年紀雖老，手段尚強，當下把他倆摜在地下，氣得罵都罵不出了。

各房的夫人也許被這一嚇，失散了枕上鴛鴦，大家都跑來看著發急，當時賀留守便命家奴持杖，活活地打死這兩個壞物。家奴不敢違意，只得一五一十地打了一回。可憐四夫人因為一個得意的兒郎，斷送了渾身的肌肉，不免傷心痛哭。

至匪耳特刺心裡已經滿足，忍著痛，任憑留守怎樣的處罰，只是低頭不語，賀留守打一會罵一會，鬧得全府忙亂，他的意思定欲結果二人的性命，還虧得大夫人佛心深重，苦勸他明日再行發落，今晚已經不早了。賀留守憤憤不已，又狠狠地打了家奴一回，才命人把他鎖了起來，押到後房緊閉。四夫人亦因一時的錯誤，竟是苦樂不同，結果還是央求大夫人將她免去刑具，亦關閉在柴房之內，這一夜恰是難受了。

留守被大夫人挽勸，始回房暫寢。殊不知是夜被匪耳特刺串通看守家奴，乘夜逃出，心中懷恨留守將他毒打一頓，又失散了情場好夢，這一氣，竟想出

一個陷害他的法子，便逃到京都，打聽得鐵木迭兒、失列門等是留守的對頭，便投在失列門手下，告發謀反情形。

當下鐵木迭兒得了他很是歡喜，忙給他說道：「你若吃緊了你主人，將來他的四夫人便賞給你。」家奴當然歡喜非常。

次日，鐵木迭兒遂將此事奏知英宗，英宗起初尚疑惑不定，鐵木迭兒把匪耳特刺帶至，詳細告訴，說賀留守怎樣同周王和世竦聯絡，又與察哈兒汗也先不花作內應等詞，不由得英宗不聽幾分，又兼英宗心上最可慮的便是和世竦，茲聞此言，心中也有些疑和世竦造反，便下旨著刑部逮問賀巴延。

鐵木迭兒得著旨意，當即務飭騎都尉火速逮解賀巴延來京，下在獄中，他又命刑部從速訊成死罪，不久便無緣無故地殺了賀巴延。

可嘆秉正不阿的賀留守，為了張弼一案，為奸相所忌，今以莫須有之罪殺之，奸謀的厲害是怎樣的狠毒呢！

鐵木迭兒既殺了賀巴延，又想殺害趙世延，用了許多陷害的計策，在英宗當面劾奏，無如英宗很是英明，他知道鐵木迭兒與趙世延有私仇，存心陷害，固然不聽他的言詞，由他百般播弄，英宗總是不理，弄得他沒了法兒，只得再到興聖宮去，奏請太皇太后給他設法。

他剛剛一走到宮門，就看見有幾個宮婢給他跪下，說道：「太皇太后玉體不安，請太師進去要清靜一些兒。」

鐵木迭兒道：「太后幾時不豫？我正要去問安呢！」說罷，忙輕足走了進去，見太皇太后面朝帳裡，斜臥在龍床上，亞列斯巴在床邊跪著給太后捶腿。

他便輕輕地走近榻邊，問道：「老佛爺幾時玉體不安？臣未來候駕，心甚惶愧。」

太皇太后聞聽得是鐵木迭兒到來，徐徐地轉過面孔，向著他長嘆一聲道：「你們也要知趣些兒，我是無用的了。」

鐵木迭兒疑問道：「現今皇帝很是仁孝，太后何故如此呢？」

太后又復嘆息道：「你亦須見機行事，如今一朝天子一朝臣，休得自討過惡。」

鐵木迭兒一聞太皇太后這樣的說話，諒來是為英宗不順她的意，不覺恍若冷水澆頭，把身上的熱度降至冰點以下。

第五十一回　東方四俠

鐵木迭兒聽見太皇太后說了不少的氣語，不由得自己憂慮起來。他的來意本欲要太后給他想法害殺那個趙世延，卻被太后這一番話，不但阻住了興頭，反而憂起後事來了。又問道：「當今皇上究竟怎樣的來由，老佛爺就值得這樣氣麼？」

太皇太后聽他再一再二地問，只是長吁短嘆，一語不發地微搖著頭。

鐵木迭兒也沒有一個意想的話去解釋她的愁慮，忽旁邊走出一個老婦，向著他微微地示意，輕輕地說道：「太師這樣的聰明伶俐，難道還看不出太皇太

后的意麼？」

這一問，倒把鐵木迭兒越發糊塗起來，心裡想道：究竟當今皇帝對太皇太后的如何情形，我並未看見的，哪裡會知道呢？便乘勢就向那老婦私問道：「亦剌失，你每天在太皇太后面前，想總知道的。」

亦剌失道：「太皇太后的病……」說至此，怕太后聽見，忙拉鐵木迭兒的袍袖，讓到外面便殿裡去，才說道：「太皇太后的病，是由當今皇帝發生的。從前先皇帝在日，太后怎樣說便怎樣應，到了今上就不是了。太皇太后說的話，不但不從，反說太皇太后未免多事。所以太皇太后心中一想，實在是今上在與她作對，不由得氣憤起來。先與太師爺說的那番話，就是說當今皇帝心裡很惡恨太師爺這班人，叫太師爺注意著。太皇太后恐怕管不了太師爺的事了，是不是這樣呢？」

鐵木迭兒聽她說得很是，皺著眉道：「是倒是這個緣故，但又怎麼辦呢？」

亦剌失道：「是了，要與太皇太后分憂解愁，還請太師爺速速想個法吧！」

鐵木迭兒道：「我現在也老昏了，一點辦法也沒有，還是請教於你罷！」

亦剌失冷笑道：「好一位坐鎮的太師，怎麼說在我當面請教呢？但是我為了此事，確實也思得有一個意見在此。」

鐵木迭兒忙問道：「怎樣的，你說罷！」

亦剌失欲言又止，惹得鐵木迭兒拉著她的手道：「彼此相知，何必半吞半吐地遮飾呢？」

亦剌失仍然沉吟著，像煞不敢直說的樣子。鐵木迭兒立起身軀，固請道：「你說罷，就有天大的事，我誓不走漏風聲。」

亦剌失道：「果真麼？」

鐵木迭兒道：「有如天日。」

亦剌失復向四周一望，然後附耳密語，鐵木迭兒皺著眉頭連說不易不易，繼復又說道：「好是好，我只是不能幫助。」

亦剌失說完計策，聽他不肯幫助，反說道：「食君之祿，忠君之事。太皇太后如此的恩遇，我已安心犧牲自己的性命，去給太皇太后解除瘴疫。太師既不允助，那又怎能辦得了呢？」

鐵木迭兒道：「我給你尋幾個人來，同你商量吧！」

鐵木迭兒遂出宮，暗召爪牙平章政事赫嚕、徽政使失列門、平章政事哈克

緻、御大夫脫武哈，暗暗領他們與亦剌失密議。

亦剌失語他們道：「此事須煩四位恩官盡點責任，將來事成之後，太皇太后當然有重大的賞賜。」

赫嚕便問道：「計是這樣的，但須得一人下手方好。」

亦剌失道：「這個責任，要煩四位商量一下，誰人去行罷。」

赫嚕等四人都面面相覷，似乎都有不敢作為的樣子。大家想來想去，還是你推我讓，結果還是亦剌失想著一人，拍手道：「若用此人前去，必肯努力了！」

赫嚕忙道：「是了，莫非是我舅父亞列斯巴麼？」

亦剌失道：「不錯，你們看如何？」四人稱善。

亦剌失當即請亞列斯巴來會議，並告以此託。亞列斯巴道：「蒙太皇太后恩寵備至，正思報答聖德。奈我深居宮禁，不染朝事，除盡心服侍外，別無甚事效勞。今既以此事託我，我何敢辭呢？」

大家見他肯了，便議定見機行事，亦剌失復以此事竊告太皇太后，於是病軀稍癒。這且不表。

再說英宗皇帝自即位以來，心中明知道太皇太后不滿意他，必有他種行徑，故必時常提防著。朝中又另舉賢良輔佐政事，以防小人弄權，倒也很是善法。

這時便出了一個大大的忠臣，名叫拜住，他本是開國元勳木華黎的後裔安童之孫，幼年五歲喪父，母怯烈氏青年寡居，盡力輔育，而拜住亦天性聰明，不與俗子相匹。既長，精通文武，頗諳戰略，治國之道尤熟在心目。曩時英宗為太子便聞其名，嗣使徵聘，凡三請不至，既語使者道：「此時尚非見太子之時也，請勿復來。」使者回報英宗。英宗愈加敬服。

繼仁宗徵為宿都衛，勤職勉任。英宗復請見，回報曰：「都衛言，嫌疑所關，君子宜慎，我掌天子宿衛，私自往來東宮，我固得罪，太子亦干不便。」英宗聞言嘆曰：「真君子也！」及即位，即擢拜住平章政事，暗命他訪拿奸黨。

拜住奏道：「臣最可慮的，便是鐵木迭兒丞相一班人，恐朝夕有變。」英宗點頭道：「朕也是這樣想，卿為朕注意罷！」當時拜住受皇上之託，便竊命心腹家將四出探訪。

在下談到此間，略把東方四俠的歷史說說。

何以叫東方四俠呢？原來遼東進海方面有一隱者闕其名，年過八十，尚如年幼的精神，日食斗糧，獨行千里，到遼東時，鄉人也不知他的來歷，他亦不與鄉人往來，每日獨坐深山，間亦來到村市遊玩。

一日走一村落，見有一群健兒在草地上互相搏鬥，他即立駐足在一旁觀看，見內中一孩生得柔弱羸瘦，被眾小孩夥著他相鬥，這孩子最初不肯，後來被逼不過，只得說道：「鬥是鬥的，我只鬥一人，第二個我便不來了。」

內中一強壯小孩道：「只要你肯，就與我鬥罷。」

瘦孩搖頭道：「不行，你的氣力太大，我只與林哥鬥就是了。」

強孩道：「我難道是三隻手麼？你不肯同我鬥，我偏要跟著你，好容易今天把你騙到這裡來，正想玩你一下，你若不肯，這也不難，你可答應我前天要求你的那件事。」

瘦孩紅了臉道：「你這話太胡鬧了，我又不是女兒家，可這樣地說麼？」

旁邊又一孩道：「蘋哥，你不要同他善說，你只須如此便行。」

蘋兒便不作聲，任他同林哥兒去拼一對。

當下瘦孩擺了個架子，林兒上與他相鬥，只來往了三四下，他便耳也赤了，氣也粗了，蘋兒乘勢給林兒使了個眼色，林兒死也不肯放他息息，直弄得他氣喘身疲，喊道：「你們通同一氣麼？我不鬥了。」

林兒也不言語，仍緊緊地逼著他，臉上擰一下，屁股上拍一下，把瘦孩忙得直是叫苦，又叫道：「林哥，你肯聽他們的話嗎？你欺負我，我要告三嬸娘去。」

林兒任他怎樣說，只是一個不睬。急得他沒了法兒，便直哭出來。後只林兒在他腿上一擰，他便禁不住鼓咚咚倒在地下。蘋兒便要上來按著他脫褲，他大聲喊呼起來，此時老人正看不過意，便上前攔住，問道：「你們是要做什麼？他這樣瘦弱，你們便要欺負他，真正豈有此理！」

蘋兒立著氣問道：「管你什麼事？他是常常被我玩的，誰在欺負他，你難道不依麼？」

老人也不言語，便用手去拉了瘦孩起來。蘋兒見老人鬚髮皆白，以為老頭兒無什麼用，便乘老人拉瘦孩的時候，他便飛起一足向老人背後來。誰知被老人略用指頭在他足上輕輕一下，他便立不住滾在地下，絲毫不能轉動。

群兒見了，嚇得轉身便跑，口裡嚷道：「老頭子行凶呀！」

老人也不去理他們，便問瘦孩道：「你姓什麼，叫什麼名字？」

瘦孩道：「我姓紀叫伯昭，我沒有爺娘，在姑姑家住。」瘦孩一面說一面揉著淚眼。

老人又問道：「他們為什麼要欺負你呢？」

伯昭道：「我同他們在一起讀書的，他們看我年小，常常捉弄我的，這個清蘋哥，還要厲害。今天我本不出來的，他們騙我說在林子裡關雀兒玩玩，剛剛一到這裡，他們便要我同他們鬥蝴蝶，就被他打痛了。」

老人聞言，與他說道：「你橫豎沒了父母，在這裡也被他們欺負，何不同我去罷？」

伯昭道：「我姑姑不肯的。」

老人道：「我自去給她說就肯了。」

伯昭點頭，又請老人把清蘋哥拉起來，老人答應，便在清蘋腿上用手一點，清蘋自然就會動了，翻起來一聲也不敢響，回頭便走，口裡還說了一句：「你凶就是了，明天我叫我爸爸來找你算帳。」

老人任他去了，便帶伯昭到了深山，洞口裡面已有三四個小孩在內操練功夫。伯昭初到此地，什麼也不懂得，還是由老人一個個給他認識了，方才住下。老人每天給他一些藥水吃了，慢慢地身體就強健起來，遂同著四個小朋友在內受老人的磨練。

光陰易過，不覺十餘年之久，伯昭學得一身軟硬功夫，能夠來去無蹤，他方知先生是雲峰上人，係劍客一流，於是喜不自勝。

內中與他最相契的，便是燕山趙朋、淮南殷勝、雁門崔志遠數人，並且都練得一身好功夫。每日常在深山曠野中策馬試劍，只因幾次請命師尊放他們回鄉一行，上人只是不肯，說他們時機未至，勿輕易動作，他們只得甘休。

一日，四個弟兄到山下馳馬，往來飛騰，如駕雲霧，忽見前面奔來一鹿，驚惶逃走之象，伯昭與志遠道：「這個鹿兒給我罷。」

志遠道：「誰先下手是誰的。」說時箭已發出，把鹿射倒地上，伯昭只得讓他去得。

熟知後面趕來一少年，高叫道：「鹿兒是我的，慢點得罷！」

這一聲叫喊，志遠就手軟起來，抬頭望著前面，飛也似馳來一蒙古少年，

眉目清秀，氣宇軒昂，一看他的形容就有些使人敬服，志遠忙問道：「朋友，你是哪裡來的？這個鹿兒為何是你的呢？」

這少年看志遠人雖幼小，說話卻很謙和，遂陪著笑道：「是的，我剛才追下來的呢！朋友要不信，你看這鹿兒的頸下，還有我的一支箭呢。」

志遠真個在鹿頸下取得一支小箭來。

此時伯昭三個兄弟們也跑來看這鹿兒，當下把箭柄一看，上面刊有「拜住」兩個字。趙朋哥便問道：「這兩個字，敢是大名麼？」

少年道：「是小弟的賤名。」於是大家說話都很客氣，也就不去爭執了。

拜住見他們四人都是少年英雄，心中倒很有些把握，忙問道：「不知四位尊姓大名，在何處得意。」

殷勝便先開口道：「我們四人是異姓的兄弟。」隨即各指著三人道：「他是紀伯昭，他是趙朋，他是崔志遠，我就叫殷勝，目下都在師傅處學藝，並未做什麼事情。」

拜住一聽他的言語，就知道他們有些來歷，就不敢怠慢，當下言道：「舍下離此不遠，今日與四位偶然相逢，誠三生之幸，不知四位可能賞駕否？」

伯昭道：「既承錯愛，當得從命。」

於是四人同到拜住家裡，只見滿室經典，清雅脫俗，他四人方知拜住有文武全才，越加敬服，即探詢身世，又係開國元勳之後，料將來必有一番事業。

四人落坐之後暢談許時，便起身告辭，拜住堅持不肯，又坐了一會，拜住略敬小酌，四人見他如此多情，只得坐飲三觴，席間拜住又讚美他們的英雄，言將來得志，須請四位效忠國家，四人謙遜一會，伯昭便告退道：「今日本欲久敘，恐師尊見怪，倘蒙不棄，時駕臨草舍一敘罷！」

拜住道：「正欲拜訪令師尊，祈兄先為通知，後當踵候。」

四人告別而行，拜住送至里許而返，至此後，拜住時來深山拜訪，上人亦很相敬。即到拜住入朝做官，便徵他們四人幫助。他們出山後，號為東方四俠，常為國家除暴，聲名很震。雲峰上人至此亦仙遊海外，不復出世了。

再說當時拜住被英宗擢為平章政事，暗教他探訪奸黨，他便請紀伯昭四人日夜注意鐵木迭兒、赫嚕、失列門等，恐妨內變。伯昭等便常到各奸臣住宅裡探聽消息，他們高來高去的，也絕沒有人看得透他。

有一夜，伯昭同志遠來赫嚕的家裡打探，此時更深夜靜，全府寂然，伯昭

由房上竄下，進了裡面，見有間屋子光亮異常，諒必赫嚕的臥室，便走到窗下一望，由破綻裡見著一個婦人同幾個僕婦閒坐，聽婦人道：「今夜時候已經不早了，怎麼老爺還未轉來？」

僕子道：「想必有什麼事體罷。」忽而間，志遠也跑來了，他二人擠在一處偷看，正看得起勁，忽聽前面有數人足步聲，接著燈火螢螢，由遠而近，他們就料定是赫嚕回來了，便隱著身子，讓赫嚕進了房裡。數男女僕人退下，便又到窗口竊聽。

婦人道：「今夜為何這般的時候才回來？」

赫嚕道：「因為舅父有事，太師又叫我到宮裡來。」

婦人道：「舅父得太皇太后之幸，又有何大事呢？」

赫嚕道：「你不知道，如今太皇太后同當今皇帝不對了。前日商量命我舅父去……」說著，便在接著婦人耳邊暗語，一隻手作刺身狀，見那婦人聽了把舌頭一伸，低聲道：「這是什麼人起的意思？」

赫嚕道：「你想還有何人，這事不過是亦刺失傳的話罷了！」又閒談了一會兒便睡去。

伯昭等忙回去報告了一切，拜住自有把握，翌日便密奏英宗如此如此。英宗恨恨道：「這些奴才，朕這樣待他們，反起了孽念，朕當嚴辦。」即命拜住同大理寺卿逮傳赫嚕嚴刑拷問。

赫嚕初不肯承認，既受刑不過，只得把亦剌失等所謀招出，說出鐵木迭兒同謀。拜住只得將口供奏明英宗，英宗大為震怒，恨道：「這些奴才，還敢密謀弒朕，還可寬放麼？」即下旨捉拿失列門、哈克繖、武哈、亦剌失、亞列斯巴及赫嚕等，命速將他們正法，不要等太皇太后知道。

時朝臣大為快意，押赫嚕等一干人赴市朝斬首，抄沒家產。彼等均係太皇太后所幸，恐太后面子為難，只得寬恩，免夷三族。

太皇太后見英宗這樣辣手，也無可如何，這一氣，便病倒臥榻。鐵木迭兒雖是時時眼跳，面子上也敷衍著列朝，卻不敢多言多語了。

朝臣見此次這樣的嚴厲，也足以振頓朝綱了，所以不十分追究鐵木迭兒，亦恐太皇太后傷心過度，於道理上亦是不該的，遂作罷論。

英宗賞賜有功之臣，優禮有加。是年冬，始被服袞冕，親祀太廟，先期齋戒，臨事齋皇，此舉為元朝第一次之盛典。行禮既畢，車駕還宮，滿城百姓，

個個瞻仰聖容，莫不聳觀道旁。

回宮後，復到太皇太后及皇太后宮裡問安，然後受百官朝賀，下詔改元，以明年元日為至治元年，其文道：

朕只裔貽謀，獲承丕緒，念付託之維重，顧繼述之敢忘！爰以延祐七年十一月丙子，被服袞冕，恭謝於太廟，既大禮之告成，宜普天之均慶。屬之逾歲用協紀元，於以導天地之至和，於以法春秋之謹始。可以明年為至治元年。特此布敕，宣告有眾。

詔下後，朝右諸臣俟元旦之日齊集大明殿朝賀，萬民無不景仰英宗聖明，甫行即位，即誅滅奸黨，與庶民除害，朝野頓現新鮮氣象。

唯有一事，是英宗的一大缺點，是什麼事呢？就是元室最不容易打破那種迷信的佛教帝師，英宗在朝，尊崇備至，復下旨命各地建設帝師八思巴的廟，享受祭祀，差不多與孔廟的禮節還要豐富，所以廷臣中正直一點的，都有些不滿意。無奈是元朝開國以來，奉為最神聖的國教，也就緘口不言了。

這些冒牌禿驢，趁此時機，一個個又勢焰起來，幸好此時的太皇太后年老多病，又兼被英宗所掣肘，也就不能再同他們暢玩一回，否則恐怕不免再蹈前轍，又要貽笑與後人呢。

但英宗須是在尊崇他們，卻並沒有十分地趨向著他，所行之事，都不過是朝野間罷了，倘然如從前成宗、武宗的時節，弄到宮禁不安，那又難免百姓們失望了。

是年元旦一過，便是月圓時節，英宗見天下無事，忽起逸樂思想，下詔命京都內外滿張燈彩，歌舞不禁。又命各處鄉民互獻奇花異草，山珍海味，以助新年之餘興。

此詔一下，朝廷上下，均準備著慶賀佳節。尤其一般久困未疏的老百姓們，要借此熱鬧熱鬧，各人忙亂得沒了天日，一個個歡天喜地，都說萬歲爺的恩德真個天高地厚。

就是一般遠處的居民，得到了這個消息，誰也願意到京城裡來瞧瞧熱鬧了。殊不知將在光明晝夜的時節，朝廷中起了個異常的變亂。

第五十二回　禍在旦夕

是年的正月，英宗尋思天下無事，朝政清明，正好與民同樂，於是下旨命京城內外悉辦燈彩花炮慶賀新年，借此以彰皇帝之大德。廷臣知道此事是英宗興之所至，諒也不能諫阻，唯有禮部尚書兼中書省參議事張養浩忍耐不住，便拿「國家的大事」及「畏難苟安」之句上疏諫阻。

右丞相拜住接著此書道：「張希孟此疏固然很是，恐皇上此刻正興高采烈，難以批准罷！」

養浩道：「匡君以正，丞相得從中助諫方可。」

拜住道：「盡我呈上去，看皇上形色再進忠言罷！」當日把養浩之疏奏呈英宗。

誰知英宗此時正在預備以後如何的辦法，方能使心中快慰，接讀奏疏，真如拜住所料，佛然道：「目今國事已靖，張希孟何得如此地多慮呢？」

拜住忙奏道：「張希孟所見亦是，願陛下三思之。」

英宗道：「所說未嘗不是，但朕意已決，就這樣慶祝一次，也沒有什麼大錯呢！不過使卿等煩一下罷了！」

拜住知英宗之意不可挽回，只得將此意答覆養浩，養浩退出嘆道：「內患未盡，禍不遠矣。」

此事自實行後，朝廷內外自然有一番忙亂，暫且不表。

這時，又有兩件事發生，為起禍之根源，特補述於此。

一件係英宗迷信佛教，與帝師在各地建祠，被監察御史觀音保、鎖咬兒哈的迷失及成娃、李謙亨等上書直諫，惹動英宗不耐煩起來，此時適鐵木迭兒之子鎖南在側，平常妒忌觀音保等，便乘勢進讒言於英宗，英宗遂以為他們侮慢君上，交刑部議罪；議決大辟，便將觀音保、鎖咬兒哈的迷失二人推出斬首。

可惜觀音保忠直之士，無辜受戮，臨刑仰天嘆道：「排忠信讒，恐禍在旦夕矣！」百姓無不下淚。

其餘成娃、李謙亨二人發放瓊州充軍。只是鐵木迭兒見其子得幸，便日思傾倒拜住，偏偏這英宗脾氣古怪，你說別人都可以，若要讒害拜住，卻一絲也不相信，否則還要說侮辱大臣，所以鐵木迭兒父子沒有法辦。

時司徒劉夔夔私買民田四千餘畝，假言買作僧寺，矯詔出庫鈔六百五十萬貫，償付田值。鐵木迭兒父子與宣政使八剌吉思及御史大夫鐵失共得贓巨萬。鐵失便是鐵木迭兒的義子，與鎖南朋比為奸，此事經拜住部下幾位偵探察悉，一本奏知，上諭只將八剌吉思、劉夔夔等坐罪，鐵失等均赦了。但鐵木迭兒至此雖未明正典刑，卻已嚇得可憐了。自思拜住偏與他作對，心中一氣，便經不住一命嗚呼。各大臣倒恨他死得太輕，無不切齒憤恨。

當時英宗倒也不去深究，唯有太皇太后一人憂鬱成病，聞鐵木迭兒一死，自思當年的相知一個個都死完了，不由得老眼昏花，病倒床榻，不久亦同鐵木迭兒一路去了。

英宗尊禮成服，各事將竣，便是慶賀佳節之期到了，雖屬太皇太后新故，

而英宗本來對於太后就發生了惡感的，未必那些宮中穢跡，難道英宗不恨透了嗎？所以慶賀的時節，也是很高興的。

當時皇宮裡紮得些火樹銀花，紅綠彩帳，真個蓬萊月宮、無與倫比。皇帝、后妃娛樂其中，誠足以賞心悅目。京城內外，亦經上下臣民，準備來的花叢錦簇，奇珍異玩。上自各官衙門，下至平民牖戶，均陳列著各種燈彩，六街三市燈火熏熏，行人擁擠不斷。

這時候拜住衙中，也參差地陳設些異樣物品，看來真是元代歷來未有之盛舉，拜住丞相至此亦非常愉快。

是日朝罷，召集門下將士在衙中環坐痛飲，獨紀伯昭等四人頓起家鄉之念，呈稟丞相，言各人要回鄉探親的一席話，拜住丞相便問他們道：「君等離鄉幾時了？」

伯昭道：「職數歲便從師傅入山，至今尚未回去。這三個兄弟亦離家二十餘年了。」

伯昭這些話，雖不能說動拜住的割捨心，但拜住卻思：現今奸臣已滅，鐵木迭兒亦死，想來亦無甚事，把他們幾位就放回一行，以完骨肉之誼，想罷言道：「既是四位兄弟要去，我也不便須留了，一俟探親轉來，再為國家出力罷。」

四人領諾，在京城閒遊了二三日，便辭別丞相，四人分途而去。這一去便錯過京都之亂，直至後來明太祖出世，才見著這四位老英雄的面呢。這且不必細表。

再說這次大會，真是熱鬧非常，遠近居民亦皆接踵而至，有獻奇花異草的，有獻山珍海味的，還有各地做小經濟的，都趁著熱到京城裡來做買賣。甚至江湖上一班遊蕩的人們，也各以一技之長在那人叢中擺起圈子，變的變戲法，耍的耍槍棒，看的人真是人山人海，一班鄉下農民，男男女女，一路一路地來回遊玩。

此時這鎖南、鐵失等，因為英宗厚待他們，雖鐵木迭兒死了，他們的官職任舊一樣，所以尚得作威作福。

當這慶祝時候，他們的衙門口也預備了些異樣燈彩，什麼春花走月，什麼泥馬渡江，弄得玲瓏活潑，煞是好看。這一些城內外的婦女，無有一個不來看看稀奇。大家都攜帶著兒女媳婦，三三五五地擠個不休。

單說京城有一老婦，幼年寡居，膝下只有一女，現已及笄。這老婦身邊也積得有好幾文錢。她姓范，別人都叫范四媽。她這個女兒乳名叫做翠姐，面龐兒卻長得十分俊俏，鄰里中無不羨慕她的人才。還有一班少爺公子，都爭相托媒說合，無奈四媽只有這一女兒，很不願就把她嫁人，所以直到了十九歲了，還是娘兒倆過活。

這時京城熱鬧得眼紅耳熱，翠姐也想出去看看，唯四媽以她年已長大，又兼平常愛惹是非，所以不要她出一步兒。到第五天的時候，街上吵著皇宮裡紮的彩牌花燈要出來玩耍，一個個歡天喜地地跳躍，恰好四媽隔壁的王家嫂嫂也聽著熱鬧，有些忍耐不住，便過四媽這裡來，一定要約四媽出去玩一回。

四媽決計不肯，她說：「我走了，我的女兒一人在家不便，若要她一路去，又怕惹出別的事來。」

王嫂嫂道：「這有什麼要緊，你翠姐這麼大一個人，難道還怕人吃了去不成？」

翠姐也接口道：「女兒也是一個人，就出去走走，有什麼要緊？」

無奈四媽還是有些不肯，王嫂嫂要想出去玩的念頭已經有三天了，哪裡還肯打消？只得說道：「要是白天怕人看見你那小寶貝，那麼就晚上去看看花燈罷！」

四媽經她左勸右勸，又見翠姐還是個孩子脾氣，一定也要去玩玩，只得答應了。

這時到了晚上，王家嫂嫂搖搖擺擺地過來約她們母女，四媽和翠姐也各人換了淡素的衣服，同王嫂嫂出去。

這翠姐從來沒有到過這樣熱鬧的地方，忙得兩隻眼看也看不完，東張西望，拉住王家嫂嫂問這個，問那個，也不管旁人擁擠，只顧向熱鬧裡走去，還是四媽緊緊地跟在後面，替她擋開眾人，不時穿過數條街道，越走越熱鬧了，把個不出街的大姑娘，真喜得像入了天堂一樣。就是四媽不喜歡看的，也顧不得要觀看一回，暫時不表。

且說鐵失的衙門正當著熱鬧的場所，門前弄了不少的玩意兒，惹得眾人爭先恐後地瞭望。他卻同著些黨羽在內吃酒賭博，並將平時買來的妻妾丫鬟，前抱後擁地快樂。

就是衙前弄的玩意兒，也並不是要他們眾人來看熱鬧，他卻別有用意，盡

你們眾人來時，倘有良家婦女長得美豔的，他便叫門前站班的數十個惡奴，管你願意不願意，硬搶到裡面來待他姦淫一回，然後放你出去，若是滿意的，留三五天不等。你若不從，便打得你一個半死。所以幾天之內，上當的人也不在少數，有些知道的，便把自家的妻女管束著不要出去。

無如四媽母女平常又不大聽見過的，又見著那樣的熱鬧，也就把大事忘記了。她們三個糊裡糊塗地走到此地來，端的被鐵失的惡奴看見了，忙報與鐵失。

鐵失跑到窗口，望見翠姐生得濃妝淡雅，比所有妻妾又有些不同，不覺色心蕩漾。忙命惡奴前去「照辦」。

這裡四媽三人正看得高興，忽然來了幾個穿號衣的道：「我們這兒的規矩，凡是初來的婦女，都請到裡面去吃茶，免得同男子擠來擠去的。」王嫂嫂聽了便當是真的，還是四媽老練，忙說道：「我們就要走了，請不必罷！」

惡奴忽然變色道：「你走哪裡去？快快的跟我進去，免得老爺動手。」四媽見不是頭，忙向外面擠，手拉著翠姐只顧抱怨。這些惡奴哪裡還肯放走她？當時上來了十幾個，七手八足地把她們三人挾起來就向裡走，慌得翠姐大哭起來，四媽、王嫂嫂亦大聲喊叫「救命」。

試想看燈的人們還敢哼一聲麼？惡奴把她三人挾到裡面，弄三間屋子關了起來，又一些惡奴拿著刀槍恐嚇，著一聲也不許叫。四媽沒奈何，只低低地央求。

惡奴道：「你這老婆子不識相，等一時你便要做我們老爺的丈母娘了，別人尋還尋不著這樣的女婿，你還哭什麼？」

這邊的翠姐被他們一嚇，早如木雞兒一般，坐在地下，動也不敢動一下。不一時，見一個很威武的帶醉走了進來，那些惡奴自己跑了出去。這人笑嘻嘻地過來，把翠姐一把抱住，坐在懷裡，把個翠姐慌得手足失措。這人便涎眉涎眼地伸手到翠姐的下部去探，嚇得她魂飛魄散。試想鄉下的姑娘，從來未經過陌生男子的接觸，一時哭也哭不出來，只淚汪汪地喊著媽媽。

這人更不消說，便將翠姐衣服脫去，強姦了一回，直至夜半，方才讓她安靜。翠姐已驚得如死人一般，由鐵失怎樣便了。

四媽哭到天亮，才見有個惡奴過來說道：「你快出去罷！你的女兒，我們

老爺已收留下了，以後再來罷！」

四媽哀求他們放出翠姐，無奈這些惡奴橫不依理，把她推出側門。這邊王家嫂嫂因她年紀不大，昨晚有個為長的惡奴也強迫她睡下了，到天明，也是一樣的地被他們拉出側門，同四媽相遇，王嫂嫂羞得面紅耳赤，無一句言語。

這裡四媽見沒有了她的女兒，一面哭，一面抱怨王嫂嫂不應該叫她們母女出來，又說又哭，鬧得一個不休。王嫂嫂只得老著臉把她勸了回家，再想法子去要女兒去。四媽無法，只好回家。

過了幾天，到鐵失衙門裡要人，被惡奴恐嚇了一回，弄得她走投無路。有好事的就叫她寫起狀子，到拜住丞相那裡告去。四媽在無法之際，也就大著膽子寫了強姦民女的狀詞，投遞到拜住衙中。

這時候宮廷內外，上上下下，正在歡度新年，又兼英宗十分高興，所以各大臣都各人在衙中慶賀，拜住丞相忽然接到范四媽的狀子，不禁拍案道：「這般奴才，前次聖上未曾加罪，已經是大恩了。今竟不知改過，反鬧出這樣的大事來，還能赦他麼？」

當下便預備入朝啟奏，行至朝門，太監道：「聖上有旨，朔望要郊外祭壇，這幾日在內宮飲宴，大臣不必便入。」

拜住只得回衙，十分氣憤鐵失。一俟聖上臨朝，便當奏明嚴辦，一面命人叫范四媽在家靜候消息。誰知此事被鐵失的爪牙探得，忙報與鐵失知道，鐵失深懼拜住忠直，怕他一朝奏明聖上，吃罪不小，急忙約會黨羽商議抵抗之策。有的說快把翠姐放出去，叫她媽不要追告了。有的說這可不行，想此事拜住這個東西既已知道，難道肯放鬆我等麼？不如將翠姐弄殺，叫他沒有憑據，聖上也難辦罪呢！

鐵失道：「這些話都不妥當，你們想，這位皇帝老子專聽拜住的話，還有饒恕我的麼？我想起來一不做二不休，索性大做一下，還可尋一生路。」便命家將速請鎖南等一班同黨前來商議。

當下鐵失起了這個惡念，遂益發不怕事了，外面搶來的婦女，不管你從與不從，強迫著瞎弄一回，惹得看花燈的婦人女子，逃得來如喪家之犬，冤聲載道，淚灑滿城。

這些事情都被拜住丞相探得，只是聖上預備祭天，在宮中沐浴靜養，宮裡除妃嬪媵嬙、歌童舞女外，一概廷臣，均候祭過社稷再行入朝。故此拜住靜侍

府中，心中萬分痛恨。

且說鐵失、鎖南等秘密商議，又集合索諾木、按地不花、也先鐵木兒計議停當，約於聖駕祀郊之日動手，遂密遣爪牙在暗中幫助，不提。

這日已是祀社稷之日，皇上照例要在郊外十里行禮，廷臣將祭壇早已佈置妥當，及期，拜住等請鑾駕出朝，一路金瓜月斧擁護前去。

臨行之時，不過玉漏將殘，天色初亮，聖駕行至郊外，緩緩前進。剛到天明之際，忽然衛隊兵士驚亂起來，說前面林子裡有強盜發現，英宗倒吃了一驚，侍衛慌忙高聲喝道：「聖駕在此，何處的野人還不退下？」

拜住此時倒有幾分懷疑起來，因見隨的人員除卻少數的衛侍外，全是一班文官，設若亂臣乘機作亂奈何？當下準備起來，騎馬向英宗當面前來護駕。

英宗方才要問情由，忽然前面一陣大亂，無數奇形強盜，個個提刀直入，衛士上前抵禦，哪裡擋得住他們，內中一花面強盜挺刀直砍，拜住措手不及，大叫「快來救駕」，一聲未了，被惡盜砍為兩段。

英宗發慌起來，欲待逃避，這些惡棍橫殺直衝，不能突出重圍，這花面強盜一步搶上來指著英宗罵道：「你這昏君，此時還認得我鐵失麼？」

好個鐵失，公然親自下手，照英宗頭頸一刀砍來。

英宗初聞鐵失二字，方知奸臣作亂，欲要發言，早被鐵失一刀嚇昏過去。這萬惡的鐵失，遂上前一刀，眼見不能活了。外面的鎖南等又帶領數百惡黨，把文武官員一齊威迫著不准動，鐵失便傳命眾人說，昏君無道已誅，拜住殃民誤國應正國法，其餘從寬不問。

當下各奸黨一面回朝據住宮殿，一面派按地不花、也先鐵木兒前往迎接晉王即皇帝位。

請續看《新蒙元十四皇朝》（三）黃沙殘夢

新蒙元十四皇朝（二）金帳帝國

作者：許慕羲
發行人：陳曉林
出版所：風雲時代出版股份有限公司
地址：10576台北市民生東路五段178號7樓之3
電話：(02) 2756-0949
傳真：(02) 2765-3799
執行主編：朱墨菲
美術設計：吳宗潔
業務總監：張瑋鳳

出版日期：2024年6月
ISBN：978-626-7464-00-7

風雲書網：http://www.eastbooks.com.tw
官方部落格：http://eastbooks.pixnet.net/blog
Facebook：http://www.facebook.com/h7560949
E-mail：h7560949@ms15.hinet.net
劃撥帳號：12043291
戶名：風雲時代出版股份有限公司

風雲發行所：33373桃園市龜山區公西村2鄰復興街304巷96號
電話：(03) 318-1378
傳真：(03) 318-1378
法律顧問：永然法律事務所 李永然律師
北辰著作權事務所 蕭雄淋律師

行政院新聞局局版台業字第3595號 營利事業統一編號22759935

定價：380元

國家圖書館出版品預行編目資料

新蒙元十四皇朝 / 許慕羲著. -- 初版. -- 臺北市：風雲時代出版股份有限公司, 2024.05-　冊；　公分

ISBN 978-626-7464-00-7 (第2冊：平裝). --

857.455　　113003183